PHILIPPA L. ANDERSSON

# ALWAYS YOU
# Forever us

COLORADO KISSES

1

## *Über das Buch*

Nie hätte April Bishop gedacht, dass sie noch mal in ihre Heimatstadt in den Rocky Mountains zurückkehrt. Aber sie braucht dringend Hilfe, und Cole Cameron, ehemaliger Mädchenschwarm ihrer Schule und mittlerweile erfolgreicher Jobberater, ist der Einzige, der ihr helfen kann. Das Wiedersehen verläuft jedoch überhaupt nicht wie geplant, denn für seine Hilfe will er kein Geld, sondern sie …

## *Über Philippa L. Andersson*

Philippa L. Andersson lebt und arbeitet in Berlin. 2012 erschien ihre erste Kurzgeschichte. 2013 folgte ihr erster Roman »In deinen Armen«. 2017 war sie mit »You Can't Escape Love – Begehren . Vertrauen . Lieben« erstmals in der BILD-Bestsellerliste. Viele ihrer Romane gibt es auch als Hörbuch. Wenn sie nicht schreibt, joggt sie durch ihren Kiez, entdeckt neue Restaurants oder lässt sich vom Leben inspirieren.

*www.philippalandersson.de*
*philippa@philippalandersson.de*

PHILIPPA L. ANDERSSON

# ALWAYS YOU
# Forever us

ROMAN

COLORADO KISSES

1

Originalausgabe
Januar 2022

Always You Forever Us (Colorado Kisses 1)
Philippa L. Andersson


Umschlagfotos: © depositphotos.com/woodhouse
Umschlaggestaltung: Philippa L. Andersson
Bilder Anhang: © Philippa L. Andersson
Lektorat: Mona Gabriel, Leipzig, Deutschland
Korrektorat: Laura Gosemann, Berlin, Deutschland

Philippa L. Andersson vertreten durch:
Sowade, Plantagenstraße 13, 13347 Berlin, Deutschland
philippa@philippalandersson.de
www.philippalandersson.de

ISBN: 978-3-98595-090-4

Bestellung und Vertrieb: Nova MD GmbH, Vachendorf, Deutschland
Druck: Sowa Sp. z o.o., ul. Raszynska 13, 05-500 Piaseczno, Polska

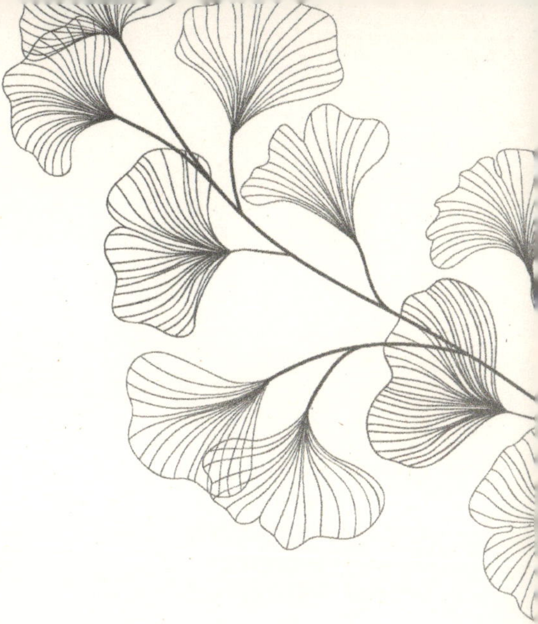

SIE WILL SEINE HILFE.
ER WILL ENDLICH SIE.

# Prolog

*Vor fünfzehn Jahren*

## APRIL

»Bleibt auf dem Weg, Leute!«, ruft Mr Spencer, unser Biologielehrer, als wir den Village Trail entlanglaufen, einen Wanderweg, der oberhalb von Telluride durch die Rocky Mountains führt. »Was dauert das denn so lange, Amy und Jane? Selbst meine Oma läuft schneller als ihr.« Er dreht sich zur Gruppe. »Bitte mehr Enthusiasmus! Natur ist toll.«

Unser Tross schlendert lärmend den Berg hinab. Mr Spencer erklärt uns voller Begeisterung, wie die einzelnen Grashalme heißen. Am Ende wird er eine Aufgabe stellen. Das macht er mit jeder Abschlussklasse.

»Das hier ist Buchloe dactyloides!«, ruft er begeistert und reißt einen Halm aus. »Büffelgras!« Er marschiert weiter. »Und das ist Festuca arundinacea.« Er hebt einen anderen Grashalm hoch, der für mich aussieht wie der vorherige. Es ist Gras. »Rohrschwingel.«

Hinter mir kichern Amy und Jane. Das ist ansteckend. Meine Mundwinkel zucken, und für den Moment fühle ich mich wie ein ganz normaler Teenager. Es geht um Schule,

Jungs, erste Küsse, den Abschlussball, die Zeit danach. *Das ist schön, richtig schön.* Dann ist der Augenblick vorbei.

Vor mir halten Thea und Nick Händchen. Seit Wochen laufen Wetten in der Klasse, wann er endlich den ersten Schritt wagt. Offensichtlich heute.

Mein Blick brennt auf ihren Händen. Weil ich das auch will. Nicht mit Nick, sondern mit Cole, dem Jungen, den alle anhimmeln. Aber ich werde das nicht bekommen.

Demonstrativ verschränke ich die Arme vor der Brust, damit keiner aus meiner Stufe auf die Idee kommt, nach meiner Hand zu greifen.

»Jetzt spielt sie wieder die Eisprinzessin«, tuschelt Reese hinter mir.

»Uh, ja, ich bin so toll, rührt mich bloß nicht an«, lästert ihre Freundin Kim.

Sie lachen. *Sollen sie! Was wissen die schon?*

»Verdammt, lasst sie in Ruhe!«, brummt da Cole, der vor uns läuft und sich kurz zu den beiden und mir umdreht.

Ich will seinem Blick ausweichen. Manchmal gelingt es mir, aber heute nicht. Da ist eine Wärme in seinen whiskeyfarbenen Augen, die mir jedes Mal den Atem raubt. Mein Herz rast, und Hitze steigt mir ins Gesicht. Um weiteren Konfrontationen aus dem Weg zu gehen, lege ich einen Zahn zu, überhole ihn und schließe zur Spitze der Gruppe auf.

»Sehr gut, April«, ruft Mr Spencer. »Endlich mal jemand mit ein bisschen Energie. So wünsche ich mir das!«

*Auf die Aufmerksamkeit hätte ich verzichten können!*

Mechanisch setze ich einen Fuß vor den anderen, als könnte ich vor ihm, der Klasse und der ganzen Welt davonlaufen. Gott, wenn das so einfach wäre, ich würde nie wieder stehen bleiben.

Nur noch vier Wochen, sage ich mir, dann bin ich hier weg. Ich hab einen Collegeplatz in Los Angeles bekommen. Eine große Stadt, wo mich niemand kennt und niemand mir Blicke aus whiskeyfarbenen Augen zuwirft. Vier Wochen halte ich noch durch.

»Warte auf die anderen, April!«, ruft Mr Spencer nun.

Ich merke erst jetzt, wie weit ich mich von allen entfernt habe. Die Gruppe ist locker fünfzig Meter hinter mir. Ich atme tief durch und genieße das Gefühl von Freiheit. Da ist nur der Wind, der mir durch die Haare fährt. Wind, der aus Gegenden kommt, wo alles besser ist. Gott, ich brauche was Besseres als das hier. Ich lebe allein mit meinem Dad, und heute Morgen war es besonders schlimm. Er wollte gar nicht aufstehen. Das ist ungewöhnlich für diese Jahreszeit. Normalerweise ist er so erst, wenn die Tage kürzer werden. Ich wünschte, ich könnte mehr für ihn tun, aber seit – »Puh!«, lasse ich die Luft entweichen, weil ich diese Gedankenschleife nicht weiterverfolgen will. *Nicht hier. Nicht jetzt. Am liebsten nie.*

»Achtung, direkt vor uns haben wir eine besondere Spezies«, höre ich Amy, die unseren Lehrer nachahmt. »Aprilenius Bishopilenus Statuae, auch bekannt als die April-Bishop-Statue.«

»Musste das sein, Amylenus Lästermaulus?«, tönt Cole.

»Ja, Colenius Verliebtus in Freakus!«

»Na warte!«

Er jagt ihr nach, sie kommen an mir vorbei, aber ich meide seinen Blick. Cole Cameron ist auf gar keinen Fall in mich verknallt. Er ist nur einer der wenigen an der Highschool, der sich nicht an Lästereien beteiligt. Er achtet darauf, dass alle in der Gruppe glücklich sind, bindet jeden ein, ist ein richtiger Teamplayer. *Nicht umsonst ist er Captain der Basketballmannschaft, führt die Theater-AG, gibt Nachhilfe und … Stopp, April, er macht viel zu viele Dinge, über die du eigentlich nicht so gut Bescheid wissen solltest. Weil es egal ist, ob er auf dich steht. Du stehst auf absolut gar keinen Fall auf ihn. Das darf einfach nicht sein.*

Lachend jagt jetzt Amy Cole den Weg weiter runter, und ich kann nicht anders, als ihnen zuzuschauen. So als würde Cole es merken, dreht er sich um, erneut sehen wir uns an. Amy holt ihn ein und klebt ihm eine, sie lachen, schäkern herum, aber er starrt mich an. *Kann er das bitte lassen?*

Ich gebe mir einen Ruck, laufe nun mit der Gruppe mit und versuche, dem Vortrag von Mr Spencer zu folgen.

»Hey«, macht es da neben mir. »Wart doch mal kurz, April!«

Cole packt mich an der Schulter. Die Berührung durchdringt mich wie ein Blitz. Jede Zelle von mir kribbelt. Schnell schüttle ich seine Hand ab.

»Lass mich!«, sage ich und will weiter.

»Sieh mich an, April!«

»Ich stehe doch direkt vor dir.«

»Aber du siehst mich nicht an.« Er lacht leise. »Hast du etwa Angst, dass dich meine Schönheit erblinden lässt?!«

»Blödsinn!«, knurre ich, weil ich vor nichts Angst habe, und hebe den Blick. »Da! Bitte! Ich schaue dich an. Zufrieden?«

Statt zu antworten, starrt er mich an. *Intensiv.* Wir sind Teenager, doch ich sehe in seinem Gesicht schon den Mann, der er mal werden wird. Das Bild gefällt mir. Sehr sogar. *Zu sehr.*

»Hast du was zu sagen oder willst du mich nur anglotzen?«, blaffe ich.

»Ich starr dich gerne an.«

»Ist mir noch gar nicht aufgefallen.«

Er grinst zufrieden. »Du starrst mich auch gerne an.«

»Das täuscht. Du bist überall. Es ist unmöglich, dich nicht anzusehen.«

»Gut«, sagt er nur.

»Gar nicht gut.« Ich will weiter, aber er berührt mich am Arm, erst fest, und als ich stehen bleibe lockerer, doch er lässt mich nicht los. Was schlecht ist, weil jede Faser von mir sofort mehr will. *So dumm von mir!*

»In vier Wochen ist der Abschlussball. Hast du schon ein Date?«

Ich muss lachen. Die Frage ist absurd. Ich verbringe mit niemandem von der Schule freiwillig mehr Zeit als nötig. Über mir schwebt ein Schild. *Nicht ansprechen.* Alle halten sich daran. Alle bis auf Cole.

»Antworte schon«, sagt er ernst.

»Nein, ich habe kein Date.«

Erleichterung zeichnet sich in seinem Gesicht ab. Er hat sich wirklich Sorgen gemacht, ich hätte jemand anderen.

»Können wir jetzt weiter?«, frage ich und will gehen, aber sein Griff wird wieder fester.

»April, würdest du mit mir auf den Abschlussball gehen?«

*Oh! Mein! Gott!*

Plötzlich dreht sich die Welt. Ich greife nach seinem Arm und warte darauf, dass das ein Scherz ist, aber Cole sieht mich absolut aufrichtig an. Und eine Spur nervös, dabei ist er der Gott unserer Schule, und ich bin … keine Ahnung, was ich bin.

»Sag was, April!«

»Nein. Es tut mir leid. Wirklich.« Ich beiße mir auf die Zunge, bevor ich mehr erkläre, als ich sollte, reiße mich los und folge den anderen. Mein Herz rast und brennt, und mir ist heiß und kalt. Nie habe ich mir mehr gewünscht, ich wäre wie meine Mitschüler. Aber ich bin nicht wie sie. Ich habe mir geschworen, mich nie zu verlieben. Aus verdammt guten Gründen. Wer liebt, der wird früher oder später verletzt. Und das, was ich gerade fühle, kommt dem viel zu nahe. *Mist!*

## COLE

*April hat es auch gespürt.* In dem Moment, als ich sie berührt habe, kribbelte meine Haut – und ihr Atem hat sich beschleunigt.

*Warum hat sie Nein gesagt?*

Ich sehe ihr nach, wie ich ihr seit Monaten nachsehe. Meine Königsdisziplin. Wo sie ist, da bin ich auch. Zumindest während der Schulzeit. Nur dass mir dieses Mal ihre blauen Augen, in denen ich mich für einen Moment verloren habe, nicht aus dem Sinn gehen. Genau wie ihr Duft, den der Wind zu mir getragen hat.

»Hat sie dir einen Korb gegeben?«, fragt mich Seth und zieht mir meine Kapuze über den Kopf.

»Halt die Klappe!«, knurre ich und nehme sie wieder runter.

Er pfeift durch die Zähne. »Also hat sie. Wow!«

»Hat sie nicht!«

Um uns herum wird getuschelt. Ich sollte sie mir aus dem Kopf schlagen, aber verglichen mit den anderen Mädchen ist April eine Klasse für sich. Sie wirkt erwachsener. Irgendwie macht sie das interessant. Außerdem sieht sie verdammt gut aus. Nicht klassisch schön wie Reese oder Amy, sondern anders, exotisch, mit ihren viel zu großen Augen, den hohen Wangenknochen und den vollen Lippen.

Warum auch immer sie mir eben abgesagt hat, so leicht gebe ich nicht auf. »Mr Spencer, mir geht es nicht gut. Darf ich zurück?«, frage ich unseren Biologielehrer.

»Was hast du denn?«

»Muss was Falsches gegessen haben.«

»Oh … okay …« Er sieht sich um. »Kann jemand Cole begleiten?«

Sofort schießen die Hände von allen Mädchen nach oben, außer der von April. Wie zu erwarten. Mr Spencer seufzt. »Los, du, April.«

»Ich hab mich doch gar nicht gemeldet«, beschwert sie sich.

»Ja, ebendrum.«

»Aber –«

»Keine Diskussion.«

Ich verkneife mir ein Grinsen, weil ich richtig gepokert habe, verziehe leidend das Gesicht und atme auf, als die Gruppe weiterläuft, April und ich aber die andere Richtung nehmen.

»Ganz toll«, mault sie. »Nur fürs Protokoll: Ich kann keine erste Hilfe.«

»Nur fürs Protokoll, mir ist nicht schlecht.«

»MISTER SPE–«, beginnt sie zu schreien.

Blitzschnell lege ich ihr die Hand auf den Mund. Unsere Blicke treffen sich, wir sind uns verflucht nah, und ich spüre ihre weichen Lippen und ihren heißen Atem. »Leise, oder willst du wieder zu den anderen?«

*Darüber muss sie allen Ernstes nachdenken!* Schließlich schüttelt sie den Kopf. Sie bleibt, und ich nehme die Hand weg und streiche ihr eine Haarsträhne aus dem Gesicht.

»Fass mich nicht an!«

»Es gefällt dir.«

Damit bringe ich sie aus dem Konzept. Sie sucht nach Worten. »Fass mich trotzdem nicht an«, sagt sie und wendet sich zum Gehen.

Ich grinse zufrieden. Wegen eines kleinen Wortes. *Trotzdem.* Weil ich recht hatte: Es gefällt ihr. Mit dem Wissen lasse ich meine Hand wie zufällig gegen ihre schlenkern. Ich könnte schwören, sie zieht jedes Mal die Luft ein. Ich wiederhole es. Andere Berührungen wage ich nicht. Das hier ist schon mehr, als ich gehofft hatte.

Wir laufen den Weg zurück zur Seilbahnstation. Wenn uns Leute entgegenkommen, muss sie näher zu mir rücken, was ich jedes Mal genieße.

»Warum hast du Nein gesagt?«, frage ich sie nach einer Weile.

»Spielt keine Rolle.«

»Gehst du mit jemand anderem hin?« *Bitte nicht.*

Sie rollt mit den Augen, als wäre das lächerlich.

»Was ist es dann?«

»Sehe ich so aus, als würde ich auf Bälle gehen?« Sie bleibt stehen und stemmt die Hände in die Seiten. *Eine Göttin in Wandersachen.*

»Wenn du ein Kleid brauchst … viele Boutiquen in der Colorado Avenue haben gerade Modelle im Angebot. Oder meine Mom kann dir helfen. Das macht sie garantiert, wenn ich sie bitte.«

Aprils Miene verhärtet sich, sie dreht sich weg und läuft wortlos weiter.

»Was hab ich jetzt gemacht?«, rufe ich ihr nach und folge ihr.

»Kannst du es nicht dabei belassen?«

»Erklär es mir! Mein Gefühl sagt mir, du willst mit mir zum Ball gehen.«

»Tja, da hast du deine Antwort. Dein Gefühl irrt sich.«

»Das tut es nicht. Erklär mir, warum!«

»Vielleicht mag ich dich ja einfach nicht. Schon mal daran gedacht, Mister Superstar?!«

Sie beschleunigt den Schritt, als wäre der Teufel hinter ihr her. Nach ein paar Minuten taucht die Seilbahnstation auf. Eine Schlange hat sich gebildet.

»Lass uns kurz warten«, sage ich.

»Sehe ich so aus, als würde ich auch nur eine Sekunde länger mit dir verbringen wollen?«

*Das sitzt.* Ich packe sie an der Hand und ziehe sie zur Station. »Lass uns das hier beenden. Ich halte es auch keine Sekunde länger mit dir aus.«

Verletzt sieht sie mich an. Das hat sie jetzt davon. *Merkt sie mal, wie das ist, der Fußabtreter zu sein.*

Wir stellen uns zu den Wartenden und kriegen noch Stehplätze in der Mitte. Als sich die Kabine in Bewegung setzt, greift April Halt suchend nach mir. Notgedrungen.

Ich will sie erwürgen, aber wenn das alles ist, was ich bekomme, dann nehme ich es. Mit einer Hand halte ich mich am Handlauf fest, mit dem freien Arm halte ich April.

Sie sieht mich verärgert an.

»Es sind bloß zwei Minuten«, sage ich. »Oder willst du lieber in die Leute fallen?«

»Scheiße, Cole«, murmelt sie und legt die Arme daraufhin richtig um mich.

Mein Herz hämmert wie wild. In diesem Moment ist alles perfekt. Ich stehe nicht auf Zwischenfälle, aber ich bete, dass die Seilbahn kurz in der Schwebe anhält. Für mehr Zeit mit April.

Auch wenn ich mein Glück überstrapaziere, so streiche ich mit der Hand über ihren unteren Rücken. Das ist echt nichts. Trotzdem brennt sich jede einzelne Sekunde in meine Erinnerung. Genau wie das leise Luftholen von April und der Moment, als sie ihren Kopf an meine Schulter legt. Ich habe seit einem Jahr Sex und knutsche seit drei Jahren mit Mädchen, aber nichts kommt an das hier heran. *Rein gar nichts.*

Viel zu schnell erreicht die Seilbahn das Tal. Die Türen öffnen sich, und alle strömen nach draußen, auch April.

»Ein allerletzter Versuch«, sage ich und halte sie auf, ehe sie weg ist, weil sich das eben zu gut angefühlt hat. »Du willst wirklich nicht?« Ich schlucke. »Wir können auch was anderes machen«, fällt mir ein, und meine Worte überschlagen sich, so aufgeregt bin ich. *Dass mir die Idee nicht eher gekommen ist!* »Wir könnten …« Mist, ich komme nur auf romantisches Zeug. Nachts bei Mondschein mit der Knutschdecke an den Fluss fahren. Auf dem alten Spielplatz abhängen. Oder mit dem Wagen auf der Last Dollar Road halten und den Sonnenuntergang über Mount Wilson anschauen.

»Jetzt erst recht nicht, Cole«, sagt sie, ehe ich mir was Cleveres überlegen kann. Dann ist sie weg.

»Scheiße!« *Habe ich die Zeichen so falsch gedeutet?*

*Nein. Da ist was zwischen uns. Aber sie will es nicht.*

Ich kann immer noch spüren, wie sie sich an mich gelehnt hat, und ich kann nicht aufhören, daran zu denken, wie es gewesen wäre, sie zu küssen.

Aber das war es mit uns. Ich hab's kapiert. Ich brauche es nicht schriftlich. Es ist vorbei.

Am nächsten Tag frage ich Reese, ob sie mit mir zum Abschlussball geht. Sie sagt sofort zu. Auf dem Ball tanzen Reese und ich eine Woche später die halbe Nacht. Die schnellen Lieder und auch die langsamen, und als wir uns küssen, schließe ich die Augen – und fühle nichts. Zwei Minuten in der Seilbahn haben genügt, und April hat mein Herz gekapert, ohne es zu wollen, ohne es zu wissen. *Fuck!* So hatte ich mir das Ende dieses Lebensabschnitts nicht vorgestellt. Ganz und gar nicht. Genauso wie April ab dem darauffolgenden Tag nicht mehr zu sehen. Weil sie weg ist. Endgültig. *Warum wollen alle nur so schnell erwachsen werden? Es ist beschissen.*

# 1. Kapitel

*Jetzt*

## APRIL

*Brrr-brrr.* Mein Handy vibriert auf der Tischplatte. Ich hämmere weiter auf meine Tastatur ein, weil ich dafür gerade keine Zeit habe. Bei Gold Face Media, einer Werbeagentur in Downtown L. A., kämpfen im Moment die Geschäftsleitung, das Kreativteam und die Strategie um einen Neukunden. Ein Riesenetat steht auf dem Spiel, und es sieht nicht gut aus. Weil meine Chefin, Diva Raffaela Santini, die Influencer-Kampagne unnötig aufgeblasen hat. *Um ihnen zu zeigen, was wir können*, äffe ich sie in Gedanken und mit einem Augenrollen nach. *Ja, zu viel Geld ausgeben. Wenn jemand einen Linienflug will, legst du ihm doch auch kein Angebot für einen Privatjet hin!*

»Tempo, April! Ich brauche die Kostenaufstellung, jetzt!«, tönt ihre schrille Stimme vom Gang zu mir.

*Typisch. Sie verbockt es, und ich darf es ausbaden.*

Ich füge die Übersicht in die Präsentation ein, schicke ihr alles per E-Mail und höre auf die Geräusche aus dem Konferenzraum.

Der Tonfall meiner Chefin wird melodischer. So klingt sie, wenn sie Leute um den kleinen Finger wickelt. Sehnsüchtig warte ich auf den Tag, dass das mal nicht klappt. Keine Ahnung, wie sie es schafft, aber am Ende zieht sie immer den Kunden und unsere Kreativen auf ihre Seite – und steht als große Heldin da. Dabei hätten wir uns viele Runden sparen können, wenn alle auf mich gehört hätten. *Ich habe so was von genug von der Frau!*

Am liebsten würde ich schmollen – oder die Kreativabteilung darauf briefen, zehn Methoden zu finden, um Madame einen Kopf kleiner zu machen. Stattdessen konzentriere ich mich auf meinen eigentlichen Job. Ich frage beim Grafikteam nach dem Stand der Aufträge, sammle Kundenfeedback zu unseren Entwürfen ein, vor allem Änderungswünsche an einem Messestand, und schreibe Angebote.

»Wie hältst du das nur aus?«, fragt mich Ivy, meine Kollegin und Freundin, die mir gegenübersitzt und so wie ich die Schnittstelle zwischen Kunden und Kreativen ist.

Ich beuge mich an ihr Ohr. »Indem ich mich wegbewerbe. Das letzte Gespräch lief echt gut. Dieses Mal könnte es klappen.«

Ivy grinst breit, was mit ihren rot geschminkten Lippen richtig sexy aussieht. »Daumen sind gedrückt.«

»Zehen auch?«

»Klar, selbst wenn das Krämpfe gibt.«

»Du bist die Beste!« *Die Wahrheit.* Ich halte die ständig wechselnden miesen Chefs nur aus, weil ich mich nach einem neuen Job umschaue und weil ich Ivy habe, die mich durch diesen Wahnsinn begleitet. So wie ich kommt sie aus einer Kleinstadt und liebt, dass gefühlt jede Woche ein neuer Trend die Westküste erobert. Über die Jahre sind wir Freundinnen geworden. Sie ist der Mensch, der mich am besten kennt, und wir haben einen Pakt geschlossen: Wenn ich gehe, geht sie auch.

Leider ist das nicht so einfach.

Seit fünf Jahren bemühe ich mich um einen besseren Job. Der Anfang als Projektassistentin bei Gold Face Media war großartig. Jetzt ist die Position eine Sackgasse. Ich hoffe, es klappt bald mit dem Wechsel. Erst letzte Woche hatte ich die zweite Bewerbungsrunde für eine Teamleitung in Santa Monica. Ich habe ein gutes Gefühl. Dass ich für die neue Stelle nicht mal umziehen müsste, ist ein Riesenbonus. Mittlerweile suche ich nämlich landesweit.

»April, wir haben den Auftrag. Die Briefings für die Maßnahmen müssen noch heute raus«, reißt mich Raffaela aus meinen Gedanken und ist nach einer Millisekunde Blickkontakt wieder weg. *Was für ein Führungstalent!*

Ich mache mich an die Arbeit und atme auf, als ich nach 20 Uhr die Agentur verlasse.

*Erneut ein Tag geschafft!*

Ich schwinge mich auf mein Fahrrad und genieße den Heimweg von Downtown L. A. nach Echo Park und ein paar Sonnenstrahlen.

Zu Hause stelle ich mich unter die Dusche, ziehe mir was Bequemes an und gehe endlich meine Handynachrichten durch, für die ich den Tag über keine Zeit hatte. Manche Leute verstehen das nicht. *Aber sie haben auch nicht diese Granate als Chefin!*

Aufgeregt öffne ich die Mail vom Platinum Gym und lese.

Sehr geehrte Ms Bishop,

vielen Dank für Ihre Präsentation in unserem Haus.

Nach eingehender Beratung haben wir uns jedoch für einen Bewerber entschieden, der noch besser zu unserem Unternehmen passt.
Das ist keine Wertung Ihrer Persönlichkeit.
Wir wünschen Ihnen viel Erfolg in Ihrer weiteren beruflichen Laufbahn.
Simon Reach und Alexandra Tanner
Personalabteilung
Platinum Gym

*Nein! Warum?!* Schockiert plumpse ich aufs Sofa. Gefühlt hat man mich schon hundert Mal zu einem Gespräch eingeladen, und hundert Mal wurde mir offiziell abgesagt. *Wie konnte es nur so weit kommen? Ja, der Arbeitsmarkt ist angespannt, und Stellen mit Führungsverantwortung sind rar. Aber warum klappt es nicht? Ich will ein eigenes Team führen, nicht zum Mond fliegen.*

*Liegt es an meiner Qualifikation?*

*Nein, bestimmt nicht. Mein Lebenslauf punktet.*

Frustriert gehe ich ins Bad und sehe mich im Spiegel an. *Was, wenn ich es bin?*

Okay, jetzt gerade habe ich ein Top und Jogginghosen an. Aber im Büro trage ich tolle Outfits. *Ist es meine Größe?* Zwei Zentimeter mehr wären schon gut. Aber selbst wenn! Mein Lächeln ist bezaubernd. Meine Augen sind blau wie der Himmel, und ich bin blond, was viele mögen. Durch das Radfahren bin ich außerdem gut in Form. Ich verstehe es nicht.

*Was haben die hundert Leute, die mir die Jobs weggeschnappt haben, was ich nicht habe?*

*Ich weiß es nicht.*

*So einfach ist das.*

*Ich habe absolut keine Ahnung.*

*Und jetzt? Zurück zu Raffaela Santini – oder welche Koryphäe auch immer irgendwann ihren Posten haben wird?*

Alles in mir schüttelt sich bei dem Gedanken. Ich wollte meine privaten Dateien vom Computer löschen, eine Sektsause geben und mit Kusshand verschwinden. Nicht die gute Seele der Agentur sein, bis ich alt und grau bin. Ich sehe förmlich die Inschrift auf meinem Grabstein: ›Hier arbeitete April Bishop, möge sie in Frieden unter dem Schreibtisch ruhen!‹

*Nein, verdammt! Dafür habe ich nicht studiert. Ich kann mehr.* Es wird Zeit, das zu beweisen. Davon mal abgesehen, dass das Leben in L. A. teuer ist und ich mir endlich eine größere Wohnung leisten will als die dreißig Quadratmeter in Echo Park. Ich mache weiter. *Nur wie?*

Ich bin für einen Job schon über glühende Kohlen gelaufen, bin von einer Brücke gesprungen und habe beim Wildwasser-Rafting mitgemacht. Wobei mir in *dem* Fall zumindest klar ist, warum das nichts geworden ist. Ich habe mich über die Beine des Personalleiters erbrochen. Nicht meine Sternstunde! Davon mal abgesehen frage ich mich, was ich noch anders machen könnte.

Mein Blick wandert zum Bücherregal mit all den Ratgebern, die ich in den letzten Jahren gelesen habe. Ich gehe ins Schlafzimmer und nehme das neueste Buch, das ich gerade durcharbeite, in die Hand. *Kinderleicht verhandeln.*

*Als würde mir das helfen!* Ich brauche ein Seminar. Bei *ihm.*

Plötzlich rast mein Herz, und schnell dränge ich die Idee zurück. Das ist verrückt. Absolut verrückt. Lieber melde ich mich zu dreimal täglich Wildwasser-Rafting mit vollem Magen, als das ernsthaft in Erwägung zu ziehen.

*Und bei jemand anderem?*

*Als wäre irgendjemand besser als er. Verdammt!*

Nervös drehe ich das Buch um und entdecke auf der Rückseite das Autorenfoto. Selbstbewusst lächelt mich ein dunkelblonder Typ mit einem Blick aus whiskeyfarbenen Augen an, der sogar jetzt für einen leichten Schauer sorgt. Dabei hat der Mann für das Foto nur einen Fotografen und nicht mich angeschaut.

»Puh!« Ich atme tief durch, lege das Buch beiseite und setze mich aufs Bett. Ich fuchtle mit der Hand vor meinem Gesicht herum, als könnte ich die Idee vertreiben, aber sie ist so wie die Schokoladenkrümel zwischen den Seiten zwanzig und einundzwanzig, die ich letzten Sonntag in *Kinderleicht verhandeln* hinterlassen habe. Nicht mehr wegzukriegen.

*Nein, April, die Idee ist verrückt.*

»Aber mit allen anderen bist du durch«, debattiere ich mit mir selbst, was ein bisschen verrückt, doch nach hundert erfolglosen Bewerbungsgesprächen durchaus angemessen ist.

»Verdammt!«

Es gibt eine einzige Sache, die ich noch tun kann.

*Jemanden um Hilfe bitten, der sich damit auskennt.*

*Einen Profi.*

*Einen alten Freund.*

Ich muss husten.

*Gut, kein alter Freund.* Jemand von der Highschool. Der viel rumgekommen ist und jetzt wieder – laut Buchumschlag des aktuellen New-York-Times-Sachbuch-Bestsellers *Kinderleicht verhandeln* – in Telluride, Colorado lebt, meiner Heimatstadt. *Unserer* Heimatstadt.

*Cole Cameron.*

Der mich gefragt hat, ob ich mit ihm zum Abschlussball gehe.

Und dem ich abgesagt habe.

Aus gutem Grund. Aus *sehr* gutem Grund. Weil man verletzt werden kann. Je mehr man für jemanden fühlt, desto heftiger. Und für diesen Mann habe ich definitiv zu viel gefühlt.

*Bin ich wirklich so verzweifelt?*

*Ja, das bin ich.*

Ich öffne meinen Kalender und sehe auf meinen Urlaub in zwei Wochen, erst sechs Tage am Strand, dann ein Tag bei einem weiteren Bewerbungsgespräch in Chicago.

Ich überlege kurz, dann storniere ich das Beach Hotel und buche mir stattdessen einen Flug nach Telluride, Colorado, eine der schönsten Kleinstädte mit historischem Wild-West-Stadtkern in Amerika. Im Sommer eine beliebte Wandergegend, im Winter eines der besten Skigebiete des Landes, das sogar Aspen den Rang abläuft. *Auf dass ich es nicht bereue …*

## COLE

Ich tippe die Schlussworte meines nächsten Ratgebers *Kinderleicht befördert werden*, schicke das Kapitel an Robyn, meine Ansprechpartnerin im Verlag, verlasse mein Büro und trete im Nebenraum vor die Kamera, um als letzten Akt des Tages mein wöchentliches Update für meine Follower zu drehen.

»Fertig?«, fragt mich Ken, mein Assistent, der mir den Nachmittag über den Rücken freigehalten hat, damit ich das Buchprojekt beenden kann, und steckt den Kopf rein.

»Ja, fertig, ganz Amerika wird demnächst besser bezahlt werden.«

»Echt? Ich sollte mir unbedingt den Vorabdruck besorgen.«

»Ist das deine Art, mir zu sagen, dass du mehr Geld willst?«

»Gut erkannt. Funktioniert es?«

»Über einen Bonus können wir gerne sprechen.«

»Wie du Multimillionär werden konntest, ist mir ein Rätsel, so viel, wie du immer verschenkst.«

»Mein Motto lautet: teile und herrsche«, antworte ich, zücke einen Scheck und fülle ihn aus. »Hier, danke für deine tolle Arbeit.«

Ken nimmt das Papier und grinst. »Fehlen da nicht ein paar Nullen, Boss? Hier steht nur was von zehn Dollar.«

»Für deine Frotzelei hab ich dir zwei Nullen abgezogen.« Ich klopfe ihm auf den Rücken. »Kopf hoch, für ein Bier reicht es.«

Er muss lachen, weil er solche Späße von mir kennt. Im Stillen merke ich mir aber, dass er mit der Veröffentlichung des nächsten Buches einen echten Bonus bekommen sollte. Ohne ihn könnte ich mein Arbeitspensum nicht stemmen. Ja, es ist sein Job, doch ich bin nicht so dumm, das, was er leistet, für selbstverständlich zu halten.

Ich ziehe mir ein frisches Hemd an, lockere meine Stimmbänder durch gezielte Atemübungen und das Aufsagen von Vokalen und stelle mir, während ich das mache, das Licht, die Kamera und das Mikro ein.

»Brauchst du mich noch?«, fragt Ken, weil es auf siebzehn Uhr zugeht.

»Wäre gut, wenn du die restlichen offenen Mails für mich beantwortest. Den Rest erledige ich.«

»Rest?«, hakt er nach. »Wie lange bleibst du noch?«

»Nicht mehr als eine Stunde, Mommy«, ziehe ich ihn auf, dabei war eine der Bedingungen für diesen Job, mich möglichst keine Überstunden machen zu lassen.

»Das ist jetzt schon die vierte Woche in Folge.«

»Nur wegen des Buchs. Wenn du also noch die Mails beantworten könntest …? Dann sind wir für heute durch.«

»Klar, bin dran.«

Er setzt sich an seinen Arbeitsplatz, und ich stelle mich vor die Kamera und gebe meinen Followern wie jede Woche Karrieretipps.

Als ich fertig bin, ist Ken weg. Ich verschanze mich in meinem Büro und signiere für den Verlag Bücher. Während ich schreibe, geht mir durch den Kopf, was Ken gerade gesagt hat. In letzter Zeit habe ich wirklich zu viel gearbeitet. Wohin das führen kann, habe ich nicht vergessen …

Nach dem College habe ich als Unternehmensberater im ganzen Land Karriere gemacht. Ich war gefragt, habe einen Haufen Geld verdient – und dabei nicht gemerkt, wie es mich kaputtgemacht hat. Bis ich vor fünf Jahren mitten in einer Rede vor zweihundert Leuten nicht mehr aufhören konnte zu lachen. Peinlich. Und ein Weckruf kürzerzutreten.

Nach meinem Zusammenbruch kam mir die Idee, mein eigenes Unternehmen zu gründen, nach meinen eigenen Regeln. Ich habe in Telluride eine Agentur für Personalvermittlung aufgemacht, die dank meiner Kontakte in die Wirtschaft seit Tag eins sehr gut läuft – und ich habe angefangen, meine beruflichen Erfahrungen in Büchern zu teilen. Den Anfang hat *Kinderleicht networken* gemacht. Mittlerweile gibt es Buch vier.

Ich signiere ein weiteres Exemplar von *Kinderleicht verhandeln*.

Es sind erst zehn Minuten um, und ich fühle mich schon jetzt, als hätte ich Stunden am Schreibtisch verbracht.

*Verdammt, es reicht für heute!*

Feierlich verewige ich mich ein letztes Mal auf dem Innentitel, dann ziehe ich mir einen Sweater über mein Businesshemd und verlasse das Büro.

»Ich sehe einen Geist!«, ruft Mitch gespielt schockiert, als ich über die Feuertreppe nach oben auf die Dachterrasse seines Geschäfts komme und ihn und meine Freunde am Grill und in Liegestühlen antreffe.

»So selten bin ich auch nicht hier«, beschwere ich mich über die Begrüßung. Bei gutem Wetter schaffe ich es meist, einmal die Woche vorbeizukommen.

»Hey, alle haben die Telluride-Sommerbräune, nur du nicht.«

»Ich bin eben diese Saison etwas später dran, ich hol das nach«, sage ich, stelle das Bier ab, das ich mitgebracht habe, und lasse mich in einen freien Liegestuhl fallen. »Fuck, ist die Aussicht schön!«

Die Berge der Rocky Mountains sieht man auf der einen Seite, auf der anderen zeichnen sich die roten Canyons ab, für die Arizona bekannt ist.

»Wenn dir das auffällt, warst du definitiv zu lange nicht hier …«, seufzt Thea, jetzt Lehrerin an der Highschool.

»Trotzdem total schön!«, wiederhole ich mich.

»Isst du noch was?«, fragt mich Mitch und schwenkt mit der Grillzange ein rohes Steak durch die Luft.

»Unbedingt!« Der Mann ist ein Gott am Holzkohlegrill. Da kann ich nicht Nein sagen.

Entspannt schließe ich die Augen und genieße die letzten Sonnenstrahlen des Tages – und schrecke zusammen, als sich jemand auf meinem Schoß niederlässt. Ich öffne die Augen und sehe Reese an, die für das Tourismusbüro der Stadt arbeitet.

»Schön, dass du dich mal wieder blicken lässt«, sagt sie und legt mir die Arme um den Hals.

»Schön, dass hier alle so tun, als wäre ich nie dabei«, antworte ich gespielt gekränkt.

»Du weißt ja, wie es im Sommer ist. Wir treffen uns quasi jeden Tag. Da fällt es auf, wenn einer fehlt. Nicht böse sein, ist nett gemeint.«

»Als könnte ich je auf euch böse sein!«, sage ich, meine alle, aber sehe, wie es in Reese' Augen hoffnungsvoll blitzt. *Klasse!* Ich mag sie. Sie darf auch gerne auf mir sitzen. Doch sie muss aufhören, sich eine Zukunft mit mir auszumalen. Sie ist witzig, sieht gut aus, ist ein Familienmensch. Aber ich empfinde nichts für sie, und das eine Mal, als wir uns vor Jahren geküsst und miteinander geschlafen haben, fühlte sich falsch an.

*Mit April wäre das anders gewesen*, schießt mir durch den Kopf.

Ich verziehe das Gesicht, weil ich *nicht* an diese Frau denken will. Nie *fucking* wieder. Meistens klappt das. Fünfzehn Jahre sind ja auch eine lange Zeit, um jemanden zu vergessen. Keine Ahnung, was gerade anders ist. Vielleicht, weil ich einen Moment wie diesen gerne mit ihr teilen würde. Noch immer. »So dämlich«, murmle ich.

»Alles okay?«, fragt Reese.

»Du sitzt auf meinen Eiern.«

»Ups.« Sie rutscht Richtung Knie. Als die anderen jedoch johlen und Witze über meine Eier machen, springt sie auf und schnappt sich ein Bier.

»Meine Güte, hört auf! Sonst fläze ich mich auf euren Eiern. Mal sehen, wer dann noch lacht.«

Kim, nach wie vor die engste Freundin von Reese und wie damals auf der Ranch ihrer Eltern eingebunden, verdreht die Augen und gesellt sich zu Reese. »Männer, wie alt seid ihr? Fünfzehn?«

»Da hätte Cole sich nicht beschwert, wenn sich eine Frau auf seinen Eiern fläzt!«, kontert Jonas, Handwerker im Ort.

Erwartungsvolle Blicke treffen mich, als müsste ich dazu was Cleveres sagen.

»Stimmt«, antworte ich nur, was für weitere Lacher sorgt, und alles ist wieder gut.

Zufrieden lehne ich mich zurück, genieße die Sonne im Gesicht und habe erneut April vor Augen. *Muss das sein? Es lief nie was zwischen uns, und sie hat sehr deutlich gemacht, dass auch nie was laufen wird.*

Bevor ich mir selbst den Abend ruiniere, schwinge ich mich hoch, stelle mein Bier ab und ziehe Reese zum Tanzen heran. Sie genießt die Aufmerksamkeit. *Vielleicht genügt genau das, und wir sollten einen zweiten Versuch starten? Wir mögen uns, verstehen uns, respektieren uns. Reicht das nicht für eine gemeinsame Zukunft?*

Als sich ihr Blick verändert und ich im letzten Moment erkenne, dass sie mich küssen will, weiche ich zurück und entlasse sie mit einer Drehung aus dem Tanz. *Nein, aus Reese und mir wird nie etwas.*

Die nächste Runde Steaks ist fertig. Ich sichere mir eines und übernehme für Mitch am Grill, damit er sich ein Bier holen kann.

»Sie hat keinen Herpes, weißt du?«, raunt er mir leise zu, sodass es die anderen nicht hören können, als er wieder da ist.

»Das ist es nicht«, antworte ich, weil klar ist, dass er von Reese spricht.

»Was ist es dann? Reese ist toll. Sie kennt die halbe Welt durch ihren Job, du die andere. Ihr passt gut zusammen.

Win-win.« Er legt mir den Arm um die Schulter. »Und mal unter uns: Du hast dieses verdammt große, leere Haus, was danach schreit, von einer Familie bevölkert zu werden. Da komm selbst ich ins Schwärmen.«

»Ach, willst du einziehen und mir meine einsamen Stunden versüßen?«

»Ich sag ja bloß, du bist nicht der Typ, der alleine alt wird. Das weiß Reese.«

»Ich finde schon noch die Richtige«, murmle ich. *Nur Reese ist es nicht.*

Weitere Annäherungsversuche bleiben zum Glück aus, und Beziehungsratschläge behält jeder für sich. Wir essen, reden über eine Gruppe Japaner, die mit ihrem Fotokonvoi die Hauptstraße lahmgelegt hat, und lassen es uns gut gehen.

Später zu Hause denke ich an Reese, die heute wirklich besonders anhänglich war.

Ich will Männer durchgehen, die ich ihr vorstellen könnte. Keine Sekunde später bin ich bei April Bishop, dem heißesten, schrägsten Mädchen der Highschool. Clever, schlagfertig – still.

*Gott, warum kriege ich sie nicht aus dem Kopf?* Irgendwie habe ich die Befürchtung, dass ich, sollte ich mal an Demenz erkranken, jeden vergessen werde außer dieser Frau. *Vielleicht liegt es daran, dass sie mir eine Abfuhr erteilt hat?* Das nachdrücklichste Nein, das ich je verkraften musste. Und ich habe nach ihr noch von vielen Leuten Neins gehört. *Das muss es sein!*

Müde gehe ich ins Bad, dusche und putze mir die Zähne.

April Bishop begleitet mich in Gedanken. So schlimm war es schon lange nicht mehr. Ich hab mich immer gefragt, was aus ihr geworden ist. Das Letzte, was ich weiß, ist, dass sie die Stadt verlassen hat. Seit der Schulzeit hat keiner etwas von ihr gehört.

Als ich im Bad fertig bin, schnappe ich mir noch mal das Handy und google ihren Namen, etwas, was ich all die Jahre vermieden habe. *Wie sonst soll ich den Spuk beenden?*

Die Ergebnisse liefern verdammt viele April Bishops, weil ihr Name recht gewöhnlich ist. Frustriert gehe ich die Bilder durch und bleibe bei einem hängen.

*Das ist sie!* Honigblonde, streng zusammengebundene Haare, himmelblaue riesige Augen, volle Lippen und diese immer irgendwie aus dem Rahmen fallenden hohen Wangenknochen.

Ich klicke das Bild an und werde zu ihrem Profil auf einer Karriereplattform weitergeleitet. April Bishop, 32 Jahre alt, Kontakterin in einer Werbeagentur in Los Angeles.

*Okay, jetzt kann ich sie ja wohl endlich vergessen! Sie lebt in L.A., hat einen guten Job. Alles Weitere spielt keine Rolle.*

Leider passiert genau das Gegenteil. Ich will mehr über sie erfahren. Was sie die letzten Jahre gemacht hat, wie sie ihren Kaffee trinkt, ob sie alleine oder mit jemandem zusammenwohnt, vielleicht sogar Kinder hat.

Fuck, der Gedanke von April mit Kindern sorgt dafür, dass mein Puls nach oben klettert. Weil sie *meine* Kinder haben soll. *Drehe ich jetzt völlig durch?!*

Ich docke das Handy an die Ladestation, lege mich hin, schalte das Licht aus, werde aber ihr Bild nicht los. *Sie als Frau, nicht mehr als Teenager.* Und ich werde hart. Richtig unangenehm hart. Weil ich sie immer noch will. Heftiger denn je.

*Hab ich wirklich gedacht, eine Internetrecherche würde daran etwas ändern?* April könnte arbeitslos sein oder rot gefärbte Haare haben, trotzdem würde sie mir gefallen.

Aber sie wollte mich nicht. Hätte sie in den letzten Jahren ihre Meinung geändert, hätte sie sich bei mir melden können. Auf der Agenturwebsite stehen meine Kontaktdaten. Aber ich habe nie etwas von ihr gehört.

Wut steigt in mir auf, auf mich, auf sie, auf das Leben, heftiger denn je. Ich greife nach meinem Schwanz und bearbeite mich grob und effektiv, weil ich aufhören muss, an diese Frau zu denken. *Es ist vorbei.* Ich komme. *Fuck, es muss endlich vorbei sein.*

# 2. Kapitel

*Zwei Wochen später*

## APRIL

*Kehr um!* Genau das denke ich, während mich der Regen durchweicht.

Telluride war eine Schnapsidee. Nein, das stimmt natürlich nicht. Ich habe mir das gut überlegt und meinen Urlaub dafür abgesagt, aber nichts läuft, wie es soll.

Schon ein Vorgespräch mit Cole hat nicht geklappt. Ich bin nicht an seinem Assistenten vorbeigekommen. Je hartnäckiger ich wurde, desto giftiger wurde der Kerl. Zuletzt hat er mir mit der Polizei gedroht. Also bin ich auf gut Glück nach Telluride geflogen. *Hätte ich es mal gelassen!* Weil die Maschine in L. A. wegen eines Triebwerkdefekts ausgetauscht werden musste, habe ich meinen Anschlussflug in Denver verpasst. Dort habe ich Stunden auf den nächsten freien Flug nach Telluride gewartet, um nach 22 Uhr auf einem ausgestorbenen Flugplatz anzukommen. Ohne mein Gepäck, nur mit meiner Laptoptasche, Geld, Tampons und einem Ladekabel. Äußerst nützlich. Meinen reservierten Escalade konnte ich nicht abholen, weil der Verleih schon zuhatte. Ich musste ein Taxi in die Stadt nehmen. An der Rezeption des sehr günstigen Hotels ist niemand mehr, der mich eingecheckt hat. Es ist Nacht, der Regen hört nicht auf, und mir ist eiskalt. Ja, wir haben Sommer, doch in den Bergen fallen die Temperaturen gerne mal auf unter zehn Grad. Dafür hab ich die falschen Sachen an.

*Scheitern soll ja lehrreich sein. Nur was ist die Lehre aus diesem Desaster? Mir abzuschminken, jemals woanders zu arbeiten als bei Gold Face Media?*

»Verdammt, du gibst jetzt nicht auf«, ermahne ich mich. »Du hast es so weit geschafft und kehrst nicht einen Meter vor dem Ziel um. Also, denk nach!«

Früher hätte ich mich in die Turnhalle der Schule geschlichen. Aber wenn man mich dort als Erwachsene erwischt, kriege ich Ärger.

Angestrengt gehe ich meine Alternativen durch.

*Nachts wie ein Geist bei Cole vor der Tür stehen?* Wenn überhaupt die Geschäftsadresse, die im Internet steht, auch seine Privatadresse ist … *Nein.* Wir sind vor fünfzehn Jahren nicht als Freunde auseinandergegangen. Ich muss jetzt den bestmöglichen Eindruck machen, nicht den schlimmsten.

Ich beschließe, mir ein Taxi zurück zum Flughafen zu rufen. Das ist die beste Lösung. In der Halle kann ich übernachten. Es gibt Toiletten, und vielleicht ist morgen sogar mein Koffer da, ich kann mich umziehen und noch mal komplett neu starten.

*Guter Plan!*

Ich halte meine Nase in den eisigen Regen, um nach einem Taxi Ausschau zu halten, aber die kurven in solch kleinen Städten nicht einfach durch die Gegend. Es gibt genau ein Unternehmen: das, mit dem ich vorhin hergekommen bin. Ich suche im Internet nach der Nummer und rufe an, nur um zu erfahren, dass ich mich außerhalb der Geschäftszeiten melde.

*Ehrlich, Telluride? Fällt dir noch was ein, um mir zu sagen, dass ich nicht willkommen bin? Wie wäre es mit Blitzen? Donner? Hagel?*

Ich schaue nach oben, aber der Himmel bleibt einfach nur schwarz.

*Heißt das, mein Blatt wendet sich langsam? Oder bin ich verrückt, dass ich das Ausbleiben weiterer Plagen für ein gutes Zeichen halte?*

Fröstelnd halte ich mir meine klobige Tasche mit dem Laptop vor dem Bauch. *Als würde das wärmen!* Ich schaue die Hauptstraße runter, die zum Flughafen führt. Hinter der Landebahn gibt es einen Pub. Früher sind wir als Jugendliche oft den Weg zurückgelaufen, wenn wir zu betrunken zum Fahren waren. Es ist weit, vier Meilen, aber zu Fuß machbar. *Augen zu und durch!*

Entschlossen laufe ich los, mitten rein in die eiskalte Dusche, in der Hoffnung, dass mir durch die Bewegung wärmer wird.

Irgendwie hatte ich mir das Wiedersehen mit meiner Vergangenheit schöner vorgestellt. Könnte sein, dass die Vergangenheit sauer ist, dass ich die letzten Jahre nicht *ein* Mal bei ihr vorbeigeschaut habe. Das ist meine Strafe.

Nach einer halben Stunde bin ich pitschnass. Obwohl es Quatsch ist, wringe ich meine Jacke samt Bluse aus, nur damit sich die Sachen neu mit Wasser vollsaugen können. Wäre ich in L. A., würde ich mich über die Abkühlung freuen. Dort legt eine Hitzewelle gerade alles lahm. Hier bereue ich die Idee, weil mir nicht wärmer, sondern immer kälter wird.

Als vor mir Scheinwerfer auftauchen, denke ich nicht lange nach, sondern stelle mich mitten auf die Straße. Ich hänge an meinem Leben, aber ich muss aus diesem Regen raus.

Je näher der Wagen kommt, desto hektischer winke ich. Die Scheinwerfer blenden mich. Weil ich absolut nichts an mir habe, um auf mich aufmerksam zu machen, zücke ich mein Handy und lasse die letzte Energie in die Taschenlampe fließen. Wenn der Fahrer nicht im Halbschlaf ist, muss er das sehen.

*Bremst er?*

*Ja! Gott sei Dank.*

Ich weiche zurück an den Straßenrand.

Ein Pick-up kommt näher. Bis auf die Scheinwerfer kann ich jedoch nichts erkennen. Kein Kennzeichen, nichts, was mir sagt, ob das jemand aus der Gegend ist oder nicht.

Obwohl es ein nutzloses Unterfangen ist, streiche ich mir Wasser aus den Haaren und richte meine Klamotten, um nicht ganz so verloren auszusehen. Der Wagen hält, und die Beifahrertür geht auf.

»Los, steig ein!«, ruft jemand.

Ich will schon Danke sagen und reinklettern, bis ich sehe, wer hinter dem Steuer sitzt. »Cole Cameron?«, frage ich, dabei ist es überflüssig. Ich würde diesen Mann immer erkennen. Egal, ob er nun siebzehn oder Anfang dreißig ist. Egal ob in legeren Klamotten oder wie gerade in einem perfekt sitzenden, wenn auch leicht zerknitterten Anzug. Mein Körper erkennt ihn. Neue Gänsehaut überzieht jeden Quadratzentimeter von mir. Mir ist kalt vom Regen, aber gleichzeitig durchdringt mich Hitze. Hitze, von der ich dachte, dass sie nach all den Jahren verschwunden sein sollte. Es scheint, das Universum war für heute noch nicht fertig mit mir. Das ist nicht die Art, wie unser Wiedersehen laufen sollte. Ganz und gar nicht.

»Steig ein, April!«, wiederholt er. *Schroffer.* »Oder bin ich dir immer noch so zuwider?«

Hastig nehme ich Platz. »Danke.«

»Verirrt?«, gibt er nur zurück, die Hand auf der Gangschaltung, als würde ich mir nicht dumm genug vorkommen, nachts herumzuspazieren. »In welchem Hotel wohnst du?«

Je mehr Wärme mich durchdringt, desto heftiger zittere ich. Meine Zähne klappern. Meine Finger sind eiskalt, und meine Zehen spüre ich kaum noch. »D-d-das –« Ich stocke, bis mein unterkühltes Gehirn mich daran erinnert, dass mir das nichts bringt, weil ich nicht einchecken kann. »I-i-ich w-w-wollte z-z-zum Fl-l-lughafen.«

Cole sieht mich an, als hätte ich ihn gebeten, mich zurück nach Los Angeles zu fahren.

*Was täte ich für eine Zeitmaschine, die diesen Moment ungeschehen macht! Oder am besten gleich unsere komplette gemeinsame Vergangenheit.*

»A-a-also … eigent-l-l-lich will ich z-z-zu dir, Cole«, stelle ich klar. Schlimmer kann es sowieso nicht mehr werden.

»Scheiße, April!« Er legt den Gang ein und fährt los.

## COLE

Mein Gehirn muss das erst mal verarbeiten. April Bishop, die Frau, die mir seit Wochen durch den Kopf spukt, sitzt bis auf die Knochen durchweicht in meinem Wagen. Ich will sie erwürgen, weil der Frust von damals wieder in mir aufsteigt – und küssen.

*Dringend.*

»W-w-warum bist du s-s-so sauer auf mich?!«, fragt sie und zittert wie Espenlaub, was mich dazu bringt, zu wenden und nach Hause zu fahren statt wie geplant ins Büro, wo ich eine der Jubiläumssektflaschen vom Verlag für das millionste verkaufte Buch als Überraschung auf Kens Platz stellen wollte.

»Warum ich –?« Mir fehlen die Worte. Das ist noch nie passiert, und das will bei meinem Leben mit all den Vorträgen, die ich halte, was heißen. *Vielleicht weil ich dir den Hals umdrehen will, aber gleichzeitig einen echt üblen Ständer habe?*

»Das k-k-kann doch nicht wegen d-d-damals sein, oder? Das ist Ewig-k-k-keiten her.«

Ich will abwiegeln. Sie hat mir einen Korb gegeben, nicht mich betrogen. Aber ja, ich nehme ihr das übel. Jetzt sogar mehr als früher, weil sie den gleichen Effekt auf mich hat wie ich auf sie. Das sagen mir ihre röter werdenden Wangen und ihr intensiver Blick. Alles wäre anders gekommen, wenn sie sich auf mich eingelassen hätte. Besser. Schöner. Also ja, ich bin verdammt wütend. Doch für die alte Geschichte ist später Zeit.

»Vielleicht bin ich ja nur sauer, weil du wie eine Selbstmörderin auf dem Mittelstreifen standest. Schon mal was von Aquaplaning gehört? Ich hätte dich umbringen können!«

»Hast du aber nicht.«

*Nur knapp*, denke ich und hefte meinen Blick dermaßen stur auf die Fahrbahn, dass mir der Nacken wehtut. Lieber das, als April anzusehen, in ihren durch den Regen förmlich durchsichtigen Klamotten, die nichts der Fantasie überlassen.

»Wie konntest du nur so dumm sein und alleine bei dem Wetter diese Straße langlaufen?«, knurre ich.

»D-d-das haben wir f-f-früher öfter gemacht.«

»Ja, aber nicht im Regen.«

»Ich hatte keine andere Wahl.«

»Man hat immer –«

»Was? Eine an-d-d-dere Wahl? So wie du es in deinen V-v-videos predigst?« Vor Kälte zitternd hält sie die Hände vor die Lüftung. »Okay, dann verrat mir, was ich hätte machen sollen: Statt drei Stunden war ich zwölf unterwegs. Mein Gepäck ist weg. Ich habe nur meine Laptoptasche mit meinem Portemonnaie, meinem Handy, einem Ladekabel und drei Tampons dabei. Wirklich sehr hilfreich bei dem Wetter. Meinen reservierten Mietwagen konnte ich nicht mehr abholen und in mein Hotel nicht einchecken. Und jetzt?«

»Kein Mensch hat so viel Pech.«

»Tasche!«, faucht sie, hält ihre gerade so dem Regen trotzende Laptoptasche hoch, kramt darin und präsentiert mir ihre Damenprodukte. »Tampons, Portemonnaie. Weitere Fragen?«

»Erst mal nicht.«

Natürlich bin ich neugierig, was sie von mir will. Aber wichtiger ist, dass sie aus den nassen Klamotten rauskommt, sie bei mir ist – und wir beide Schlaf bekommen. Nicht dass ich was Dummes tue. Schlafmangel kann genauso benebelnd wirken wie Alkohol.

Ich schaue kurz zur Seite und bereue es sofort. Das Verlangen, April zu küssen, ist so heftig, dass meine Haut brennt. Ich will sie berühren, bis meine Hitze auf sie übergegangen ist und sie nicht mehr diese blauen Lippen hat. Ich will alles mit ihr. Was sie ganz sicher nicht will. Dafür wirkt sie viel zu geschäftsmäßig.

»Hier wohnst du?«, fragt sie, als wir vor meinem Haus halten, einer Mischung aus Villa und Berghütte, umgeben von Wald, bis in etwa hundert Metern die nächsten Nachbarn kommen, deren Häuser man in der Dunkelheit nur erahnen kann. »Allein?«

»Find's heraus«, sage ich und steige aus.

Sie folgt mir durch den Regen zum Hauseingang. Wieder heftiger zitternd. Das Licht schaltet sich automatisch an.

Ich gebe den Code für die Alarmanlage ein, schließe auf und lasse uns rein.

Wärme umfängt uns. Ich trete mir die Schuhe von den Füßen und hole ein Handtuch aus dem Bad. Ein anständiger Kerl hätte es April vielleicht einfach gegeben, aber ich nehme ihr die Laptoptasche ab, lege es ihr um die Schultern und drücke sie an mich, bevor ich selbst weiß, was ich da eigentlich tue.

»Lass das, Cole!«

»Halt die Klappe!«

»Aber –«

Statt zu diskutieren, ziehe ich sie enger an mich.

*Himmel, fühlt sich das gut an. Warum habe ich das damals nicht einfach gemacht? Ich will April nie wieder loslassen.*

Wärmend reibe ich ihr über den Rücken, doch sie hört nicht auf zu zittern.

»Los, du frierst, ab in die Wanne mit dir!« Unmissverständlich lotse ich die sexy Handtuchrolle durch mein Haus, bis wir das große Bad erreichen.

»Kannst du mir trockene Sachen leihen?« Sie bekommt rote Wangen, als wäre ihr die Frage unangenehm.

»Für einen Kuss«, rutscht mir raus, weil der so was von überfällig ist.

»Sehr witzig, Cole!«

»Das war kein Scherz.«

»So läuft das also bei dir?«

»Nichts ist umsonst. Das solltest du wissen.«

Sie zögert und scheint mehrere Antworten durchzugehen. Ich schätze, was immer sie von mir will, hält sie davon zurück, mir richtig Kontra zu geben.

»Jetzt sind es zwei Küsse«, verkünde ich und zupfe an dem Handtuch. »Mit dem hier drei.«

»Lass die Spielchen, Cole!« Sie will an mir vorbei zur Wanne, als wäre sie bei sich zu Hause. »Wenn du mich nicht durchlässt, renne ich wieder raus in den Regen!«

»Nur zu«, erwidere ich ruhig, weil sie blufft. »Drei Küsse, April.«

»Gefällt es dir, die Situation auszunutzen?«

Ich rücke näher und lasse sie meinen Körper spüren – und damit notgedrungen auch meine nicht zu ignorierende Erektion. »Baby, ich hab noch nicht mal ansatzweise damit angefangen zu tun, was ich tun will.«

*Dafür lande ich in der Hölle. Ich werde Warzen bekommen. Oder nie wieder eine Erektion.*

Dann gibt April diesen Laut von sich. *Ultraleise. Aber er ist da.* Sie stöhnt kehlig. *Bedürftig.* So als könnte sie es nicht abwarten, dass ich meine Drohung in die Tat umsetze. *Erwischt, Baby.*

»Drei Küsse«, wiederhole ich.

»Wie du willst«, sagt sie, drückt mir jeweils links und rechts ein Küsschen auf die Wange und das letzte aufs Kinn.

*Ehrlich jetzt?!* Das ist besser als alles, was ich bisher hatte, doch nicht das, was ich wollte. Ihre kalten Lippen bringen mich jedoch zur Vernunft. »Gut, ich hol dir Sachen, und das Bad gehört dir, April. Aber wenn du wieder rauskommst, machen wir das richtig.«

»Dann komme ich wohl besser nie mehr raus.«

*Gott, wie hat mir ihre Schlagfertigkeit gefehlt!* Ein Lächeln schleicht sich auf meine Lippen, denn wir beide wissen, dass sie das früher oder später tun muss. Ich suche ihr Kleidung von mir raus, ein Shirt, einen Sweater und eine Jogginghose mit Bändern am Bund, die sie festziehen kann.

Wortlos nimmt sie die Sachen entgegen und schließt sich im Bad ein. Während sie badet, setze ich Tee auf, mache

Feuer im Kamin, drehe das Thermostat hoch und ziehe mir bequeme Sachen an.

Völlig unerwartet erfasst mich eine tiefe Ruhe. Es fühlt sich richtig an, dass diese Frau hier ist. Bei mir. Und ich hoffe, dass sie bleibt.

Als April eine halbe Stunde später aus dem Bad kommt, sauge ich ihren Anblick in mir auf. Die rosigen Wangen, der feurige Blick, meine Klamotten an ihr – und die nach wie vor leicht blauen Lippen. *Fuck!*

»Ist dir noch kalt?«

»Geht schon.«

»Wie wäre es mit einem Tee?«

»Gerne.«

Ich gebe ihr einen Wink, mir in die Küche zu folgen, und gieße ihr eine Tasse ein. Sie nimmt ein paar Schlucke, aber richtig Farbe kriegt sie nicht.

»Brauchst du noch mehr?«, frage ich.

»Es geht schon.«

»Dann lass uns jetzt schlafen gehen«, sage ich. Es ist weit nach Mitternacht. Morgen muss ich um sechs aufstehen. Es steht viel an.

»Wir zusammen?!« Schockiert sieht sie mich an. *Und hungrig.*

Ich muss grinsen. »Also, wenn du möchtest, gerne, aber ich dachte an getrennte Betten. Das Haus hat die vielen Zimmer nicht nur zum Angeben.«

Ohne ihre Antwort abzuwarten, führe ich sie zu dem Gästezimmer, das direkt neben meinem Schlafzimmer liegt. Zum Glück wirbelt eine Haushälterin einmal die Woche durch jeden Raum. Alles ist ordentlich.

Statt zu gehen, bleibe ich jedoch im Türrahmen stehen. April riecht nach meinem Badezusatz, aber ich kann auch ihren Duft wahrnehmen, und die Mischung macht mich wahnsinnig. Auf eine schöne Art.

»Was ist los, Cole?«

»Du hast noch was vergessen.«

»Keine Ahnung, wovon du redest.«

*Lügnerin!* Ihre plötzlich höhere Stimme verrät sie. »Die Küsse«, sage ich. »Drei richtige Küsse. Oder ein verdammt langer.«

»Ich will dich aber nicht küssen.«

»Pech! Das war der Deal.«

»O bitte, es ist ja nicht so, als hättest du mir die AGBs ausgehändigt, bevor ich in deinen Wagen eingestiegen bin. Rettung nur für sexuelle Gefälligkeiten.«

»Warum wehrst du dich so dagegen?«

»Das ist eine dumme Idee.«

»Wie ich schon in *Kinderleicht erfolgreich* geschrieben habe: Manchmal ist eine dumme Idee besser als keine.«

»Du wirst es morgen bereuen, wenn du hörst, was ich will.«

»Morgen ist morgen, und heute ist heute.«

»Warum ist dir das so wichtig?«

»Warum dir nicht? Ich bin ein guter Küsser.«

»Pfff!«, schnaubt sie.

Mit Blicken streife ich über ihre Lippen, intensiv, als wäre es eine Berührung. Ich lasse sie auf keinen Fall ohne Kuss schlafen gehen. »Glaubst du mir nicht?«

»Ich weiß, mit wem du auf der Highschool rumgeknutscht hast.«

»Also nicht«, murmle ich und lächle. »Was ist dann dabei? Angst, dass dir mein schlechter Kuss gefällt? Oder dass ich finde, dass du noch schlechter küsst als ich?« *Oder dass ich weiter gehen könnte, Baby.*

Ich ziehe sie nur auf, und die erwünschte Wirkung bleibt nicht aus. Sie atmet tief ein, als wollte sie die Luft anhalten, packt mein Gesicht und drückt ihren Mund so schnell auf meinen, dass ich gar nicht weiß, wie mir geschieht.

*Fuck!* Kleine Stromstöße durchfahren mich. Egal, wie plump ihre Berührung ist. Ich bin im Himmel! Sie presst ihre geschlossenen Lippen auf meine – und sie hat dabei die Augen zu. Ich sehe förmlich, was sie denkt: ›Siehst du, der Kuss ist noch schlechter, als ich dachte!‹ Mich stört das kein bisschen. Das hier ist mehr, als ich seit Jahren hatte, und meine Chance. Ich greife in ihre feuchten, frisch gewaschenen Haare, nehme ihren Kopf behutsam in die Hände und erwidere den Kuss, atme gegen ihre Lippenmauer und streiche sanft mit meinen Lippen über ihre.

»Hör auf«, haucht sie da kehlig.

*Nie im Leben! Wenn ich schon in der Hölle lande, soll sich das lohnen.*

Ich nutze aus, dass sich ihre Lippen geöffnet haben, sauge an ihrer Unterlippe, entlocke ihr wieder diesen sehnsüchtigen Laut – und dann lassen sich ihre Lippen endlich auf meine ein, und alles, was ich je an Verlangen für diese Frau gespürt habe, verdoppelt sich.

Es kostet mich jeden Funken Willenskraft, den Kuss nicht sofort zu vertiefen, nicht zu viel auf einmal zu nehmen. Zu meiner Überraschung ist es April, deren Zunge plötzlich in *meinen* Mund gleitet, mich neckt, herausfordert, verrückt macht, und mein letzter Rest Selbstbeherrschung bröckelt.

Wir erledigen die drei Küsse, aber keiner von uns hört auf. Es werden vier, fünf, sechs … Es spielt keine Rolle. Wir haben Jahre nachzuholen.

Ich ziehe April enger, und sie presst sich an mich. Keine Ahnung, was gerade passiert ist und warum sie ihren Widerstand aufgegeben hat. Sie ist perfekt. *Wir* sind perfekt. Besser, als ich es mir je erträumt habe.

Als sie meine Erektion bemerkt, stöhnt sie lauter und krallt sich noch fester an mich. Sie muss es nicht sagen. Ihr Körper zeigt mir deutlich, sie will mich. *Ganz.*

Selbstbewusst zieht sie mich zum Bett. Wir fallen beide auf die Matratze. Ich bewege mich über ihr, sie legt ein Bein um mich. *Doch das kann nicht wirklich passieren. Nach all der Zeit. Einfach so.*

Schwer atmend halte ich inne, will den Kuss nicht beenden, aber muss es, weil das hier zu schnell geht.

»Schau mich an, Baby!«, hauche ich, streiche mit meinen Lippen über ihre nun warme Haut und sauge auf, wie ihr Körper heiß unter meinem pulsiert. »Mach die Augen auf. Bitte!«

Ihre Lider flattern. Dann geht ein Ruck durch sie, sie sieht mich fassungslos an. »Was hast du getan?!«

Ich könnte jetzt einen dummen Spruch bringen, feststellen, dass ich sehr wohl gut küssen kann. Sie darauf hinweisen, dass es ihre Zunge war, die zuerst in meinen Mund gewandert ist, nicht umgekehrt. Dass sie mich will, auch wenn sie es ständig abstreitet. Stattdessen tue ich das hoffentlich Richtige und löse mich von ihr. »Ich bin nebenan. Gute Nacht, Baby.«

# 3. Kapitel

## APRIL

Cole weicht zurück. Als er die Tür schließt, begegnen sich unsere Blicke noch mal. Er sagt nichts, da ist nur Hitze zwischen uns. Dann bin ich allein. Ich lasse mich auf dem Bett zurückfallen, fahre mir übers Gesicht und versuche zu verstehen, was hier gerade passiert ist.

Mein Körper brennt protestierend, weil ich mehr von diesem Mann will. Dabei weiß ich, dass ich ihm nicht mehr geben darf. Das eben war schon viel zu viel. *Verdammt, das Wiedersehen lief überhaupt nicht so, wie ich es mir ausgemalt habe.*

Ich stehe auf und stelle zur Sicherheit einen Stuhl vor die Tür, damit Cole sich nicht zu mir schleichen kann. Danach schließe ich mein Handy an ein Ladekabel und kuschle mich beruhigt in die Decke, die nach Cole und Waschpulver riecht. Genau wie die Sachen, die er mir gegeben hat. Ich atme die Duftmischung ein und fühle mich seltsam geborgen, auch wenn ich das nicht sollte. Erschöpft vom Tag schlafe ich ein.

Küchengeräusche wecken mich. Draußen ist es hell, aber die kühle Luft im Raum sagt mir, dass es noch früh sein muss. Ich fühle mich wie gerädert und will am liebsten einfach weiterschlafen. Doch dann holen mich die Ereignisse der letzten Nacht ein – genau wie die Tatsache, wo ich bin.

*Bei Cole.* »Scheiße!«

Laut meinem Handy ist es kurz nach sechs. Ich verlasse das Zimmer, werde von einer Wolke Kaffeeduft empfangen und entdecke Cole in der Küche. Jetzt frisch rasiert, voller Energie und in Jeans und einem faltenfreien Hemd – wenn ich raten müsste, anders als der Anzug gestern, die üblichen Sachen, die er zur Arbeit trägt.

»Sorry, ich wollte dich nicht wecken«, sagt er, schaut kurz auf, verharrt eine Millisekunde zu lange bei mir und belegt dann weiter Bagels. »Leg dich ruhig wieder hin!«

Ich bleibe stehen und sehe ihn zum ersten Mal richtig an. Aus dem attraktiven Jungen ist ein attraktiver Mann geworden. Sein Gesicht hat mehr Charakter bekommen. Mir gefallen die feinen Fältchen auf seiner Stirn. Seine dunkelblonden Haare bräuchten einen Schnitt, die kriegen Wellen, wenn sie zu lang sind. Und er ist kräftiger geworden. Als würde er regelmäßig Sport treiben.

Dann wandert mein Blick zu seinen Lippen. Ich erinnere mich an den Kuss, der nicht schlecht, sondern der beste meines Lebens war … »Wir sollten über das reden, was letzte Nacht passiert ist.«

»Unbedingt.«

»Gott sei Dank! Ich dachte schon, du fandest das gut.«

»Den Kuss?«, sagt er nur, packt die Bagels in eine Tüte und dreht sich zu mir. »Doch, der hat mir gefallen.«

Sofort prickeln meine Lippen, aber ich ignoriere das Gefühl. »Das war ein Fehler«, sage ich.

»Fand ich nicht.«

»Ich war müde, du auch.«

»Ach, und deshalb ist es passiert?«

»Ja, natürlich! Warum denn sonst?«

»Was, wenn ich dafür, dass du übernachtet hast, erneut einen Kuss will?«

»Du bietest dein Zimmer ganz schön günstig an«, witzle ich, spüre aber, wie mein Puls sofort nach oben klettert, weil mein verfluchter Körper mehr will. Jetzt sogar dringender als damals.

Cole lacht nicht. Er kommt zu mir, und ich merke zu spät, dass er mich am Küchentresen gefangen nimmt, viel zu nah ist. *Herrlich nah.*

Er stützt die Hände links und rechts von mir auf und verhindert, dass ich ihm ausweichen kann. Mein Herz rast. Obwohl noch Luft zwischen uns ist, spüre ich seine Hitze. Ich brauche sämtliche Willenskraft, die kleine Lücke nicht zu schließen und ihm ganz nah zu kommen.

»Das gestern Nacht war kein Fehler«, stellt er ruhig fest.

Mit jedem zittrigen Atemzug nehme ich seinen Duft intensiver wahr, der anders ist als letzte Nacht, besser. Sein Aftershave, Kaffee, er. Wenn ich könnte, würde ich aufhören, Luft zu holen, um ihm zu entgehen. Ich will das hier nicht fühlen. »Ich war müde«, sage ich erneut, als würde das meinen Fehltritt erklären.

»Das hatte nichts damit zu tun, April.«

»Ach ja? Wiederholen wir es«, höre ich mich vorschlagen, weil mich sein überzeugter Tonfall nervt.

»Bist du jetzt fitter?«

Ich nicke.

»Hunger? Durst?«

Ich runzle die Stirn.

»Nicht dass du es später darauf schiebst, dass du unterzuckert warst, wenn du den Kuss genießt.«

»Du bist ja mächtig überzeugt von dir!«

»Von uns«, korrigiert er mich. »Ja, bin ich. Also?«

Mein Magen knurrt prompt, weil ich gestern bis auf einen Snack im Flieger nichts gegessen habe.

»Du hast fünf Minuten, Baby.«

»Wozu?«

»Um was zu essen.« *Und um mich dann zu küssen*, ergänzt sein Blick.

»Gut, das schaffe ich, wenn du mich freilässt, *Baby*«, erwidere ich spöttisch, weil mir der Kosename nicht entgangen ist und ich mir nicht sicher bin, ob mir das gefällt.

Cole weicht zur Seite und reicht mir einen der belegten Bagels.

Ich verschlinge das Teil in null Komma nichts. »Kann losgehen.«

»Wie du willst.« Er tritt zu mir und legt seine Hände auf meine Taille, was sofort für einen angenehmen Schauer sorgt. *Mist!*

»Ohne mich anzufassen!«

Er hält mich weiter.

»Cole!«, rufe ich warnend.

»Sag bloß, du empfindest etwas dabei?«

Ich empfinde nicht bloß *etwas*, sondern viel zu viel. Aber weil ich das auf keinen Fall zugeben werde, konzentriere ich mich auf die Fakten. *Es sind nur Hände. Mehr nicht.* »Bitte!«, motze ich ergeben.

Er zieht mich näher, und ich kann ihm ansehen, wie er auf weiteren Protest wartet.

»Los, bringen wir es hinter uns!« Ich recke mich und presse meine Lippen auf seine. *Schwerer Fehler!*

Es ist genau wie letzte Nacht. Cole überlässt mir die Führung. Unsere Lippen berühren sich züchtig. Da ist keine Bewegung, nur Hitze, wo meine Haut auf seine trifft. Aber das ist schon zu viel. Ich spüre seine Atemzüge, die er durch die Nase ausstößt, und alles in mir will die Augen schließen und mehr einfordern.

So als hätte ich mich verbrannt, weiche ich zurück, schaffe jedoch nur ein paar Millimeter, weil Cole mich packt und aufhält. Sein durchdringender Blick trifft auf meinen. *Okay, hier läuft irgendwas zwischen uns. Aber ich werde dem nicht nachgeben.*

»Deswegen bin ich nicht hergekommen, Cole!«

»Weswegen dann?«, fragt er und reibt über meinen Rücken, macht mich mit jeder Berührung schwächer, lässt mich mehr von etwas wollen, was ich nicht wollen will, nicht wollen darf. *So kann ich diese Unterhaltung nicht führen.*

»Lass mich los, und ich erzähle es dir.«

»Küss mich noch mal, und ich spiele mit.«

»Das kann nicht dein Ernst sein, Cole.«

Er grinst siegesgewiss.

»Du hast Option drei vergessen«, zische ich und hole mit dem Bein aus, um ihm auf den Fuß zu treten. Bevor ich das jedoch voller Genuss tun kann, keucht Cole auf und sackt gekrümmt zusammen.

*Scheiße, ich hab ihm mein Knie in die Eier gerammt! Und das scheint tatsächlich wehzutun. Los, tu was, April. Entmannte Kerle helfen einem nicht!*

Ich sehe mich um und durchsuche den Kühlschrank nach etwas, was Linderung verspricht, dann die Gefrierfächer. *Da, eine Beerenmischung!* Schnell laufe ich mit dem Beutel zurück zu Cole. »Hilft Eis?«

Er nickt und streckt die Hand aus.

»Hier!«

Er packt sich das Zeug auf die Mitte und wechselt von der Embryonalstellung in die Rückenlage.

So hatte ich mir nicht vorgestellt, mit Cole zu reden. Aber immerhin denkt er jetzt auf keinen Fall daran, mit mir herumzumachen oder sexy Forderungen zu stellen. *Ein Anfang.*

»Geht es?«, frage ich.

»Wird langsam.«

»Kann ich sonst noch was tun?«

»Mir deine Brüste zeigen.«

»Sag mal, hab ich dir nicht in die Eier, sondern aus Versehen ins Hirn getreten? Ich meinte was Normales.«

»Dann reicht mir das Eis.«

Ein bisschen tut er mir leid, aber letztlich hat er das provoziert. Ich bin nicht nach Telluride gekommen, um den heißesten Typen der Schule zu küssen, sondern weil ich verzweifelt bin.

»Hab ich denn jetzt deine Aufmerksamkeit? Für ein Gespräch.«

»Voll und ganz, Baby.«

»Du willst mich weder küssen noch befummeln?«

Seine Mundwinkel zucken, und sein Blick wird dunkel.

»Immer noch?«, stöhne ich gequält.

»Immer noch, aber nicht genau jetzt. Also, warum bist du hier?«

»Ich brauche deine Hilfe, um einen neuen Job zu kriegen.«

»Du meinst, du willst ein Bewerbungstraining?«

»Ja.« Ich zögere. »Du bist der Beste.«

# COLE

Okay, es war klar, dass April nicht zu mir will, um sich dafür zu entschuldigen, wie scheiße sie sich damals benommen hat. Oder um zu gestehen, dass sie in mich verliebt ist. Aber dass sie für eine Sonderbehandlung kommt, ärgert mich.

»Hilfst du mir?«, fragt sie, als ich schweige.

Langsam richte ich mich auf. »Kleiner Hinweis: Es ist kontraproduktiv, dem Kerl in die Eier zu treten, der dir helfen soll.«

»Das war ein Unfall!«

»Ach? Dein Knie hat Zuckungen?«

»Ich wollte deinen Fuß treffen.«

»Und du meinst, das hätte mich gefügiger gemacht?«

Erschrocken sieht sie mich an. »Du hilfst mir also nicht?«

»Gib mir einen Moment«, antworte ich ausweichend und mache ein paar vorsichtige Schritte. *Es geht langsam.*

Um etwas Zeit zu schinden, wasche ich den Beutel ab und lege ihn zurück ins Tiefkühlfach. *Und jetzt?*

Im Grunde muss ich April nur ansehen und weiß, ich werde ihr helfen. Aber ich sollte bei der Sache nicht nur mit meinem Schwanz denken.

Automatisch analysiere ich April. In der Schule war sie gutes Mittelfeld. Sie stand mehrmals zur Wahl als Schulsprecherin, ist es jedoch nie geworden, weil Nancy Taylor beliebter war. Sie hat Nachhilfe gegeben und einige ziemlich erfolgreiche Spendensammelaktionen in die Wege geleitet. Voraussetzungen, mit denen man arbeiten kann. Ich vermute, sie hat auch im Studium gute Noten gehabt und wird in der Agentur, wo sie gerade ist, einen ordentlichen Job machen.

»Und?«, fragt sie vorsichtig.

»Um was für eine Stelle geht es?«

»Um eine Teamleitung bei SMG, einer Immobilienfirma in Chicago.«

*Das klingt anspruchsvoll.* »Hat man dich schon zum Gespräch eingeladen?«

Sie nickt.

*Sehr gut.* Die schwierigsten Fälle in meinem Job sind Laien, die Superstar werden wollen. Mit dieser Ausgangssituation hingegen kann ich arbeiten. »Es geht also nur um die Gespräche?«, frage ich nach.

»Ganz genau.«

Ich will einen Scherz machen, dass sie wohl etwas aus der Übung ist. Aber sie wäre nicht hier, wenn sie andere Optionen hätte. Was nur einen Schluss zulässt … »Wie viele erfolglose Jobinterviews hattest du bisher?« Sie sucht sichtlich nach Worten. »Sag schon! Zehn?«

Sie muss lachen.

»Zwanzig?«

Sie ringt mit sich.

»Fünfzig?!« Das wären wirklich viele, vor allem, wenn man bedenkt, dass sie dafür wahrscheinlich das Zehnfache an Bewerbungen geschrieben haben müsste.

»Ungefähr hundert«, haucht sie.

»Guter Witz, April!«

All ihr Selbstbewusstsein fällt in sich zusammen, nur um wellenartig wieder Fahrt aufzunehmen. »Gott, ich hätte nicht herkommen sollen!«, ruft sie sauer. »Vielleicht ist es ja, wie alle sagen, am Ende zählen Kleinigkeiten, und dieses Mal klappt es. Auch ohne deine Hilfe.«

Sie macht kehrt, stürmt ins Bad und nimmt ihre Klamotten vom Handtuchtrockner. Vor meinen Augen entledigt sie sich der geliehenen Sachen, auch wenn sie dadurch kurz nackt vor mir steht, und schlüpft in ihre Kleidung. Wenn ich nicht eingreife, ist sie in drei Sekunden zur Tür raus und weg. *Mal wieder. Für immer.*

»Hey, warte mal!«, rufe ich, als sie gerade ihre noch feuchten Jeans schließen will. Die Luft knistert zwischen uns. Aber April ignoriert das.

»Was, Cole? Willst du auch drei Küsse, damit ich gehen darf?«, blafft sie mich an.

»Nein, das wären dann fünf«, sage ich, schiebe die Finger in die Gürtelschlaufen ihrer Jeans und ziehe sie heran. »Und zwar, wo ich will.«

Sie schlägt mir gegen die Schulter. »Das ist nicht witzig. Lass mich los!«

»Nein, das ist es nicht. Hundert ist wirklich viel«, sage ich ernst, aber lasse meine Hände, wo sie sind. »Das tut mir leid.«

»Ich brauche nicht dein Mitleid, sondern deine Hilfe.«

»Es tut mir trotzdem leid. Seit wann bemühst du dich schon?«

»Seit fünf Jahren.«

»Also hast du etwa zwei Gespräche pro Monat?«

»Ja, manchmal mehr, manchmal weniger, manchmal auch keines.«

»Das ist viel.«

»Ich weiß selbst, dass das viel ist.« Sie reißt sich los und schließt ihre Hose. »Ich habe jeden Tipp aus jedem Buch, das ich in die Finger kriegen konnte, beherzigt. Irgendwas muss ich falsch machen, und ich bin verzweifelt genug, um dich um Hilfe zu bitten. Mir wäre lieber, der beste Berater des Landes und ich hätten keine gemeinsame Vergangenheit. Aber so ist es nun mal. Also: Kannst du mir helfen?«

Was sie als Nachteil sieht, ist ein Vorteil. Mit der aktuellen Werbekampagne für das neue Buch bin ich so beschäftigt, dass ich keine neuen Kunden mehr annehme. Aber für sie bin ich bereit, eine Ausnahme zu machen. *Nur* für sie.

»Wann ist denn das Gespräch?«

»Nächste Woche Montag.«

»Wow, das ist wenig Zeit!« Ich atme tief durch und überlege kurz. »Ich brauche jede einzelne Bewerbung, jede Stellenausschreibung, jede Mail, die du mit den Firmen geschrieben hast.«

»Okay, geb ich dir.«

»Und, April?« Wenn ich dieses Mal nicht aufs Ganze gehe, dann nie. »Vergangenheit hin oder her – das wird nicht billig.«

»Keine Sorge, ich hab Geld. Du nimmst fünftausend Dollar für einen Wochenendworkshop, richtig? Ich klär das mit meiner Bank und kann dir das noch heute überweisen.«

Ich blicke April an, wie sie vor mir steht, in den klammen Jeans und nur im BH. Das Teil bedeckt ihre Brüste genau wie ein Bikini, aber es ist eben keine Bademode, sondern Unterwäsche, verdammt schöne noch dazu. Und unter dem Stoff sind harte Nippel, an denen ich saugen will.

»Ich habe nicht von Geld geredet«, sage ich, während sie schon ihr Handy in der Hand hat und die Telefonnummer ihrer Bank googelt.

»Wovon dann?«

»Ich will dich.«

# 4. Kapitel

## APRIL

Das hier läuft ganz und gar nicht so ab, wie ich es erhofft hatte. *Will Cole wirklich Sex als Gegenleistung für seine Hilfe?* »Wie meinst du das, dass du mich willst?«, frage ich zur Sicherheit nach und kämpfe dieses verdammte Verlangen nieder.

»Soweit ich sehen kann, hast du das schon richtig verstanden.«

Gänsehaut überzieht meinen Körper. Aber ich werde mich nicht wie eine Prostituierte entblößen und ihn über mich drüberrutschen lassen. *Sind ihm seine Millionen zu Kopf gestiegen?!*

»Mehr Küsse?«, forsche ich nach.

Er lacht rau und sexy. »Baby, glaubst du wirklich, du kriegst mich so billig? Wenn ich sage, ich will dich, dann meine ich alles von dir.« Sein Blick wandert über meinen Körper und sorgt für zunehmende Hitze bei mir. *Okay, er redet tatsächlich von Sex – und dass er mich ›Baby‹ nennt, gefällt mir immer mehr. Klasse.*

»Mir wäre lieber, ich könnte dir einen Scheck ausstellen«, bleibe ich so professionell, wie es eben möglich ist, wenn man halb nackt vor dem Mann steht, dem es schon gelungen ist, einen besinnungslos zu küssen.

»Wie du unschwer erkennen kannst, brauche ich aber nicht noch mehr Geld. Ich will dich, April. In meinem Bett.«

*Was mache ich jetzt? Weglaufen? Und beim nächsten Jobinterview versagen?*

*Mitspielen? Vielleicht ist er ja mies im Bett!*

*Klar, so wie er auch ein schlechter Küsser ist.*

*Mist, Mist, Mist!*

Nachdenklich sehe ich ihn an und frage mich, ob ich einen Verhandlungsspielraum habe. Mit Cole zu schlafen ist keine Zumutung. Jede Singlefrau des Landes würde mich beiseitestoßen, um als Erste in der Schlange für ihn zu stehen. Aber für mich ist Sex nie nur Sex. Ich kann das nicht ohne Gefühle. Deshalb war ich bisher erst mit zwei Männern intim, beides Beziehungen, die kurz waren und schon eine Weile zurückliegen. Ich meide dieses verrückte Herzklopfen, das ich gerade spüre, aus verdammt guten Gründen.

»Ich bin nicht unbedingt eine Granate im Bett«, versuche ich, Cole von dieser miesen Idee abzubringen.

»Ist mir egal.«

»Du lässt dich nicht umstimmen?«

»Nein.«

*Verdammt, ich bin interessiert. Und er wird nicht lockerlassen, bis er mich hat. Egal, was er damit anrichtet!*

»Wir brauchen Regeln«, presse ich heraus und gratuliere mir zu diesem Geistesblitz.

»So was wie eine Stunde Beratung gegen eine Stunde, in der ich mit dir machen kann, was ich will?«

Erleichtert nicke ich, auch wenn das, was er sagt, nicht nach Sex klingt, sondern irgendwie gefährlicher … *intimer.*

»Vergiss es«, zerstört er meine Hoffnungen, dabei fällt mir schon dieses Zugeständnis schwer. »Ich will dich in jeder freien Minute.«

»Auf keinen Fall!«

»Willst du nun meine Hilfe oder nicht?«

»Ja, die will ich.«

»Tja, und ich will dich so. Wenn das für dich ein Problem ist …« Er wendet sich ab und leert den Satzbehälter der Kaffeemaschine, als wäre damit alles gesagt.

»Du meinst das ernst?«

»Todernst, April.«

»Verdammt«, knurre ich und schlage auf die Tischplatte, als würde das etwas ändern. Es gibt nur eine Antwort, sonst wäre ich nicht hier. »Verdammt, verdammt, verdammt! Okay, einverstanden. Ich mache es.«

»Dann lass uns mal sehen, ob du das Spiel verstanden hast«, murmelt er und heftet seinen Blick auf mich, als wäre ich sein zweites Frühstück.

Verwirrt runzle ich die Stirn.

»Komm her, April!«

»Wie? Willst du noch einen Kuss?«, witzle ich.

»Finde es doch heraus!«

»Du hast bisher nichts für mich getan.«

»Nichts?« Er lächelt teuflisch charmant. »Ich habe mir deinen Fall angehört. Das war ein Erstgespräch, und jetzt will ich, dass du herkommst.« Sein Blick wird dunkler. »Oder hast du ein Problem damit?«

Mein Körper hat definitiv kein Problem mit dieser Ansage. Nur mein Selbsterhaltungstrieb. Dennoch schreite ich stolz auf ihn zu.

Als ich ihn erreiche, stemme ich die Hände in die Seiten und funkle ihn kämpferisch an. »Und jetzt?«

Er greift an die Knopfleiste meiner Jeans.

Schneidend ziehe ich die Luft ein. Er wartet auf Protest, aber ich schlucke ihn runter. *Schließlich haben wir das so vereinbart.*

Vorsichtig öffnet er meine Hose. Seine Hände sind warm, sein Griff ist fest. *Will er mich nur verrückt machen, oder will er das hier wirklich durchziehen?*

Als alle Knöpfe offen sind, zucke ich zurück.

»Hiergeblieben, Baby!«

Allein die zwei Worte plus Coles Blick treiben meinen Puls um weitere zehn Schläge pro Minute nach oben. Ich bin meilenweit außerhalb meiner Komfortzone. Und erregt.

Ohne mich aus den Augen zu lassen, schiebt er die Hose tiefer. Seine Fingerspitzen streifen mich, brennen auf meiner Haut, machen mich ganz verrückt. Die Ungeduld, die ich fühle, spiegelt sich in seinen jetzt ruppigen Bewegungen wider.

Ich rechne damit, dass er sich noch mal erkundigt, ob ich das wirklich will. Aber er holt sich die Antwort einfach, führt seine Hand unter meinen Slip und berührt mich an meiner nassen Mitte, die verdammt deutlich sagt, wie mein Körper das hier findet. *Unglaublich heiß.*

»Baby, April!«, stöhnt er zufrieden und reibt über meinen feuchten Lustpunkt. »Gott, fühlst du dich gut an!«

Binnen Sekunden baut sich ein Orgasmus in mir auf. Nicht mal ich schaffe das so schnell. Das muss daran liegen, dass ich lange mit keinem Mann zusammen war. Nicht an *diesem* Mann. Meine Knie werden weich, und ich traue meinen Beinen nicht zu, mich sehr viel länger aufrecht zu tragen. Halt suchend greife ich nach Coles Schultern, komme ihm näher, dabei muss ich weg von ihm. *Sofort. O Gott, sofort!*

»Na, was ist, willst du mich jetzt in dein Schlafzimmer schleifen und durchvögeln?«, zische ich derb und mit dem letzten Rest Frust, den ich in mir habe, bevor seine Hand mich alles vergessen lässt.

»Sag Bitte, Baby, und ich mache es.«

»Träum weiter!«, gebe ich mich störrisch.

»Echt? Na, dann nicht.« *Wie? Was?!* Plötzlich zieht er seine Hand zurück. Ich presse mich noch an ihn. Mein Körper will diesen Orgasmus. Doch es ist zu spät.

Atemlos sehe ich Cole an. »Was soll das?«

»Du hast nicht Bitte gesagt. Schade, April. Denn ich bin vieles, aber kein Kerl, der Spaß hat, wenn die Partnerin keinen hat.« Seelenruhig schließt er meine Hose wieder. »Oder überlegst du es dir noch anders?«

Um unser beider willen sollte ich die Beine um seine Hüften schlingen und mich durchvögeln lassen. Ganz ehrlich? Wir brauchen es. Denn nicht nur ich bin feucht, auch sein Penis hat meine kleine Kung-Fu-Nummer überwunden und wölbt sich hart hinter seinen Jeans. Aber ich muss die Beine möglichst lange zusammenhalten. Sonst bin ich verloren. »Puh, nein, ich bleibe dabei«, sage ich, immer noch benommen.

»Du weißt, dass ich spätestens heute Abend nicht mehr lockerlassen werde?«, murmelt er und klemmt mir zärtlich eine Haarsträhne hinters Ohr, als wäre ihm nicht meine Pussy wichtig, sondern ich.

»Was, wenn mir nicht nach Sex ist?«

»Dann werde ich dich nicht anrühren.« Er lächelt. »Aber vertrau mir, April, du wirst es wollen.«

Irgendwie befürchte ich das auch, deshalb fange ich keine Diskussion an. »Wie lauten die nächsten Schritte?«, frage ich nur.

»Ich muss jetzt ins Büro, aber ich schätze, zwischen zwei und vier Uhr habe ich Zeit. Wenn du mir deine Handynummer gibst, melde ich mich. Deal ist schließlich Deal.«

Die Hitze ist immer noch in Coles Blick. Gleichzeitig benimmt er sich professionell, und ich kann sehen, warum er so erfolgreich ist. Weil er seinen Job ernst nimmt.

Wir tauschen unsere Nummern aus, und er fragt mich, ob er mich in der Stadt absetzen soll, doch ich verneine. Ich werde mir ein Taxi rufen, jetzt fahren wieder welche.

Zum Abschied drückt er mir einen Kuss auf die Wange, dann ist er weg.

Ich starre die Tür an, durch die er eben verschwunden ist, und weiß, dass ich am Arsch bin. Ich will nichts für diesen Mann empfinden, aber neben der Erleichterung, dass er mir hilft, pulsiert Vorfreude auf die nächste Begegnung durch meinen Körper. *Das ist schlecht. Sehr, sehr schlecht.*

## COLE

»Da bist du ja!«, begrüßt mich Ken, als ich in die Agentur komme. »Ich war kurz davor, bei der Polizei eine Suchmeldung aufzugeben.«

»Ich bin eine halbe Stunde zu spät, nicht zwei Tage«, verteidige ich mich. »Da werden noch keine Spürhunde losgeschickt.«

»Ist trotzdem nicht deine Art. Alles okay?« Er mustert mich aufmerksam. »Du siehst ...« Er sucht nach einem Wort.

»Unwiderstehlich aus?«

»Ha!«, macht er triumphierend.

»Was jetzt?«

»Außerdem machst du Witze.«

»Ich mache immer Witze.«

»Keine schlüpfrigen, Mister Unwiderstehlich.«

»Nicht?«, tue ich ahnungslos und reiche ihm den Jubiläumssekt für das millionste verkaufte Buch, den ich gestern aus New York mitgebracht habe. »Tja, dann wurde es Zeit. Los, lass uns den Tag durchgehen. Wir haben eine neue Kundin, die wir noch unterbringen müssen.«

»Wie viel Zeit brauchst du? Dreißig Minuten?«

»Eher drei Stunden. Ab heute jeden Tag bis Ende der Woche.«

Ken verschluckt sich an seinem Kaffee und sieht mich fassungslos an. Nicht verwunderlich. Mein Tag ist bis auf die erste Stunde am Morgen eng durchgetaktet.

Ich starre stur zurück.

»Wer ist sie?«

»Eine alte Freundin.«

»Aha«, sagt er nur und grinst dreckig.

»Nichts ›aha‹. Kannst du was schieben?«

»Sie muss ja echt der Wahnsinn im Bett sein …«

»Ken!«, knurre ich warnend.

»Schon gut«, sagt er und stöhnt, als er sich durch meinen Kalender arbeitet. »Das wird schwierig. Eine halbe Stunde hier und da, das krieg ich hin, aber drei?! Dazu kommen noch zwei Auswärtstermine wegen deines Buchs. Was soll ich da schieben?«

»Sag ab, was geht.« Ich war da sowieso nie scharf drauf. Sollte der Verlag deshalb für die nächsten Projekte abspringen, stehen gleich zwei neue Medienhäuser vor meiner Tür und wedeln mit Verträgen.

»Okay, ich seh zu, was ich machen kann.«

»Danke dir.«

Sobald ich mit Ken den Rest des Tages durchgesprochen habe, verschanze ich mich in meinem Büro.

Für ein Unternehmen an der Ostküste siebe ich Bewerbungen für eine Stelle in der Buchhaltung aus. Allein über Nacht sind mehr als tausend Einsendungen angekommen. Die Leute sind verzweifelt.

Ich lasse die Dateien durch ein Programm laufen, das die Angaben auf Vollständigkeit scannt. Dann filtere ich die Unterlagen nach Berufserfahrung und Abschlussnoten. Die übrig gebliebenen Kandidaten gehe ich Lebenslauf für Lebenslauf durch, für viele ein ätzender Job, für mich spannend.

Kurz taucht April in meinen Gedanken auf, aber ich verdränge sie, sonst werde ich nicht rechtzeitig fertig und der gesamte Terminplan verschiebt sich. Eins nach dem anderen.

Um zehn vor zwölf beende ich meine Analyse und gebe das Ergebnis an Ken weiter. Er wird einem Teil der Bewerber absagen und dem Kunden ein Update zur Ausschreibung schicken. Das wurde speziell gewünscht.

Punkt zwölf Uhr rufe ich eine Personalerin in Minneapolis an, die ich regelmäßig berate. Heute braucht sie Hilfe bei der finalen Entscheidung für die Besetzung einer Stelle.

»Paula, hallo, wie geht es Ihnen? Hat es der Sommer endlich auch zu Ihnen geschafft?«

»Kann man so sagen. Minneapolis fühlt sich an, als würde es am Äquator liegen!«

»In den Nachrichten habe ich von Waldbränden gehört.«

»Ja, schrecklich. Ich wollte mit meiner Familie am Wochenende rausfahren. Das werden wir uns verkneifen. Sie kennen mich, ich gehe lieber auf Nummer sicher.«

»Apropos …« Nach dem Small Talk wechsle ich zum Thema, schließlich werde ich für meine Menschen- und nicht für meine Wetterkenntnisse bezahlt. »Wenn Sie den sichersten, sprich zuverlässigsten Bewerber wollen, sollten sie die Absolventin aus Florida nehmen.«

»Ehrlich? Ich hab Bedenken, dass der Kulturschock sie ziemlich schnell wieder vertreiben wird. Die meisten Leute aus dem Süden ergreifen bei der ersten Schneeflocke die Flucht.«

»Nicht Lisa. Wir hatten doch noch ihren Background gecheckt. Sie kommt ursprünglich aus Montana. Da ist sie harte Winter gewohnt.«

»Mmh … Was halten Sie von Steve? Er hat mir wirklich gut gefallen.«

»Weil er geflirtet hat, Paula!«

»Er hat nie im Leben –«

»O doch!«, sage ich und muss lachen. »Nicht ärgern. Hat er mit jeder Frau im Raum gemacht, er hat es sogar bei mir versucht. Fachlich spricht nichts gegen ihn, aber ich schätze, er würde für Unruhe sorgen.«

»Das könnte das Team aufrütteln.«

Ich richte mich im Stuhl auf, weil das meine Bewertungen verändert. »Sie wollen mehr Action? *Das* hatten Sie bisher gar nicht erwähnt.«

»Na ja, ein bisschen Abwechslung wäre schon gut.«

»Okaaay«, murmle ich und gehe die Finalisten noch mal durch.

»Was ist mit Hannah?«, meint Paula.

»Die Dritte im Bunde? Nein, von der würde ich abraten. Nach meiner Einschätzung hat sie woanders noch eine bessere Stelle in Aussicht und wird zu viel Geld verlangen. Sie können das gerne mal testen, zum Spaß und ob ich recht behalte, aber mit ihr werden Sie nicht glücklich, glaube ich.« Ich betrachte die Bewerbungsfotos der drei Leute. »Nehmen Sie Lisa!«, sage ich schließlich. »Sie war beim Gespräch vielleicht etwas zu korrekt, aber erinnern Sie sich, als sie die Zusatzaufgabe erfüllen sollte? Da ging ein Ruck durch sie. Ihre Idee war am Ende unkonventionell. Wirklich gut.«

»Also, ich mochte Steve.«

Das ist der Moment, in dem ich einen Haken an die Akte setze. Letztlich zählt nicht, was ich will. Der Kunde muss glücklich sein, und Paula hat sich entschieden. Für Lisa tut es mir leid, aber ich bin mir sicher, ich kann ihr einen anderen Job vermitteln, falls sie das möchte. Wenn Paula sie nicht will, ist das Paulas Verlust, nicht meiner und auch nicht der von Lisa.

Ein letztes Mal gehen wir die Lebensläufe der Kandidaten durch, eine Sicherheitsmaßnahme, damit uns nichts durchrutscht. Dann schließen wir den Fall ab, und sie bespricht mit mir den nächsten Auftrag.

»Wie läuft es mit den Terminabsagen?«, frage ich Ken, als ich mein Büro für die Mittagspause verlasse und zum Kühlschrank gehe, um mir einen der Bagels zu nehmen, die ich heute Morgen belegt habe.

»Mein Job hat mir schon mal mehr Spaß gemacht«, grummelt er, was mich vermuten lässt, dass es Probleme gab.

»Konntest du für heute noch was erreichen?«

»Ja. Mit viel gutem Zureden hast du jetzt von 15:25 Uhr bis 16:10 Uhr frei.«

»Das ist nicht mal eine Stunde! Was habe ich davor im Kalender?«

»Die Nachbesprechung mit dem Verlag.«

»Kannst du die nicht kürzen? Die brauchen immer die Hälfte des Meetings, bis sie zur Sache kommen.« Und ich habe gestern erst einen halben Tag an sie verloren.

»Hab ich schon gemacht, das hat zwanzig Minuten gebracht.«

»Was steht nach um vier an?«

»Das Signieren. Ich hab dem Verlag zugesagt, dass sie den Großteil der Bücher heute abholen lassen können. Immerhin … Sie wollten alles und das eigentlich gestern, falls du dich erinnerst. Der Kurier kommt um 18 Uhr.«

»Klasse«, murmle ich, aber gebe das Zeitfenster dennoch per Textnachricht an April weiter.

Prompt antwortet sie, wie zu erwarten wenig begeistert – und schlagfertig. Ich muss grinsen.

»Uhhh, nur eine *alte* Freundin?!«, feixt Ken und macht Kussgeräusche.

»Blödmann!«

»Der Boss ist verliebt.«

»Klar, in deinen süßen Knackarsch, Schnuckelchen«, flöte ich, antworte April, lege dann das Handy weg und esse.

Eigentlich muss ich danach sofort weiterarbeiten, doch als ich wieder am Schreibtisch sitze, ist es mit meiner Konzentration vorbei.

Ich trage Daten nach und analysiere die Profile von Paula, aber ich bin nicht mehr bei der Sache, sondern bei April. So kenne ich mich gar nicht. Mein Gehirn stürzt sich auf alle neuen Details. Ihren Duft, das Gefühl ihrer warmen Haut unter meinen Fingerspitzen, diesen verführerischen Blick aus himmelblauen Augen … Und ihren Kampfgeist. Das bewundere ich sehr.

»Boss, Jack Trudeau ist in der Leitung«, reißt mich Ken aus meinen Tagträumen.

»Scheiße«, murmle ich leise und hätte diesen Termin gerne schon hinter mir. »Stell ihn in die Warteschleife, ich geh gleich ran.«

Ich verschwinde ins Bad, kippe mir Wasser ins Gesicht und zwinge meine Konzentration auf das, was jetzt ansteht: ein wirklich unangenehmes Meeting mit dem Geschäftsführer einer Supermarktkette, der behauptet, ich hätte ihm mit Absicht miese Leute vermittelt. Nun will er sein Geld zurück. Kann er vergessen. Er hat das bekommen, was er gebrieft hat. Das Gespräch hat ein Gutes: Wenn es erledigt ist, bin ich April wieder einen Schritt näher …

# 5. Kapitel

*Kurz zuvor*

## APRIL

Mein Handy vibriert auf der Kommode des Mountainside Inn, in das ich mit etwas Verspätung endlich einchecken konnte. Ich schaue nach, wer mir geschrieben hat, und sofort rast mein Herz.

COLE: Hi, April, ich hab von 15:25 bis 16:10 Zeit. Bis später.
ICH: Das ist nicht mal eine Stunde. Dafür mache ich nicht die Beine breit!
COLE: Gut, dann verplane ich die Zeit anders.
ICH: Gott, nein! Ich werde da sein.

Ich hab sonst nichts zu tun. Alle wichtigen Dinge habe ich am Vormittag erledigt. Ich konnte mein reserviertes Zimmer beziehen, einen Mietwagen nehmen, und mein Koffer ist ebenfalls aufgetaucht. *Halleluja!*

Da Cole heute Morgen recht leger das Haus verlassen hat, habe ich mich für ein Blusenkleid entschieden. Dazu trage ich weiße Sneaker und Schmuck. So würde ich auch in die Werbeagentur gehen.

Wichtiger als mein Outfit sind die Unterlagen, die ich aus dem Koffer nehme, Dokumente, die ich Cole direkt in die Hand drücken möchte. Obendrauf liegen die Zeugnisse, darunter die Stellenanzeigen, der Schriftverkehr und Notizen zu meinen letzten Bewerbungsgesprächen.

Akribisch prüfe ich jeden Zettel, um meinen erbärmlichen ersten Eindruck wiedergutzumachen. Ich bin bereit. Das führt dazu, dass ich der Wahrheit ins Gesicht sehe: Cole Cameron wird mit mir schlafen.

Ein Schauer überzieht meine Haut. Ich reibe mir über die Arme, als könnte ich damit die Wirkung, die dieser Mann auf mich ausübt, loswerden. *Fehlanzeige!* Das Kribbeln bleibt, und meine Brustwarzen zeichnen sich trotz des BHs unter dem Stoff des Kleides ab. *Was hilft dagegen?*

Mein Handy rettet mich davor durchzudrehen. Ivy ruft an. Die Einzige, die weiß, dass ich nicht im Urlaub bin, sondern auf der Mission, von Cole Cameron Hilfe zu bekommen.

»Sag mir, dass ich das Richtige tue!«, melde ich mich.

»Du tust das Richtige«, antwortet sie brav und lacht. »Aber aus reiner Neugierde: Wovon reden wir, und was ist passiert, dass du Zweifel hast?«

»Colorado heißt mich alles andere als willkommen.« Ich erzähle ihr die ganze Litanei meiner Anreise bis zu dem Moment, als ich ohne Koffer, Auto und Hotel im Regen stand. »In Filmen ist das romantisch, in Wirklichkeit nicht.«

»Gott, wie schrecklich!«, ruft sie mitfühlend. »Hast du auf der Straße übernachten müssen?«

»Ähm, nein …«, stammle ich und habe sofort den Moment vor Augen, als Cole und ich uns auf der Landstraße begegnet sind und zwei Worte mein Leben verändert haben. *Steig ein.*

»Wer hat dir geholfen?«, fragt Ivy.

»Also Hilfe würde ich das nicht nennen«, murmle ich griesgrämig.

»Das gibt es doch nicht, direkt *er*?!«, versteht sie sofort. »Was ist passiert?«

»Das lässt sich nicht in zwei, drei Sätzen wiedergeben.«

»Keine Sorge, meine Mittagspause hat gerade erst angefangen, ich habe Zeit. Und selbst wenn ich für fünf Minuten überziehe, die feuern mich schon nicht. Dafür bin ich zu lange dabei. Also: Rede! Cole Cameron hat dich aufgegabelt?«

»Ja.«

»Nachts?«

»Genau.«

»Im Regen?«

»Das hatte ich bereits erzählt, Ivy.«

»Ein Ja hätte genügt ... Und du warst bis auf die Haut durchweicht?«

»Erinnere mich nicht daran!«

»Und dann? Sag mir, er hat dich gewärmt!« Sie seufzt theatralisch. »Mit allem Drum und Dran.«

»Sag mal, spinnst du?!«

»Es wäre romantisch.«

»Es wäre unpassend.«

»Also hat er dich einfach nur eingesammelt, und das war's?« Ich suche nach Worten. »Okay, also nicht. Wow! Ich kenne dich, April. Bitte, alle Details!«

»Cole Cameron ist ein Riesenarschloch! Mehr gibt es dazu nicht zu sagen.«

»Ich lasse nicht locker.«

»Ivy!«, knurre ich, weil ich nicht an diese Nacht denken will. Weil ich die Küsse vergessen will. Weil nichts von alldem hätte passieren dürfen.

»Wenn du es nicht sagst, denk ich mir was aus, und du weißt ja, ich habe eine schmutzige Fantasie.«

»Bloß nicht«, stöhne ich. »Cole hat mich nur geküsst. Jetzt zufrieden? Ende der Geschichte!«

»Wir wissen beide, dass das nicht stimmt.«

»Warum erzähle ich dir überhaupt davon?«

»Damit dir einer sagt, dass das was Gutes ist, April. Wann warst du zuletzt in jemanden verliebt?«

»Ich bin doch nicht verliebt!«, quieke ich.

»Wann, Süße?«

»Ist ein paar Jahre her«, gestehe ich. Das weiß sie, genauso wie dass ich Probleme mit festen Beziehungen habe. Vier Monate war das Längste, was ich durchgehalten habe.

»Damals warst du nicht wie jetzt.«

»Weil ich jetzt nicht verliebt bin.«

»Spar dir das! Ich denke, es ist genau umgekehrt: Du warst damals nicht richtig verliebt, aber bist es jetzt.«

»Das kann nicht sein.«

»Kleiner Test: Schließ die Augen! Wen siehst du vor dir? Ihn?«

Ich spiele mit, blinzle jedoch sofort, weil in meiner Fantasie Cole auftaucht.

»Nein, nichts passiert«, lüge ich.

»Na gut«, gibt sie nach, klingt allerdings nicht überzeugt. »Das Wichtigste ist, dass er dir hilft. Tut er das?«

»Ja. In …« Ich sehe auf die Uhr. »In einer halben Stunde sind wir verabredet.«

»Perfekt. Willst du noch darüber reden, warum er trotzdem ein Arschloch ist?«

»Können wir lieber kurz meinen Lebenslauf durchgehen?«

»Das haben wir schon so oft gemacht, dass selbst ich ihn auswendig kenne.«

»Bitte, Ivy. Auch wenn Cole Cameron ein Arschloch ist, er versteht was von seinem Job, und ich will topvorbereitet sein. Vor allem nach meinem halb nackten Auftritt letzte Nacht brauche ich das.«

»Gut, kau mir ein Ohr ab!«

»Du bist die Beste!«

Ruhig trage ich Ivy meinen Lebenslauf vor, erzähle, was ich bei Gold Face Media mache, was meine Stärken und Schwächen sind und wohin ich mich entwickeln will. »Und?«, frage ich gespannt auf ihr Urteil.

»Hätte ich eine Firma, Süße, ich würde dich sofort einstellen.«

»Danke dir.« Ich bin mir nicht sicher, ob sie das bloß sagt, weil sie meine Freundin ist oder weil es stimmt. Aber ich habe keine Zeit, um nachzuforschen, denn ich muss los.

Mit dem Laptop und den Ausdrucken verlasse ich das Hotel und gehe zu Coles Büro, das im historischen Teil der Stadt liegt. Das Erdgeschoss mit den Büroräumen wurde ausgebaut und hat zur Straße hin eine Glasfront. In der Etage darüber befinden sich Apartments. *Sehr hübsch.*

»Hi, ich bin April Bishop«, melde ich mich bei einem Typen mit wuchtigen Schultern und einem auffälligen Tattoo im Nacken, der in einem maßgeschneiderten Anzug gerade Kartons neben dem Empfangstresen verpackt – und mich an meiner Garderobe zweifeln lässt. »Ich habe jetzt einen Termin mit Cole Cameron.«

»Nicht jetzt, sondern um 15:25 Uhr, also in drei Minuten«, korrigiert er mich, als käme es auf jede Sekunde an.

Dann sieht er mich an und grinst breit. »Verstehe. Ich sag ihm Bescheid, dass du schon da bist.«

Irritiert sehe ich an mir hinunter, ob mit meinem Kleid etwas nicht stimmt, aber da ist nichts.

Der Mann verschwindet in einen Flur. Ich höre ihn an eine Tür klopfen, einen kurzen, undeutlichen Wortwechsel, und bevor ich mich richtig umsehen kann, ist er wieder zurück.

»Du kannst zu ihm.« Er macht eine einladende Geste in die Richtung, aus der er gerade gekommen ist. »Viel Spaß euch beiden!«

»Verpiss dich, Ken!«, höre ich Coles Stimme, dann taucht er an der Tür auf und winkt mich zu sich. »Komm rein, April. Ich brauche noch zwei Minuten.«

»Ich kann auch draußen –«, beginne ich, bis ich bemerke, dass er telefoniert.

Mit einer Handbewegung bietet er mir einen Platz an. Ich bleibe stehen und sehe mich um.

Die Decke ist original holzverkleidet, genau wie eine Wand. Regale aus der Zeit des Wilden Westens wechseln sich mit modernen offenen Glasvitrinen und weiß lackierten Holzregalen ab. *Wirklich hübsch, wie alles hier.*

Vor dem Kamin stehen ein Sofa und zwei Sessel. Daneben gibt es, durch eine Leinwand getrennt, einen Konferenztisch mit sechs Plätzen. Coles Arbeitsplatz befindet sich versetzt zu einer großen Fensterfront mit Blick auf die Straße. Außerdem stehen Flipcharts herum, ein Pinbrett für Brainstorming-Sessions und Kameras, ich schätze für Videotrainings – oder für die Produktion von YouTube-Beiträgen.

Als ich mich wieder zu Cole umdrehe, fällt mir auf, dass er mich beobachtet. Keine Ahnung, ob als Mann, der mit mir schlafen wird, oder als Personaler, der mich analysiert. Falls Letzteres der Fall sein sollte, schneide ich nur mittelgut ab, weil ich nicht getan habe, was er wollte. Mich hinsetzen.

*Los, benimm dich professionell, April. Du bist hier bei Cole, dem Berater, nicht Cole, dem Sexgott.*

Mit einem entschuldigenden Lächeln gehe ich zum Sofa, setze mich und starre provokant zurück, was für ein Funkeln in seinen Augen sorgt.

Trotz meiner Anwesenheit verliert er nicht ein Mal den Gesprächsfaden. Als er auflegt, schenkt er mir seine volle Aufmerksamkeit, was meine Haut zum Kribbeln bringt. *Das fängt ja gut an!*

»Hi, April«, begrüßt er mich. »Ich würde verdammt gerne erfahren, wie dein Vormittag war, aber wir haben nicht viel Zeit.«

»Ist dein Tag immer so durchgetaktet?«

»Ja, also lass uns am besten direkt anfangen.«

Cole ist professionell, trotzdem reagiert mein Körper, als hätte mir dieser Mann eine Nummer auf seinem Schreibtisch vorgeschlagen. In meinen Brüsten zieht es, und ohne an mir herunterzuschauen, weiß ich, dass meine Brustwarzen härter geworden sind. *Wundervoll!*

»O Baby!«, murmelt Cole, dem das ebenfalls nicht entgangen ist, was ein Fluch oder auch ein sexy Stöhnen sein könnte. Beides verstärkt das Ziehen. »Zeig mir mal deinen Lebenslauf«, fängt er sich. »Und die letzten fünf Stellenanzeigen.«

Bestens vorbereitet reiche ich ihm die Unterlagen und bin überrascht, wie schnell er sie durchliest – mit einem undurchsichtigen Pokerface.

»Was denkst du?«, frage ich angespannt.

»Dein Lebenslauf ist ziemlich dünn.«

Durch die Blume habe ich das schon des Öfteren gehört. Trotzdem habe ich das Gefühl, ich müsste mich verteidigen. »Er ist beständig.« Ich straffe die Schultern. »Ich bin eine beständige Person.«

Cole lacht leise.

»Findest du das etwa nicht?!«

»Es spielt keine Rolle, was ich denke. Du kannst so viel Beständigkeit ausstrahlen, wie du möchtest. Der Punkt ist, dass das nicht zu jemandem aus der Werbebranche passt.«

»Ich bin ja keine Kreative, sondern im Projektmanagement.«

»Trotzdem! Das ist ein Widerspruch, und der fällt Personalern auf.«

»Aber ich wurde dennoch zu zweiten, manchmal auch dritten Runden eingeladen«, gebe ich zu bedenken. »Das Feedback war durchweg positiv.«

Er seufzt. »Da ist der zweite Widerspruch. Recruiter fragen sich, warum jemand mit deiner Berufserfahrung nicht schon eher gewechselt ist.«

»Wie soll ich das denn ändern, wenn mir niemand eine Chance gibt?«

»Das ist Punkt drei: Du bist verzweifelt. Das mag keiner. Und das ist noch nicht alles.«

»Was denn noch?«, zische ich gereizt. Es war klar, dass irgendwo Fehler sein müssen, sie jedoch innerhalb von fünfzehn Minuten an den Kopf geknallt zu bekommen ist unangenehm.

»Du gibst Projekte aus dem College an, um deine Teamkompetenz zu unterstreichen«, macht er weiter. »Aber das ist mittlerweile mehr als zehn Jahre her. Hast du nichts Aktuelleres?«

»Sehr witzig! Warst du mal in einer Werbeagentur? Die Arbeitszeiten sind die Hölle. Die wenige Freizeit, die ich habe, engagiere ich mich nicht noch in der Nachbarschaft oder rette Wale.«

Cole lässt sich von meinem Ausbruch nicht beeindrucken. »Denk mal nach! Es muss nichts Großes sein. Keiner erwartet, dass du neben deinem Job ein zweites Business am Laufen hast.«

»Na ja, ich organisiere immer das jährliche Firmenfest«, fällt mir ein. »Aber das gebe ich nie an, weil mein Job eigentlich nur darin besteht, durch möglichst viele Trinkspiele möglichst viel Alkohol unter die Leute zu bringen.«

Cole lacht. »Das ist was!«

»Ehrlich?!«

»Wir können später überlegen, wie wir das in deinem Lebenslauf unterbringen, aber ja, das würde dir auf jeden Fall helfen.« Er sieht auf die Uhr. »Jetzt muss ich dich leider schon wieder rauswerfen. In fünf Minuten ist mein nächster Termin. Ken kommt gleich rein und –«

Die Tür geht rauf und Ken sagt: »Mrs Brown ist auf Leitung eins.«

Cole grinst, als könnte das Timing nicht besser sein. »Siehst du, Ken kommt gleich rein und erinnert mich an meinen Zeitplan.«

»Oh, okay«, sage ich und fühle mich wie rausgeschmissen.

»Morgen wird es besser«, verspricht er. »Heute war kurzfristig nicht mehr drin.«

»Danke, dass du dir überhaupt die Zeit genommen hast.«

»Wir wissen beide, warum«, sagt er mit einem Zwinkern.

Keine Ahnung, wie er jetzt arbeiten kann, ich glühe. *Klasse.*

Ich lasse meine Unterlagen bei Cole, nehme meinen Laptop und folge Ken in den vorderen Bereich der Agentur. Erschöpft falle ich in der Warteecke in einen weichen Sessel.

»Alles okay? Willst du ein Glas Wasser? Oder was Härteres?«, fragt Ken.

»Danke, geht schon. Ich brauche nur einen Moment.« Im Stillen gehe ich das Treffen durch. *Ich könnte wirklich mehr in meiner Freizeit machen. Aber wie zum Henker soll ich weniger verzweifelt wirken? Ich bin verzweifelt! Sonst wäre ich nicht hier.* »Cole meinte, er hat ab morgen mehr Zeit für mich«, wende ich mich an Ken. »Stimmt das?«

»Ja, das stimmt. Soll ich dir die Termine sagen?«

»Gerne.«

Ich zücke mein Handy, und Ken gibt mir die Zeiten. Es sind pro Tag mehr oder weniger zwei Stunden. Ich sollte glücklich darüber sein. Das ist in Summe fast ein Wochenendseminar, das Cole für einen Haufen Geld anbietet. Aber was, wenn das nicht reicht?

»Kann ich Cole vielleicht bei irgendwas Arbeit abnehmen?«, frage ich Ken. »Dann hat er noch mehr Zeit für mich.« *Für die Beratung, nicht für Sex.* »Ich bin im Projektmanagement einer Agentur, ich kann so ziemlich alles, was im Büro anfällt.«

»Nein, das geht nicht. Unsere Kundendaten sind vertraulich.«

»Verstehe«, murmle ich.

»Aber du könntest ihm helfen, wenn du Unterschriften fälschen kannst.«

»Wie bitte?!« Das ist unerwartet.

Ken nickt zu einer Palette mit Büchern, von der bisher lediglich die oberste Schicht abgetragen ist. »Cole muss die da für den Verlag signieren. Er will es immer auf mich abwälzen, aber ich kann seine Unterschrift nicht nachahmen. Wenn du das kannst … Es wäre eine echte Erleichterung.«

»Lass es mich probieren«, sage ich, ohne nachzudenken. Ich hab nichts Besseres zu tun, und wenn ich dadurch mehr Beratungszeit kriege, signiere ich, bis mir die Hand abfällt.

## COLE

*Auf Wiedersehen, Konzentration!* Während ich mit Mrs Brown rede, starre ich auf Aprils tadellose Unterlagen und bin in Gedanken überall, nur nicht bei dem Gespräch.

April hätte eher zu mir kommen müssen. Sie ist eine vielversprechende Kandidatin. Aber mit jedem Tag, den sie länger bei Gold Face Media ist, ist sie schwerer zu vermitteln. Dazu kommt ein viel zu geschliffenes Zwischenzeugnis von vor zwei Jahren. Zu perfekte Unterlagen wirken gefälscht, machen Entscheider misstrauisch – und sorgen dafür, dass April nicht von der Firma wegkommt.

Ein weiterer Termin folgt, den ich nur halb konzentriert abwickle. Danach gönne ich mir fünf Minuten Pause, bevor ich zum Signieren muss. Ken weiß, wie sehr ich das hasse. Es wundert mich daher nicht, dass er mich an diesen Tagesordnungspunkt nicht erinnert.

Unmotiviert lockere ich meine Finger und gebe mir einen Ruck. Aufschieben ist nicht meine Art. Und je schneller ich fertig bin, desto eher kann ich April treffen.

Gerade als ich mein Büro verlassen will, kommt mir Ken entgegen und drängt mich wieder zurück. »Was? Willst du mich einsperren, bis ich meine Aufgaben erledigt habe?«, witzle ich.

Er schließt die Tür. »Ich will dir, ohne dass sie es hören kann, sagen, dass du verdammt nett zu ihr sein sollst.«

»Zu ihr? Wem?«

»Deiner kleinen Kalifornierin. April Bishop.«

»Sie ist noch hier?!« *Obwohl April trotz ihrer harten Nippel ständig so tut, als hätte sie am liebsten die Rocky Mountains zwischen uns.*

»Ja. Nachdem sie gehört hat, dass der Verlag auf die Bücher wartet, hat sie eine Expressabholung organisiert, die nur minimal mehr kostet als der reguläre Versand. Dann hat sie sich in die Kammer gesetzt und signiert seitdem in deinem Namen, was das Zeug hält, damit du mehr Zeit für sie hast.«

»Sie macht was?!« Ich bin total überrumpelt.

»Ich hab schon fast zweihundert Bücher für den Versand verpackt.«

»Wow!« Ich will ihr sofort helfen, doch Ken hält mich weiter zurück. »Was ist noch?«

»Heute Morgen dachte ich, du hast den Verstand verloren. Mal wieder.« Ein wissender Blick trifft mich, weil Ken von meinem Burn-out weiß und in seiner Arbeitsbeschreibung explizit steht, dass er ein Auge auf mich haben soll. »Aber jetzt verstehe ich, warum du diesen Aufwand betreibst«, sagt er und grinst. »Deine alte Freundin ist heiß.«

»Ken!«, knurre ich warnend, weil, wenn hier jemand laut ausspricht, dass April heiß ist, dieser jemand ich bin.

Entschuldigend hebt er die Hände. »Ich sage bloß das Offensichtliche.«

»Wenn du sie auch nur anrührst, ich schwöre, dann bist du gefeuert.«

»Alles klar, Boss«, sagt er entspannt, als hätte ich ihm nicht gerade mit einem Rausschmiss gedroht. »Wenn du es bei ihr verbockst, kündige ich.«

»War das jetzt alles?«

»Sie gehört ganz dir!«

*Endlich!*

Ken macht einen Schritt zur Seite, ich verlasse mein Büro und erwische April gerade dabei, wie sie Bücher zu einer Versandkiste schleppt.

»Warum machst du das?«, frage ich und nehme ihr den Stapel ab. »Das kann doch einer von uns Männern erledigen.«

»Diese Arme sind keine Dekoration. Ich habe Muskeln.«

»Trotzdem musst du nicht mein Zeug schleppen.«

Ich verstaue die Bücher in der Kiste. Als April wie selbstverständlich den Paketroller schwingt, nehme ich ihn ihr aus der Hand.

»Was, darf ich das etwa auch nicht?!«

»Lass mich kurz einen Blick auf meine Unterschrift werfen!« Ich schlage das oberste Buch auf. Da steht in geschwungenen Lettern mein Name, wie ich ihn schreibe.

»Zufrieden?«, fragt sie nervös. »Mit dem L hatte ich Probleme, aber Ken meinte, niemand wird den Unterschied bemerken.«

»Sehr zufrieden. Das wäre nicht nötig gewesen.«

Ich schließe das Buch und drücke Ken den Paketroller in die Hand, der den Wink versteht und den Karton verschließt. April muss hier nicht alles machen. Dann gehe ich in den Lagerraum, der zum Signieren dient und der sich sichtlich geleert hat.

*Beeindruckend!*

»Muss die ganze Palette denn heute noch raus?«, fragt sie.

»Ja, leider«, stöhne ich, weil es für mich keinen Unterschied macht, ob ich zehn oder hundert Bücher signiere, ich mag es nicht.

»Keine Sorge, das schaffen wir«, sagt sie und spreizt die Finger.

»Nein, nicht wir, *ich*. Du legst eine Pause ein«, sage ich, nehme ihre Hand und massiere die Mitte. »Du bist total verkrampft.«

»Ein bisschen kann ich noch.«

»Vielleicht, aber du weißt ja nicht, was ich später mit dir vorhabe.«

»Mit meinen Händen?«, spottet sie. »Soll ich dir einen runterholen?«

»Machst du so was?«, gehe ich auf ihre Vorlage ein, obwohl ich nichts dergleichen geplant habe.

»Lass dich überraschen!«, neckt sie mich.

Ich massiere sie noch zärtlicher, und sie atmet schwerer.

»Was wird das, Cole?«

»Mein Interesse an deinen Händen ist gestiegen.«

Obwohl sie damit angefangen hat, reißt sie sich los und setzt sich zurück an den Tisch. Auf einem Blatt übt sie noch mal meine Unterschrift und macht weiter. Die Pause ist offensichtlich beendet.

Fasziniert sehe ich dem Schwung ihres Stiftes zu und dann, wie sie sich konzentriert auf die Unterlippe beißt. *Sehr sexy.*

»Hör auf, mich anzuschauen, und mach mit!«, murmelt sie, ohne ihre Arbeit zu unterbrechen. »Du lenkst mich ab. Willst du, dass ich mich verschreibe?«

*Ich will dich*, denke ich. *Einfach nur dich*. Statt das laut auszusprechen, ziehe ich mir einen Stuhl heran und setze mich ihr gegenüber hin, getrennt von einer Mauer aus Büchern. Ich lege los, aber April ist wirklich schnell, schneller als ich. Das gefällt mir gar nicht. Mich motiviert nur, dass ich mehr von April sehe, je kleiner der Buchberg wird.

»Trag du doch die fertigen Exemplare zum letzten Karton, den Rest erledige ich«, sagt sie, als wir fast durch sind.

»Das ist nicht nötig. Lass mich das machen, du hast genug getan.«

»Vielleicht will ich ja, dass deine Hände fit sind?«, flirtet sie und schreibt, ohne aufzuschauen, mit einem Lächeln auf den Lippen weiter.

»Sag bloß, da freut sich jemand auf heute Abend!«

Ihre Hand zittert. »Mist, Cole, jetzt hab ich mich verschrieben.«

»Ich werte das als Ja.«

»Pah!«, macht sie, schaut auf und blitzt mich an. »Ich mag es nur nicht, wenn an mir herumgestümpert wird.«

»Glaub mir, ich weiß, was ich tue.«

»Glaub mir, du bist nicht der erste Mann, der das von sich behauptet.«

Mein Ehrgeiz ist geweckt.

»Das ist die vorletzte Fuhre«, informiere ich Ken und staple die Exemplare in den Karton. »Du kannst Feierabend machen.«

»Super.« Er schaltet den Computer aus, bleibt jedoch an der Tür stehen.

»Was ist? Kriegst du nicht genug davon, mir beim Schuften zuzusehen?«

»Klar, jede Schweißperle auf deiner Stirn törnt mich an«, sagt er lachend, dann wird er ernst. »Vergiss nicht: Sei nett zu ihr.«

Ich richte mich stöhnend auf und stemme eine Hand ins Kreuz. »Denkst du, ich weiß nicht, wie man sich benimmt? Ich hab dich schon beim ersten Mal verstanden.«

Ken reicht das offensichtlich noch nicht. »April, wenn er Ärger macht, du hast ja meine Nummer, ruf mich an!«, schreit er nach hinten.

»Alles klar, die Kurzwahl ist aktiviert«, gibt sie zurück.

*Gott, was lief da zwischen den beiden, während ich in meinen Terminen festsaß?!* »Los, raus!«, knurre ich eifersüchtig.

»Bis morgen, ihr zwei Hübschen!«

»Sofort!«, füge ich hinzu, woraufhin er sich trollt.

April taucht mit den letzten signierten Büchern zum Versenden auf, nur ein kleiner Stapel, nicht schwer.

»Hast du wirklich seine Nummer?«, frage ich und verschließe den Karton.

»Klar. Wieso?«

»Wieso?!« Mir fällt nur ein Grund ein: Weil sie lieber mit Ken ins Bett will als mit mir. Wie sehr mir das passt, kann sich jeder denken. Gar nicht. »Mein Kontakt reicht doch.«

»Wenn ich mal wieder nachts ohne Auto strande, dann weiß ich jetzt, wen ich anrufen kann.«

»Ja, mich«, knurre ich.

»Du bist eifersüchtig!«, ruft sie amüsiert. »Keine Sorge, das haben wir bloß gemacht, falls sich mit den Terminen was ändert.«

»Mehr ist da nicht?« Ken schleppt regelmäßig Touristinnen ab, vor allem im Winter, wenn er Skistunden für Anfänger gibt. Gleiten und Wedeln nennt er seine Lieblingsmanöver – auf der Piste und im Bett.

»Mehr ist da nicht«, stellt sie klar. »Ich stehe nicht auf Aufreißer, und Ken, da musst du mich nicht warnen, ist der Typ Mann, der alles mit Brüsten attraktiv findet. Oder irre ich mich?«

»Tust du nicht.« Ich grinse. »Also stehst du auf mich?«

»Träum weiter!«

»Wie erklärst du dir dann das?« Ich ziehe sie an mich, und sofort atmet sie schneller. Sie stemmt ihre Hände gegen meine Schultern, aber nicht so heftig, wie sie es könnte.

»Was soll das denn? Lass mich los, Cole!«

»Antworte mir«, hauche ich ihr ins Ohr.

»Es muss irgendeinen Fehler in meinem System geben!«

Ich grinse breit. »Du gibst also zu, dass ich dich nervös mache?«

»Bild dir bloß nichts darauf ein. So!« Sie reißt sich los und schließt den Karton. »Laut deinem Terminkalender haben wir mit der Aktion eine gute Stunde gewonnen. Kannst du dir noch die Anzeigen und die Mails der letzten Stellen ansehen?«

»Hach, und ich dachte, du bist hiergeblieben, weil du keine Sekunde von mir getrennt sein kannst.«

»Erwischt, Cowboy!«, kontert sie. »Wenn ich nicht in deine whiskeyfarbenen Augen schauen kann, bin ich verloren.«

*Fuck, sie steht definitiv auf mich. Wer mir whiskeyfarbene Augen andichtet, die laut Pass einfach nur braun sind, der hat einmal zu oft in diese Augen hineingeschaut.* Es kostet mich alles, sie nicht für einen Kuss an mich zu ziehen, sondern mich auf die anstehende Aufgabe zu konzentrieren. »Los, lass uns in mein Büro gehen. Ich werfe einen Blick auf die restlichen Unterlagen.«

»Willst du das nicht lieber in Ruhe tun? Ich könnte hierbleiben und mit Ken SMS schreiben.« Ihr Grinsen verrät, dass sie mich aufzieht.

»Keine Sorge, ich brauche dafür nur ein paar Minuten. Bei so was hab ich Routine. Schließlich ist das mein Job.« *Außerdem mag ich es, wenn du in der Nähe bist*, denke ich, behalte den Teil aber für mich.

Ich setze mich an meinen Schreibtisch, lese die restlichen Unterlagen durch und überprüfe sie mit der Analysesoftware. April sieht mir von der Sitzecke aus zu. Ich kann ihren Blick auf mir spüren.

Genauso wie ihre Anspannung.

»Und?«, fragt sie, sobald ich einmal tief Luft hole.

»Du bewirbst dich landesweit?«

Sie nickt. »Ich würde zwar gerne in der Nähe von Los Angeles bleiben, aber wenn man mich woanders nimmt, ziehe ich um.« Sie sieht mich schräg an. »Kauft man mir das nicht ab?«

»Doch, mir war das nur nicht klar.«

»Was sagst du zu den Stellen? Habe ich mich auf die richtigen beworben?«

»Also die eine hier war außerhalb deiner Liga. Wundert mich, dass sie dich eingeladen haben. Der Rest passt.«

»Ehrlich?« Ihre Erleichterung zeigt mir, wie sehr sie die Misserfolge verunsichert haben. Da kann ich sie beruhigen.

»Auffällig finde ich jedoch das Gehalt, das du forderst«, sage ich. »Du setzt für diese Stellen viel zu niedrig an.«

»Auf Vergleichsplattformen bin ich damit immer in der oberen Mitte«, verteidigt sie ihre Wahl. »Wie viel hättest du denn verlangt?«

Ich nehme die Ausschreibung, die oben aufliegt. »Hier willst du 80.000 im Jahr, das ist aber in meinen Augen eine 110.000-Dollar-Stelle.«

»Was?! So viel bin ich nie im Leben wert.«

Dass zu hören, tut weh. »Fakt ist, du wirkst damit – ich sagte es vorhin schon – verzweifelt und so, als würdest du nicht an deine Fähigkeiten glauben. Beides nicht gut.«

»Aber meine Forderung liegt im Mittelfeld der üblichen Gehälter. Vielleicht bist du nicht auf dem Laufenden?«

*Glaubt sie echt, ich, der Profi, wüsste nicht, was ich tue? Niedlich!* »Wo hast du gesucht?«

»Moment …« Sie klappt ihren Laptop auf und zeigt mir mehrere Seiten, die ihre Zahlen bestätigen.

»Du weißt schon, dass bei den Einträgen geschummelt wird? Einige meiner Kunden hinterlegen mit Absicht falsche Gehälter.«

»Verdammt, okay, überzeugt, ich ändere das. Was noch?«

»Bei zwei Unternehmen hast du nicht ins Team gepasst.«

»Welche denn?«

Ich zeige ihr die beiden.

»Oh, verstehe«, sagt sie überraschend schnell.

»Sollte ich wissen, warum?«

»Bei dem einen Gespräch hat mich der Personalleiter die ganze Zeit angemacht. Irgendwann dachte ich, da wäre eine versteckte Kamera installiert und die Interviewer warten nur darauf, dass ich ausraste.«

»Echt?« Wut steigt in mir auf. *Dass es immer noch Männer gibt, die ihre Position ausnutzen!* »Du könntest das anzeigen.«

»Aber ich habe keinen Beweis. Nicht da zumindest.« Ihre Wangen färben sich rot. Ich wüsste zu gerne, warum, will jedoch beim Thema bleiben.

»Das macht nichts, April. Nach der Anzeige muss ermittelt werden. Es wird mehr Frauen wie dich geben. Wenn der Kerl sich öfter danebenbenimmt, reicht eine Undercover-Polizistin, die seine Sprüche aufnimmt, und er steht vor Gericht.«

»Okay, dann zeig ich das an.« Breit grinsend schwenkt sie die Faust. »Wie eine richtige Führungspersönlichkeit Probleme in Angriff nimmt.«

*Verdammt, damit haut sie mich um. Diese Frau könnte die ganze Welt im Sturm erobern. Mit ihrem Lächeln.*

»Warum schaust du mich so an, Cole?«

*Wie denn?*, will ich fragen, aber verkneife es mir, um beim Thema zu bleiben und ihr zu zeigen, dass ich ein anständiger Kerl bin. »Freut mich, dass ich helfen kann.

Was ist mit der anderen Absage? Was lief da deiner Meinung nach schief?«

»Da war bei Runde zwei meine potenzielle Chefin dabei. Es heißt ja immer, Frauen würden sich unterstützen, aber mein Eindruck war, dass sie sich keine Konkurrenz ins Haus holen will.«

»Ergibt Sinn. Früher oder später würdest du ihren Platz haben wollen, sie könnte nur aufsteigen oder müsste gehen.«

»Also hätte ich da nichts machen können?«

»Nein, sie haben sicher jemanden ohne Ambitionen genommen.«

»Ist das aus der Stellenanzeige herauszulesen? Das ganze Bewerben frisst viel Zeit, die könnte ich mir sparen.«

Ich schaue noch mal auf die Papiere und schüttle den Kopf. »Nein, wenn du aber wieder so ein Gefühl hast, könntest du schon nach dem ersten Gespräch aussteigen. Du musst nicht alle absolvieren.«

»Gut zu wissen. Und die anderen beiden Stellen?«

»Da kann ich dir ad hoc nicht sagen, was los war. Die Absagen sind sehr geschliffen formuliert.«

Wieder werden ihre Wangen rot. »Würde dir ein Mitschnitt der Gespräche helfen?«, fragt sie, bevor ich nachhake, was ihr so unangenehm ist. »Die Qualität ist verrauscht, aber man versteht alles.«

»Du hast es aufgenommen? Ohne deren Einverständnis? Du weißt, dass das verboten ist?«

»Irgendwas musste ich ja tun, um besser zu werden.«

»Ich bin wirklich deine letzte Option?«

Sie sieht mich gequält an. Selbst jetzt finde ich sie bezaubernd.

»Okay, dann lass es mal laufen«, sage ich, bevor mir diese Frau noch weiter den Kopf verdrehen kann.

# 6. Kapitel

## APRIL

*Gott sei Dank bin ich nach Telluride gekommen! Für das Feedback, das Cole mir gibt, würde ich auch ein Jahr lang nackt in seinem Bett auf ihn warten, Pantoffeln mit Plüsch auf der Fußspitze tragen und jede seiner Sexfantasien umsetzen. Aber das muss er ja nie erfahren*, denke ich, als ich die Aufnahme meines letzten Gesprächs starte.

Konzentriert hört er zu, und obwohl er sich beim Signieren umständlich angestellt hat, schreibt er nun schnell und gleichmäßig Notizen auf seinen Block. Der Anblick gefällt mir. *Heiß. Selbst seine Hand sieht sexy aus. Kräftig, groß, wie man sie nicht bei einem Schreibtischmenschen, sondern eher bei einem Handwerker erwarten würde.*

*Ob er vielleicht auch eine Massage braucht?*, säuselt eine Stimme in meinem Kopf. *Nicht dass seine Finger nachher ganz steif sind …*

»Puh!« Ich stoße den Atem aus, den ich angehalten habe, und merke, wie laut ich dabei war, als mich Cole eine Sekunde länger als nötig anschaut.

Mit meinem besten ›Was ist los?‹-Blick starre ich zurück.

Er grinst wissend, stoppt die Aufnahme, geht eine halbe Minute zurück, setzt wieder diese konzentrierte Miene auf und versinkt in mein Bewerbungsgespräch, ich weiter in meine Gedanken.

*Wie ist Cole wohl nachher im Bett?*

*Werde ich es genießen?*

*Wird es unangenehm sein? So als würde ich mit meinem Bruder schlafen – wenn ich einen hätte. Urgs!*

*Wird er nur an sich denken?*

*Oder auch an mich?*

Gänsehaut überzieht meinen Körper, und ich presse die Lippen zusammen, um nicht wieder einen verräterischen Laut von mir zu geben. Gegen die Hitze an meiner Mitte kann ich nichts machen.

*Meine Güte, ich muss damit aufhören, an Sex mit diesem Mann zu denken. Das ist nur ein Geschäft, mehr nicht.*

Punkt 18 Uhr werden die Pakete abgeholt. Ich kümmere mich darum und lasse Cole weiter die Aufnahme analysieren. Die Pause lenkt mich ab. Danach drehen meine Gedanken jedoch erneut durch. Wäre wirklich gut, wenn wir bald fertig werden könnten.

Vorsichtig schaue ich auf die Uhr und bin überrascht, dass wir schon länger als die erarbeitete Stunde hier sitzen. Cole scheint das nicht zu bemerken. Ich weise ihn auch nicht darauf hin. Er würde garantiert Überstunden von mir im Bett verlangen. *Muss ja nicht sein.*

Als die Aufnahme endlich zu Ende ist, warte ich gespannt, bis er seinen letzten Gedanken aufgeschrieben hat.

»Und?«, frage ich ungeduldig.

»Ich muss mir das noch mal anhören.«

»Jetzt?!« Ich klinge entsetzt. Entsetzter, als ich gedacht hätte. Es ist mittlerweile nach sieben. Wenn er erneut alles durchhört, geht die Sonne unter. »Ich meine, heute noch?«, sage ich etwas sanfter.

»Also, ehrlich gesagt: ja«, überrascht mich Cole, als wäre meine Aufnahme besser, als mich nackt in seinem Bett zu haben. »Das Material ist hilfreich. Im Augenblick sind meine Eindrücke noch frisch. Wenn ich es jetzt durcharbeite, bringt das am meisten. Ich will nicht, dass mir was entgeht. Du musst auch nicht auf mich warten«, sagt er, als wäre ich nicht mehr wichtig. Er sieht immer wieder zu seinen Notizen, gefesselt von der Aufgabe. »Warum gehst du nicht was essen, und ich melde mich später bei dir, wenn ich fertig bin?«

»Du isst nichts?«

»Ich habe Pizza von gestern hier.«

Irgendwas in mir will ihn von der Arbeit fortreißen. Aber das wäre dumm. Er macht das für mich. »Okay, danke«, sage ich daher nur.

»Wunderbar«, murmelt er, würdigt mich keines weiteren Blicks und startet die Aufnahme erneut, ganz der Workaholic.

Wenn er sich so wenig für mich interessiert, hätte ich ihm für seine Hilfe auch eine Gummipuppe besorgen können. Er will nicht mal einen Kuss als Anzahlung, Vorleistung oder wie auch immer er das drehen will.

»Ich werde mal Ken fragen, ob er Zeit für mich hat«, murmle ich bewusst halblaut und schleiche extra langsam zur Tür.

»Wehe!«, knurrt er mir da hinterher. »Glaubst du wirklich, ich lass dich einfach gehen? Zu Ken?! Die Pizzareste reichen auch für dich.«

»Ich hatte nicht den Eindruck, dass meine Anwesenheit gewünscht ist.«

Endlich schaut er auf. Und er grinst. Richtig breit. Sein Blick wandert über mich von Kopf bis Fuß, und mir wird heiß. »Soweit ich sehe, solltest du unbedingt bleiben. So feucht kannst du nicht vor die Tür.«

Hitze kriecht mir die Wangen hoch, aber ich weigere mich, das zuzugeben. »Mach dich nicht lächerlich! Glaubst du wirklich, ich werde feucht davon, dich anzusehen? Ich bin hungrig. Das ist alles.«

»Was wäre, wenn ich jetzt deinen Slip verlangen würde, um das nachzuprüfen?«

»Tust du aber nicht. Du hast nämlich noch zu tun.«

»Als würde das was ändern«, murmelt er grinsend und widmet sich wieder der Aufnahme.

»Was soll das denn heißen?«

»Ich bin beschäftigt, wie du ja selbst gerade bemerkt hast.«

»Cole!« Ich werfe den erstbesten Gegenstand nach ihm, der in der Nähe ist: eine Taschentuchbox.

»Aua«, beschwert er sich, reibt sich die Stirn, lacht jedoch, als wäre mein Verhalten was Gutes. »Das eben war noch Spaß, aber scheinbar willst du es nicht anders. Wenn ich hier fertig bin, kommt der Slip weg, dann werden wir ja die Wahrheit erfahren. Ich wette, er ist komplett durch.«

»Tu, was du nicht lassen kannst«, töne ich. »Ich kümmere mich ums Essen.«

Mit einem extra sexy Hüftschwung stolziere ich in die Büroküche und lege die Pizza in die Mikrowelle. Dabei verfolgen mich Coles Worte, verfolgt mich seine Präsenz. Es ist, als stünde er direkt hinter mir, würde mich mit Blicken ausziehen, mit diesen sexy Händen berühren …

»Gott!«, seufze ich geschafft, als die Pizza warm ist, und greife mir in den Nacken, um das Gefühl abzuschütteln.

»Verspannt? Lass mich dir helfen!«, taucht da plötzlich Cole auf, und keine Sekunde später habe ich seine Hände auf mir.

»Ist das angenehm?«, haucht er mir ins Ohr.

Ich beuge den Hals zur Seite, um ihm besseren Zugriff zu gewähren. »Als würde ein Krake über meinen Nacken laufen«, tue ich verärgert, aber irgendwie klingen meine Worte längst nicht so bissig, wie ich es gerne hätte.

»Das ist alles, was du zu sagen hast?«

»Die Pizza wird kalt.«

»Also, wenn du nicht willst, dass ich mitten in der Küche über dich herfalle, muss da mehr kommen.«

Ein Schauer durchdringt mich. So wie ich nicht von Coles Küssen loskomme, schaffe ich es nicht, dieser Massage auszuweichen. Ich bin auf der halbwegs sicheren Seite, wenn wir nur die gleiche Luft einatmen, aber sobald er mich berührt, bin ich verloren.

»Ich warte auf ein kleines Donnerwetter«, flüstert er mir zu.

*Echt? Kann er haben!*

Ich taste nach seinen Händen und will sie von meinen Schultern nehmen. Eine ganz simple Aktion. Stattdessen ziehe ich Cole enger, bis er mich von hinten umarmen kann. *Verdammt!*

Sofort steht mein gesamter Rücken in Flammen. Die Wärme ist wohltuend, dabei war mir gar nicht kalt. Als ich spüre, dass meine Nähe Cole ebenfalls erregt, wird mir auf schöne Art schwindelig.

»Das ist nicht gut«, wispere ich, aber lehne mich an ihn.

»Ich würde eher sagen, es wird wunderbar mit uns«, antwortet er, umarmt mich fester und knabbert an meinem Hals. »Und das weißt du, Baby.«

»Ich mache nicht eher die Beine für dich breit, bis du nicht mit der Aufnahme fertig bist«, versuche ich, mich zu retten.

»Wir wissen beide, dass du das schnell vergessen wirst, wenn ich es darauf anlege.«

»Cole! Wir hatten einen Deal. Wenn dir dein guter Ruf was wert ist, halt dich dran.«

»Spielverderberin!«, sagt er und lässt endlich von mir ab.

Schwer atmend fliehe ich förmlich zum Küchenboard und sehe ihn aus sicherer Distanz an. *Was ist das nur mit uns?*

»Pizza«, sage ich knapp. Für einen ganzen Satz reichen meine Kräfte nicht.

»Pizza«, wiederholt er und nickt.

## COLE

*Was stellt diese Frau mit mir an?* Ich sollte die Analyse der Bänder abbrechen und sie nach Hause in mein Bett schleppen. Dummerweise will ich ihr wirklich helfen. Dass kein Unternehmen sie einstellen will, kann ich nicht akzeptieren.

Als ich nach dem Essen wieder an der Aufnahme sitze und April mir gegenüber Platz nimmt, brauche ich jedoch eine Weile, um den letzten Gedanken wieder aufzunehmen. Ich bin mir ihrer Präsenz sehr bewusst und spüre ihre Blicke. Jedes Mal, wenn ich aufschaue, sieht sie schnell zur Seite, als hätte ich sie bei etwas Verbotenem erwischt. *Was hat sie nur, dass sie nicht zugeben kann, wie gut wir zusammenpassen?*

»Fertig!«, verkünde ich schließlich kurz nach neun.

»Okay, dann lass mal hören.«

»Nicht mehr heute«, sage ich grinsend. »Jetzt kommt der angenehme Teil.«

»Fragt sich nur, für wen.«

»Keine Sorge, du wirst auf deine Kosten kommen.«

»Das glaube ich erst, wenn ich es erlebe.«

April erhebt sich, wirft ihre Haare über die Schultern und zupft an ihrem Kleid, wodurch es wieder perfekt über ihren Brüsten mit den verräterisch harten Nippeln sitzt.

Es kostet mich alles, sie nicht direkt im Büro zu nehmen. »Los, lass uns gehen«, sage ich, schalte überall das Licht aus und halte ihr die Bürotür auf, aber stocke, weil sie sich nicht rührt.

Im Schein der Laternen sehen wir uns an. Ich kann ihren Gesichtsausdruck schwer deuten. *Ist das Sorge?* »Was ist los, April?«

»Wenn ich diese Türschwelle übertrete, dann gehöre ich dir.«

»Stimmt«, sage ich aufgeregt. »Kneifst du?«

»Wir sollten vielleicht noch über ein paar Dinge sprechen, bevor wir intim miteinander werden.« *Leidenschaftsloser hätte man das nicht ausdrücken können. Als wäre Sex eine Vorsorgeuntersuchung beim Arzt.*

Ich schließe die Tür wieder, weil das nicht die Art Unterhaltung ist, die Fremde mitbekommen sollen. »Was willst du besprechen, April?«

»Also erst mal: Hast du Kondome? Denn ich verhüte nicht, und ich hab auch keine Gummis eingesteckt. Ich bin nicht wegen eines Abenteuers hergekommen, sondern wegen Rat und Tat.«

»Ich hab noch Kondome da. Mehr?«

»Ich weiß, wir haben vereinbart, du darfst alles machen, aber wenn du mir wehtust, dann –«

»Dann rufe ich selbst die Polizei an, damit sie mich verhaftet«, beende ich ihren Satz empört. »Keine Sorge, April. Ich werde dir nicht wehtun.« Ich muss grinsen. »Oder wenn, dann nur auf die Art, die dir gefällt. Was noch?«

»Wir sollten gehen.«

»Weil du es nicht länger aushältst, deine Finger bei dir zu behalten?«

»Erwischt, wenn wir noch fünf Minuten weiterreden, kriege ich einen Spontanorgasmus!« Sie rollt mit den Augen, als könnten nur Männer solche Sätze von sich geben, stößt die Tür auf und geht voran. »Bist du mit dem Wagen hier?«

»Ja, dort drüben!« Ich drücke den Türöffner, und die Lichter des Trucks leuchten auf. Sie versucht, die Kontrolle zu behalten. Ich kann es nicht erwarten zu erleben, wie sie ist, wenn sie sie verliert.

»Gut, ich folge dir mit meinem Wagen«, sagt sie.

»Wir können ein Auto nehmen.«

»Vergiss es!«

»Wo willst du mich haben?«, fragt sie, sobald wir in meinem Wohnzimmer stehen, tritt sich die Schuhe von den Füßen und rafft ihr Kleid.

»Langsam!«, sage ich und ziehe sie an mich. »Wir haben Zeit.«

»Ich würde es lieber schnell hinter mich bringen.«

»Ehrlich?!«

»Ehrlich.«

»Wie du willst. Leg die Arme um meinen Hals!«

»Was hast du vor?«

»Vertrau mir«, sage ich und führe ihre Hände in meinen Nacken.

»Wie du ja bemerkt haben dürftest, habe ich damit meine Probleme.«

»Damit komme ich schon klar«, sage ich, streichle ihr sanft über die Oberarme, beuge mich vor und knabbere an ihrem Hals.

»Cole!«, stöhnt sie rau.

»Ich bin hier«, murmle ich und küsse sie weiter.

»Gott, Cole!«, ruft sie und drückt sich fester an mich.

An den Klang ihrer lustvollen Stimme könnte ich mich gewöhnen. »Gefällt dir das, Baby?«

»Ich brauche mehr.«

*Kann sie haben!*

Ich ziehe ihr langsam das Kleid hoch und hebe sie an, und unaufgefordert schlingt sie die Beine um mich. Ich trage sie zum Sofa. Mein Schwanz steht, aber anders als sie will ich hier nichts schnell hinter mich bringen. Ich habe die ganze Nacht Zeit, und ich will jede Sekunde davon mit ihr auskosten.

»Hast du Spaß?«, frage ich, küsse sie, mag, wie sie sich auf meinem Schoß windet, genießt, wenn meine Härte gegen ihre Mitte drückt.

»Kein bisschen«, seufzt sie.

»Und jetzt?«, frage ich, schiebe die Hände unter das Kleid und streichle ihren Hintern.

»Immer noch nicht«, will sie mich ärgern, aber stöhnt die Worte. »Du fummelst wie ein Teenager an mir herum.«

»Ist das so?« Langsam fahre ich zwischen ihre Beine und komme fast in meine Hose, als ich spüre, wie klatschnass ihr Slip ist. »Fühlt sich für mich so an, als würde ich alles richtig machen.«

»Gott!«, keucht sie und lehnt ihre Stirn an meine Schulter, bis sie merkt, dass ich nicht vordringe, sondern sie leiden lasse. »Ich dachte, wir bringen das schnell hinter uns.«

»Das ist schnell.«

»Wie geht dann bitte die langsame Version?!«

»Ungefähr so.« Ich nehme die Hand weg, drücke April auf dem Sofa zurück und begnüge mich mit jeder Menge

Küssen. Sie erwidert jeden hungrig. *Bis ich davon genug habe und eine Steigerung brauche, das wird dauern …*

»Schneller«, fleht sie an meinen Lippen. »Bitte, Cole.«

»Sag mir, wer dich so feucht gemacht hat, Baby, und vielleicht beeile ich mich dann«, sage ich und streichle über ihre Seiten.

Sie sieht mich zornig an. »Ich dachte, du stehst nicht auf Spielchen!«

»Scheinbar hatte ich nur nie die richtige Partnerin dafür.«

»Dafür bin ich nicht die richtige, Cole. Ich hasse das!«

»Fühlt sich nicht so an.«

»Wie du willst! Streichle mich zu Tode«, faucht sie und legt sich wie ein Brett zurück, offensichtlich eher bereit zu leiden, als zuzugeben, dass ich sie feucht mache. *Niedlich.*

»Du weißt, dass das alles nur noch schlimmer macht?«, necke ich sie.

»Deshalb komme ich dir ja auch entgegen.« Forsch öffnet sie mir die Beine. »Los, nimm mich endlich. Meine Pussy gehört ganz dir.«

»Ist das so? Na, dann schaue ich mir das Schätzchen mal an.«

»Was zum –?« Schneidend zieht sie die Luft ein, als ich den Stoff beiseiteschiebe und mit meinen Fingern über ihre heißen, nassen Pussylippen fahre, mit ihrer Lust spiele, sie noch bereiter mache, als sie ohnehin schon ist.

»Ist das gut«, murmle ich. Ihre Lust verstärkt meine. Dazu kommt ihr Duft, ihre Hitze, alles.

»Nein, nein«, stöhnt sie und beißt sich in die Faust, um einen Rest Kontrolle zu bewahren.

»Echt? Ich soll aufhören?«, tue ich so, als wäre ihr Nein ernst gemeint. »Ist das besser?« Ich gleite fester über ihre Lippen und quäle ihre Klit.

Ein Wimmern und wildes Kopfschütteln sind ihre Antwort.

»Wie ist das?« Ich ziehe kleine Kreise, beuge mich über sie und knabbere an ihrem Hals.

»Bring es endlich hinter uns, Cole!«

»Bist du wirklich bereit? Vielleicht streichle ich dich besser noch ein bisschen. Wir sind erst seit fünf Minuten hier. Ihr Frauen beschwert euch doch immer, wenn das Vorspiel zu kurz ausfällt.«

»Nimm darauf keine Rücksicht«, keucht sie. »Es geht bei der Nummer ja nicht um mich, sondern um dich.«

»Sehe ich anders.«

»Du willst also hören, dass ich das genieße?« Sie bäumt sich unter mir auf. »Vergiss es!«

»Keine Sorge. Mir reicht, wenn du kommst«, sage ich und dringe mit zwei Fingern in sie ein.

Ich küsse sie wieder, und wie selbstverständlich erwidert sie den Kuss. Ich brauche keine Tricks für April. Wenn wir nicht mit unserem Verstand reden, sondern mit unseren Körpern, klappt es perfekt zwischen uns. Wenn sie mehr will, zieht sie mich enger. Wenn ich alles richtig mache, raube ich ihr den Atem und sie kommt aus dem Takt. Es ist nur eine Frage der Zeit, bis ich sie mit meinen Fingern zum Orgasmus bringe.

»Ja, ja, ja«, murmelt sie leise, krallt sich erst fester an mich und sinkt dann nach Luft schnappend zurück.

Ich liebe, wie gelöst ihr Gesichtsausdruck ist, und will mehr davon, da geht ein Ruck durch sie.

»Alles okay, Baby?«

Sie schiebt mich von sich. »Geh runter von mir. Wir sind hier fertig.«

»Es hieß die ganze Nacht.«

Sie steht auf und richtet ihre Sachen. »Willst du mich etwa zwingen zu bleiben?«

Schockiert sehe ich sie an. »Für wen hältst du mich?«

»Dachte ich mir.« Sie hebt ihre Turnschuhe vom Boden auf und ist weg.

*Fuck!* Ihre Lust klebt noch an meiner Hand. Das eben war ein großartiger Auftakt für richtig guten Sex. Für uns beide. *Was zum Henker habe ich falsch gemacht?*

# 7. Kapitel

## APRIL

Mir ist schwindelig. Vor Lust und weil ich zu schnell vom Sofa aufgestanden bin. Aber ich fliehe weiter. Draußen auf der Straße steige ich halb hüpfend in meine Turnschuhe, eile zu meinem Wagen und verschwinde, bevor Cole mich aufhalten kann. Oder ich selbst es mir anders überlege.

Zurück in meinem Hotelzimmer setze ich mich aufs Bett und lege den Kopf auf die Oberschenkel. Meine Panikposition. Ist lange her, dass ich die gebraucht habe.

Mein Herz rast viel zu schnell.

Mein Körper glüht.

*So hätte sich das mit Cole nicht anfühlen sollen. Warum hat er denn an meine Lust gedacht? Der Deal war: Er befriedigt seine Lust. Mit mir! Nicht umgekehrt.*

Ich werde ihm das Geld für seine Beratungsleistung geben und die Aktion beenden. Ich könnte noch mehr Tipps gebrauchen, damit es mit dem nächsten Vorstellungsgespräch klappt, aber damit muss ich wohl leben. Morgen nehme ich den ersten Flug hier weg, mir egal, wohin der geht. Von jeder größeren Stadt gibt es Anschlussflüge zurück nach Los Angeles.

*Brrr-brrr-brrr.*

Mein Handy vibriert in meiner Tasche und kündigt einen Anruf an. Ich werfe einen schnellen Blick aufs Display und lasse es unbeantwortet zurück ins Innenfach gleiten, als ich sehe, dass es nur Cole ist.

*Nur? Von wegen!*

Noch immer spüre ich jede seiner Berührungen. *Mit diesen perfekten Händen!* Sein Geruch ist auf meiner Haut. Wärme durchdringt mich. *Nein, nein, nein, das darf einfach nicht sein.*

Wieder brummt mein Handy.

COLE.

*Hartnäckiger Kerl!*

»Was?«, blaffe ich ins Telefon. »Möchtest du, dass ich zurückkomme, weil die Nacht noch nicht vorbei ist?«

»Ich will nur wissen, ob es dir gut geht, Baby.«

*Mist!* Das wirft mich weiter aus der Bahn. Wenn Cole einfach einen auf Neandertaler machen und mich zum Sex zwingen würde, könnte ich das verkraften. Aber er fragt, ob es mir gut geht. *Tut es das denn?*

»Ich weiß es nicht«, antworte ich ehrlich.

»Wenn ich was getan habe, das dich irgendwie –«

»Nein!«, schneide ich ihm das Wort ab. *Ja!*, schreit gleichzeitig eine Stimme in mir. *Du mit deiner netten Colorado-Art.* »War das alles, Cole? Ich bin müde.«

»Okay, schlaf gut, April. Bis morgen!«

Ich antworte nicht mit ›Bis morgen‹, sondern lege auf. Keine Ahnung, was morgen ist. So wie ich mich gerade fühle, gibt es für Cole und mich kein Morgen.

*Brrr-brrr.*

*Was denn noch, Cole?*, denke ich, als mein Handy eine eingehende Nachricht ankündigt. Ich schaue nach, aber die SMS ist nicht von ihm, sondern von Ivy.

> Wie läuft es bei dir? Raffaela war heute wieder in Topform. Mit der Menge an heißer Luft, die sie von sich gibt, könnte man die Polkappen zum Schmelzen bringen. Auch wenn ich dich vermissen werde: Ich drück dir die Daumen, dass du hier bald wegkommst.

Das Herz sinkt mir in die Hose – die feuchte Hose, wie ich deutlich spüre.

Gold Face Media ist echt ein Saftladen. Es hat seinen Grund, warum ich da wegwill.

*Was mache ich denn jetzt? Gehen oder doch bleiben? Darauf vertrauen, dass die Tipps für den neuen Job reichen, oder auf weitere Hilfe hoffen? Cole abschreiben oder mich weiter in ihn verlieben? Gut, die letzte Entscheidung ist leicht: mich auf gar keinen Fall verlieben. Nur, wie geht das bitte?!*

Ich kann das nicht alleine herausfinden. Mein Verstand funktioniert nicht rational, wenn Cole involviert ist. Verzweifelt antworte ich Ivy und frage sie, ob sie noch wach ist, weil ich jemanden zum Reden brauche. Beinahe sofort ruft sie zurück.

»Cole Cameron ist ein Schwein?! Ich fasse es nicht«, legt sie los, obwohl sie noch gar nichts Genaueres von mir weiß, nur dass ich Redebedarf habe. »So gut aussehende, erfolgreiche Typen glauben, sie könnten sich alles erlauben. Als wären sie Gott und stünden über den Dingen. Die wissen nicht, wann Schluss ist. Hauptsache, sie sind glücklich …«

Ivy redet sich richtig in Rage, und ich muss erleichtert lachen, weil sie auf meiner Seite steht. Gleichzeitig steigen mir Tränen in die Augen, weil Cole vieles ist, aber kein Schwein. Das hat er nicht verdient.

»Cole hatte ein paar wirklich hilfreiche Tipps«, bremse ich Ivy.

»Es gab also Verbesserungsbedarf? Was zum Beispiel?«

»Dass man mir meine Verzweiflung anmerkt. Beim nächsten Gespräch werde ich souveräner auftreten, dann klappt es bestimmt.«

»Das ist alles? Er findet Fehler, aber erklärt dir nicht, wie du sie vermeidest?!«

»Das schaffe ich schon allein, und wusstest du …«, rede ich schnell weiter, bevor sie Rückfragen stellen kann. »Dass es negativ ist, wenn man ein zu geringes Gehalt angibt? Ich muss einfach mehr fordern. Die Leute in Chicago werden mich mit Kusshand nehmen. Es hat sich wirklich gelohnt, hierherzukommen.«

»Noch mal einen Schritt zurück, April. Das ist alles, was er gemacht hat?«

Während ich so tue, als könnte ich jetzt ein Flugzeug fliegen, klingt Ivy so, als hätte mir Cole gerade mal den Einstieg in eine Maschine erklärt.

»Er hat meine Bewerbungsunterlagen eingehend analysiert«, verteidige ich ihn. »Wofür andere drei Tage brauchen, benötigt er drei Stunden. Das ist nicht seine Schuld.«

»Das meine ich nicht. Ich dachte, ihr übt das.« Sie stockt. »Warum übt ihr das nicht, Süße?«

»Weil das nicht notwendig ist. Ich krieg das alleine hin«, behaupte ich. Ich tendiere immer mehr in Richtung ›Das Weite suchen und Telluride verlassen‹.

»April, lüg mich nicht an!«, kontert Ivy. »Du hast doch deine *sechs* Tage Strandurlaub nicht storniert, um *einen* Tag in der Pampa zu sein. Der Mann schreibt außerdem Bestseller um Bestseller. Der kann mehr, als nur Tipps geben. Also: Was ist passiert?«

Ich kenne diesen Tonfall. Ivy wird nicht lockerlassen. Ich kann mich zieren oder ihr gleich alles erzählen. Da es spät ist, entscheide ich mich für die kürzere Variante. »Wir haben Pizza gegessen«, beginne ich.

»Aha«, macht sie nur.

»Richtig gute Pizza«, ergänze ich, als würde das eine Rolle spielen. »Ich habe seine Bücher signiert, damit er mehr Zeit hat, um mir zu helfen. Der Mann hat echt einen durchgetakteten Kalender, und –«

»Moment, April! Irgendwie hab ich das Gefühl, du unterschlägst mir einen wichtigen Teil.«

»Es ist, wie ich sage: Ich habe ihm geholfen, damit er mir hilft. Er hat mir geholfen. Ende der Geschichte.«

»Gefällt mir nicht. Warum holst du nicht alles raus, was aus dem Mann und seinem genialen Verstand rauszuholen ist? Dafür hättest du nicht hinfahren müssen.«

»Es liegt an Telluride. Die Stadt bekommt mir nicht. Es hatte seinen Grund, warum ich weggegangen bin«, sage ich schwammig und denke an meine Kindheit, die Highschool-Zeit, meine Mom, meinen Dad … Wie schwer das alles war und dass ich das nicht noch mal durchmachen kann. Weshalb ich vor Cole davonlaufe, selbst wenn alles in mir bleiben will. Aber Ivy weiß nicht, warum ich mich mit Beziehungen so schwertue, und ich werde nicht jetzt damit anfangen, es ihr zu erzählen. Dann sitzen wir hier, bis die Akkus unserer Geräte leer sind. »Colorado und ich sind keine Freunde, Ivy.«

»Okay, Süße, das verstehe ich. Du weißt, ich komme aus einem kleinen Kaff in Ohio. Nur für Thanksgiving kann ich mich dazu aufraffen, nach Hause zu fahren. Aber da muss man durch. Ich für meine Eltern und du für deine Karriere. Was ist denn, wenn es mit dem nächsten Job auch nicht klappt?«

»Dann ist Cole wohl nicht so gut, wie alle denken.«

»Oder eine gewisse Miss Dickkopf hat nicht alles versucht.« Sie schweigt kurz. »Hast du wirklich *alles* versucht, April? Los, antworte, ohne lange nachzudenken! Drei … zwei … eins …«

*Verdammt!* »Nein, hab ich nicht.«

»Soll ich raten, warum?«

»Bitte nicht.«

»Ich rate trotzdem. Weil dich der Kerl mächtig durcheinanderbringt.«

»Ich wäre dir wirklich dankbar, wenn wir aufhören könnten, über Cole zu reden.« *Der Mann ist gefühlt überall.*

»Gut, dann anders: Willst du dir wegen eurer Reibereien deine Chancen auf eine bessere Zukunft verbauen? Benimm dich wie eine richtige Führungskraft. Die laufen auch nicht weg.«

Damit kriegt sie mich. Vielleicht renne ich vor Gefühlskram davon, aber Arbeit bin ich noch nie aus dem Weg gegangen.

»Überredet, ich bleibe«, sage ich.

»Juhuuu!«, jubelt sie.

Mir ist nicht nach Jubeln.

## COLE

*April ist weg.*

Noch weiß ich es nicht sicher, aber der Gedanke ist wie Gift und sorgt am nächsten Morgen für Kopfschmerzen. Im Büro zu sein und zu arbeiten sollte mich davon ablenken, aber das tut es nicht. Weil April hier war. Durch sie hat sich etwas verändert. Ich müsste neue Räumlichkeiten anmieten und eine komplett neue Einrichtung besorgen, um nicht an sie zu denken. Dumm nur, dass in Telluride keine Büroflächen leer stehen.

Auf dem Schreibtisch liegen außerdem ihre Bewerbungsunterlagen und starren mich vorwurfsvoll an, dass ich ja wohl selbst schuld an dem Desaster bin. Weil ich zu schnell zu viel wollte. Aber ich hatte bloß diese eine Woche, ich musste Druck aufbauen.

Wenn sie nicht mehr kommt, muss ich ihr die Unterlagen zurückschicken. Aber ich habe nicht mal ihre Anschrift. Weil heutzutage die Kommunikation digital abläuft, hat sie bei ihren Unterlagen nur ihre Mobilnummer und ihre E-Mail-Adresse angegeben. Und an Gold Face Media werde ich solche Papiere nicht senden. Manche Firmen haben Poststellen, die sämtliche eingehenden Sendungen kontrollieren. Falls jemand den Brief zur Prüfung öffnet, könnte auffliegen, dass April nach einer neuen Stelle sucht. Das könnte ihre aktuelle Position gefährden, und am Ende steht sie ohne Job da.

»Hier, trink das!«, sagt Ken, kommt in mein Büro und stellt mir ein volles Schnapsglas neben die Tastatur.

»Spinnst du, wir sind bei der Arbeit«, fahre ich ihn an.

»Falsch, Boss. *Ich* bin bei der Arbeit. *Du* bist mit deinen Gedanken woanders.« Er schiebt mir das Glas zu. »Los, weg damit. Das ätzt weg, was auch immer dich beschäftigt.«

Ken hat recht, genau das brauche ich. Ein Mittel, das April aus meinen Gedanken ausradiert. Mit Schwung leere ich das Glas und muss husten, als der Alkohol sich brennend seinen Weg in meinen Magen bahnt.

»Braver Junge. Paula ist wieder in der Leitung. Fühlst du dich bereit, für dein gehobenes Honorar zu arbeiten?«

Ich nicke, woraufhin er das Glas wegnimmt und mich allein lässt. Dass ich wirklich bereit bin, bezweifle ich. *Fühlt sich so an, als hätte der Fusel nicht nur April, sondern auch was von meinem Verstand weggeätzt.*

Ich trinke einen Schluck Wasser, räuspere mich und absolviere den Termin zum Glück professionell. Gleich im Anschluss widme ich mich der nächsten Aufgabe, damit sich April gar nicht erst wieder einen Platz in meinen Gedanken suchen kann.

»Mittagspause«, unterbricht mich Ken um Punkt ein Uhr.

»Heute nicht. Ich ziehe durch«, sage ich, ohne aufzuschauen.

»Wir wissen beide, dass ich nicht nur für den Papierkram hier bin, sondern auch, um dafür zu sorgen, dass du dich nicht kaputtmachst.«

»Herrgott, Ken! Ich setze *eine* Mittagspause aus. Das wird ja wohl mal erlaubt sein?!«

»Verstanden. Aber wenn das morgen genauso läuft, besteh ich drauf.«

»Tu, was du nicht lassen kannst, und jetzt geh wieder.«

So wie April vor ihren Gefühlen davonläuft, so benutze ich die Arbeit, um mich nicht mit dieser Frau auseinandersetzen zu müssen. Es ist nicht richtig und nicht gesund, aber es geht nicht anders. Darüber nachzudenken, was gestern passiert ist, ist genauso ungesund. Für einen Tag muss mir gestattet sein, in alte Muster zurückzufallen. Sie haben ihre Vorteile.

»Haben wir noch unseren Termin?«, reißt mich Aprils Stimme da aus meinen Gedanken.

»Sieht wohl so aus«, sage ich erleichtert und wütend zugleich. »Ich muss nur noch eine Mail fertigstellen.«

»Soll ich draußen warten?«

»Nein, setz dich, und dann reden wir.«

April schließt die Tür und steuert die Sitzgruppe an, und ich folge jeder ihrer Bewegungen. Sie trägt heute eine locker sitzende dunkle Stoffhose und eine helle Bluse, beides sehr modern. Großstädtisch. Und wie gestern rundet Schmuck ihr Outfit ab.

Alles in mir will sie an mich ziehen. Aber ich bleibe in meinem Drehstuhl sitzen und halte mich zurück. Ein scheues Reh ist geradezu zutraulich im Vergleich zu der Frau. Eine falsche Bewegung könnte sie verschrecken. Muss nicht sein. Nicht noch einmal.

Ich beende die Mail, schicke sie ab, lehne mich in meinem Stuhl zurück und beobachte April abwartend.

»Du bist sauer«, stellt sie fest.

»Wie kommst du bloß darauf?«

»Es tut mir leid, was gestern passiert ist.«

»Was genau meinst du?«

»Wir hatten einen Deal und –«

»Echt, du kommst damit?«, unterbreche ich sie. »Das, was gestern passiert ist, hatte nichts, *rein gar nichts* mit dem Deal zu tun.«

»Trotzdem … Ich hätte nicht einfach gehen sollen.« Sie fährt sich durch die Haare, und ihre Armreifen klimpern dabei. Dann sieht sie mich an, mit all diesen Gefühlen in ihrem Blick, die sich so schnell abwechseln, dass ich es nicht schaffe, sie zu entschlüsseln, und einem, das sehr deutlich ist: ehrliches Bedauern.

*Was soll ich damit anfangen?*

»Fuck, Baby«, seufze ich.

»Überlegst du es dir anders?«

»Nein.« Dass sie das schon wieder denkt, nervt mich.

*Glaubt sie wirklich, ich bin, wer ich bin, weil ich vor jeder Konfrontation davonlaufe?*

»Was ist dann?«, fragt sie.

»Der Deal ist mir herzlich egal. Du bist mir wichtig. Ich will dir helfen. Beim Job, aber mehr noch bei dem, was auch immer dich so einen Scheiß machen lässt. Du hast es gestern Abend genossen, mit mir zusammen zu sein. Das, was wir hatten, war der Wahnsinn. Mir ist egal, ob du das zugibst oder nicht. Ich war dabei, April. Ich habe in deine Augen gesehen, als du gekommen bist. Es hat dir gefallen.«

Statt es abzustreiten, überzieht Röte ihre Wangen.

»Ich frage mich, wie du hier aufkreuzen und so tun kannst, als wäre nichts passiert«, rede ich weiter. »Ich versuche, dich wie eine stinknormale Kundin zu betrachten und meinen Verstand dazu zu bringen, mit dir meine Analyse durchzusprechen. Aber die Wahrheit ist, genau jetzt will ich vor allem eines: dich halten. Dich einfach nur halten, dir durch die Haare fahren, dir über den Rücken streicheln, den Duft deiner Haut einatmen.« Abwartend sehe ich sie an. »Und was machst du nun, April? Bleibst du, oder rennst du wieder weg?«

Fassungslos verfolge ich, wie sie aufsteht. Irgendwie war das nicht der Effekt, den meine Ansprache haben sollte. *Verdammt!*

Statt zur Tür geht sie jedoch zu mir. Sie setzt sich auf meinen Schoß und schlingt die Arme um meinen Hals. »Dann halt mich, Cole. Bitte, halt mich!« Sie zögert, dann vergräbt sie ihr Gesicht an meiner Halsbeuge, lässt sich ganz auf mich ein.

Mein Körper entspannt sich effektiver als durch den Alkohol, aber ich bleibe auf der Hut. »Machst du das nur, damit ich dir weiterhin helfe?«

»Ja«, antwortet sie, was erneut einem Schlag ins Gesicht gleichkäme, wären da nicht der Klang ihrer Stimme und die vielen Emotionen darin.

»Du brauchst meine Hilfe wirklich dringend, wie?«, necke ich sie und lege die Arme um sie.

»Du hast ja keine Ahnung!«

»Weißt du, genau genommen bist du mir noch ein Mal Sex schuldig«, erinnere ich sie an die letzte Nacht.

Sie boxt mich, als wüsste ich nicht selbst, wie unpassend dieser Einwand ist. »Ich hab was Besseres als Wiedergutmachung.«

»Ich bin ganz Ohr«, bleibe ich bei dem lockeren Tonfall. »Sex ist wirklich schwer zu toppen.«

»Wie wäre es mit einer Erklärung, warum ich gestern weggelaufen bin?«

»Stimmt. Ich höre!«

Sie sucht nach Worten, zögert … »Du warst zu gut, bist zu gut, Cole«, sagt sie schließlich.

Es fällt mir schwer, nicht breit zu grinsen. Gleichzeitig bin ich verwirrt. »Warum ist das schlecht, Baby?«

»Weil es dadurch quasi unmöglich ist, sich nicht in dich zu verlieben«, erklärt sie. »Was aber natürlich nicht heißt, dass ich mich in dich verliebt habe. Nach was? Zwei Tagen? Das ist ja lächerlich!«, redet sie schnell weiter, als sie meinen Blick auffängt. Dabei könnte sie mir jetzt auch die Pest an den Hals wünschen. *April Bishop ist in mich verliebt.* Falls sie denkt, ihr Geplapper überzeugt mich vom Gegenteil, so liegt sie falsch. Wenn, dann bestätigt es das nur. *Fuck, es wurde aber auch Zeit!*

Ich beuge mich vor, nehme ihr Gesicht in beide Hände, ziehe sie zu mir und küsse sie. Sofort reagiert sie, ohne nachzudenken, ohne Widerstand.

Erst als sie selbst immer gieriger wird, schreckt sie zurück.

»Cole, hast du mir nicht zugehört? Ich bin *nicht* in dich verliebt.«

»Huch, mein Fehler.« Gespielt ahnungslos rolle ich mit den Augen.

Misstrauisch sieht April mich an. Ich fahre ihr durch die Haare und bin so grauenvoll glücklich, dass ich sie gleich wieder küssen will. Aber ihr Blick lässt mich zögern. Irgendeine Info fehlt mir noch.

»Warum ist es so schlimm, sich in mich zu verlieben? Falls ich dir zu nett bin: Ich kann auch gröber sein, Baby.« Ich beuge mich vor, dränge sie neben meiner Tastatur auf den Schreibtisch und knabbere an ihrem Hals. »Ich kann zum Beispiel kurzen Prozess mit dir machen.« Ohne Vorwarnung reiße ich ihr die Bluse auf, und Knöpfe fliegen zur Seite. Ich zerstöre das Teil, doch statt mir eine Standpauke zu halten, legt April den Kopf in den Nacken und stöhnt zufrieden. »Wenn dir das hilft, dann bin ich richtig fies«, sage ich, nutze den Moment und küsse ihre heiße Haut.

Sie funkelt mich an. »Hey! Die Bluse war teuer. Das bezahlt deine Versicherung, verstanden?«

Ich muss lachen, konzentriere mich jedoch voll auf die Frau vor mir. »Reicht das schon, oder soll ich noch härter durchgreifen?«

Sie tastet nach ihrem Hosenbund und öffnet die Knöpfe und den Reißverschluss. »Ich brauche mehr«, sagt sie und atmet schwer. »Kriege ich mehr?«

»Fuck, April!« Ich will sie fragen, ob sie sich sicher ist. Aber wenn ich wieder nett bin, wird sie mich aufhalten. »Los, steh auf«, befehle ich, schiebe sie von meinem Schoß und zerre ihr die Hose runter.

Irgendwo in diesem Schreibtisch habe ich noch Kondome. Ich ziehe Schubfächer auf, bis ich eines finde.

»Hinlegen!«, donnere ich, als sie eine Spur unsicher zu mir schaut.

Sie rührt sich nicht.

»April, leg dich auf den Tisch. Wird's bald?« Als bräuchte sie Nachhilfe, packe ich sie am Handgelenk, drehe sie und drücke sie mit dem Oberkörper auf die Arbeitsfläche.

Der Anblick haut mich um. *Ihr runder Po, die abgelegte Hose, die zerstörte Bluse …* Ich fürchte schon, zu grob gewesen zu sein, bis ich ihr zwischen die Beine greife und ihre Feuchtigkeit spüre.

»Bist du dir absolut sicher, dass du das hier willst?«, frage ich, während ich meinen Schwanz befreie und das Gummi überrolle.

»Bin ich. Nur Sex, keine Gefühle«, sagt sie, spreizt die Beine einladender und schiebt mir ihr Becken entgegen. »Mach weiter!«

Ein Teil von mir will sanft sein, jede Sekunde genießen, sie weiter in meinen Bann ziehen. Aber ich werde mir nicht meine Chance auf Sex mit dieser Frau ruinieren. Vergangene Nacht habe ich mich gefragt, wie es sich anfühlt, in ihr zu sein. Ich brauche Antworten.

Mit meinem Schwanz fahre ich an ihrem feuchten Eingang entlang, lasse sie spüren, wie bereit ich für sie bin. Wie eine letzte Warnung. Sobald ich sie fester packe, spannen sich ihre Schultern an. Als könnte sie sich auf das, was gleich kommt, vorbereiten! Dann stoße ich hart in sie, nehme sie ganz, bis zum Anschlag, gebe ihr alles. *Jaaa!*

Ich gönne uns beiden einen Moment, genieße, wie sie mich eng umschließt und wie schwer sie atmet – und ein Stöhnen unterdrückt. Normalerweise bin ich vorsichtig, gebe Frauen Zeit, sich an mich zu gewöhnen. Aber was ist mit April schon normal?

Als würde sie versuchen abzuhauen, packe ich sie an der Hüfte und beginne mich zu bewegen, schnell und hart und wahnsinnig erfüllend.

Sie ist feucht und eng und gibt jedes Mal einen Laut der Erleichterung von sich, wenn ich ganz in ihr bin. Je länger ich sie nehme, desto lauter stöhnt sie und desto mehr Feuchtigkeit folgt.

Der Schreibtisch ist perfekt für diese Nummer. Anders als moderne Bretter mit vier Stelzen hält die massive Antiquität jedem meiner Stöße stand und bewegt sich keinen Millimeter.

Ich beuge mich über April und genieße es, sie zu haben. Egal unter welchen Umständen, egal warum jetzt, egal, ob es hier im Büro ist. Was ich mir noch gestern nicht vorstellen konnte. Ihre Bluse habe ich schon ruiniert, und ich reiße weiter am Stoff, bis Aprils Rücken frei ist und ich ihre weiche Haut küssen kann. Es ist primitiv, aber sie gehört mir. Ich höre nicht eher auf, bis ich sie von Kopf bis Fuß durchgenommen, an jedem Quadratzentimeter von ihr geknabbert, mich in ihr verewigt habe. Auf dass sie nie wieder einen anderen Mann will. Und falls doch, dann denkt sie dabei an mich, nur an mich.

»Cole!«, stöhnt sie.

»Immer noch zu nett?«, frage ich.

»Ich glaube, ja!«

Ich öffne den BH-Verschluss, reiße den Spitzefetzen weg und zwirble ihre Nippel genauso, wie ich sie nehme, grob und fordernd. »Wie ist das, Baby?«

Sie windet sich laut stöhnend unter mir, als wollte sie der süßen Qual entgehen, und ihre Pussy zieht sich zusammen. Meine Stöße sind schnell, und sie ist so nass, dass es Geräusche gibt. Das macht mich noch wilder. Ich komme gleich, aber warte, weil ich mit ihr gemeinsam den Höhepunkt erleben will. Das muss erlaubt sein.

Um sie über die Klippe zu stoßen, knabbere ich an ihrem Nacken und greife an ihre Klit. Schreiend bäumt sie sich unter mir auf, aber ich lasse nicht locker, treibe sie weiter und weiter an.

»Ja, das gefällt der kleinen Projektmanagerin! Dass sie endlich richtig hart genommen wird … Komm, Baby! Komm!«

»O Gott!«

Ich kann spüren, wie sie plötzlich explodiert. Sie krampft fest um mich, und sämtliche Anspannung weicht aus ihrem Körper. *Wie sexy!*

Ich nehme sie bis zum letzten Beben. Dann komme auch ich und vergesse die Welt um mich herum.

*Das ist es, was ich immer wollte!*

*Und es reicht nicht. Einmal ist zu wenig.*

*Fuck!*

Stöhnend versenke ich mich noch mal tief in ihr, lasse sie meinen Körper überall spüren und küsse sanft ihren Hals.

»Du wirst nett«, knurrt sie.

»Meinst du? Würde ein netter Kerl dir nicht in deine Sachen helfen?«, murmle ich und küsse sie weiter.

»Egal. Du kuschelst mit mir auf deinem Tisch. Das geht zu weit.«

»Danke für die Warnung.« Widerwillig weiche ich zurück und gebe ihr einen Klaps auf den Hintern. »Los, mach dich sauber und zieh dich an!«

»Ehrlich jetzt?!« Dieser Umgangston passt ihr offensichtlich auch nicht, aber sie richtet sich langsam auf und macht sich mit Taschentüchern zwischen den Beinen sauber. »An meinem Oberschenkel ist ein Handabdruck! Du hast mich benutzt, als hättest du seit Jahren keine Frau gehabt!«

Ich muss grinsen.

»Das war kein Kompliment.«

»Doch, das war es, und es hat dir gefallen.«

»Es war ganz okayer Sex«, spielt sie das, was eben geschehen ist, herunter und legt sich den BH an. *Soll sie!*

Etwas hilflos betrachtet sie die Reste ihrer Bluse. Ich schließe die Knöpfe, die noch dran sind.

Sie haut mir auf die Finger.

Ich lasse mich davon nicht stören.

»Hör auf, dich um mich zu kümmern, Cole!«

»Tue ich nicht. Ich mache nur, was ich will. Das wolltest du doch.«

»Bitte!« Ergeben hebt sie die Hände und lässt mich machen – schwer atmend, weil sie es genießt.

Ich lasse mir Zeit, zu viel Zeit.

»Du wirst wieder nett!«, knurrt sie ungeduldig.

»Halt mich doch auf!«

»Sehr witzig! Wir haben noch zu arbeiten. Da werde ich dich wohl kaum verärgern!«

»Clever.« Ich lächle und zupfe am Stoff, koste die Situation bis zum Letzten aus. »Verrat mir, warum ich nicht nett sein soll.«

»Das … kann ich nicht.«

Ich binde die Reste der Bluse vor ihrem Bauch zusammen, und sie keucht erregt. »Das war keine Bitte, April.«

»Oh, willst du mich zwingen?« Sie sieht mich geradezu begeistert an, was mich meine Taktik ändern lässt.

»Nein, ich werde so scheußlich nett sein, dass du mir hoffnungslos verfällst. Wenn du das nicht willst, rede!«

»Liegt es nicht auf der Hand? Ich will mich nicht in dich verlieben, weil es unglaublich wehtun würde, dich wieder zu verlieren. Ist doch logisch!«

»Warum machen dann alle so ein Gewese um die Liebe, wenn am Ende nur Leid, Elend und Verderben auf einen warten?«, antworte ich spöttisch, weil sie das ja wohl nicht ernst meinen kann. Man verzichtet nicht auf eine gute Erfahrung, nur weil sie vorbeigehen kann. Dann würde man ja nie Spaß im Leben haben. »Ich höre, Baby.«

»Warum springen Leute mit einem Seil an den Füßen von einer Brücke?«, äfft sie mich nach, als wäre das vergleichbar. »Ich habe absolut keine Ahnung, warum. Ich weiß nur, dass ich im Team Freundschaft besser aufgehoben bin als im Team Liebe.«

Etwas in ihrem Blick sagt mir, dass das nur der erste Teil ihrer Geschichte ist, aber ich bohre nicht nach. Zumindest verstehe ich endlich besser, warum sie ständig abhaut, und kann damit umgehen. *Weil sie Gefühle für mich hat. Heftige Gefühle.* Auch wenn sie das nicht hören will, für mich ist das ein Anfang …

»Lass uns jetzt dein Bewerbungsgespräch durchgehen«, sage ich.

»Du benimmst dich dabei?«

Ich muss lachen. »Würde das ein netter Kerl tun? Nein, natürlich nicht! Ich werde dich richtig hart rannehmen.« Ich kann sehen, wie sie wieder schneller atmet, als hätte ich von Sex geredet. »So willst du es doch, oder?«

»Klar, unbedingt, nur zu …«

# 8. Kapitel

## APRIL

Ein Schauer überzieht meine Arme, meinen Nacken und meinen Rücken, als Cole ankündigt, er würde sich weiterhin wie ein Arschloch benehmen. Es ist das, was ich verlangt habe, um mich nicht in ihn zu verlieben. Nur scheint mir auch diese Art zu gefallen. Weil mir dieser Mann gefällt. *Wundervoll!*

Laut Anzeige auf dem Telefondisplay bin ich erst seit zehn Minuten hier.

Cole scheint von mir und dem Sex nicht annähernd so aus der Bahn geworfen wie ich. Er packt sein Monster an Penis wieder in die Hose, streicht über sein Hemd und wischt sich mit einem Taschentuch Flecken von den Jeans. Er wirkt voller Energie, während mich der Orgasmus so tiefenentspannt zurücklässt, dass ich einschlafen könnte.

»Ich hol mir einen Kaffee«, sage ich, als er Dokumente auf dem Tisch sortiert.

»Gute Idee, bring mir bitte auch einen mit.«

»Bin ich dein Dienstmädchen?«

Er grinst breit.

*Schon klar. Er ist der Arsch, und ja, ich habe die Ehre, ihn zu bedienen.*

»Blödmann«, murmle ich und verlasse das Büro.

In der Küche gieße ich den letzten Rest Kaffee in eine Kanne um, setze neuen auf und suche nach Tassen. Als ich keine finde, nehme ich zwei aus der Spülmaschine, um sie abzuwaschen.

Mit einem Räuspern macht sich Ken bemerkbar.

»Wie oft stellt ihr die Maschine an? Einmal die Woche? Ihr verbraucht doch niemals so viel an einem Tag«, sage ich tadelnd und gebe Spülmittel auf einen Schwamm.

»Alles okay?«, fragt er.

»Wieso …? Oh!« Auch wenn das Gebäude dicke Wände hat, Ken muss mitbekommen haben, was gerade passiert ist. Hitze breitet sich von meinem Nacken aus in Richtung Dekolleté. »Klar ist alles okay«, versuche ich es humorvoll. »So ist das eben, wenn man mit einem Cowboy Bekanntschaft macht. Da wird schnell geschossen.«

»Dieser Wichser!«, brummt Ken.

»Es hat der Lady gefallen«, kommt von Cole aus dem Büro.

»Hat es das?«, fragt mich Ken leise.

»Muss ich darauf antworten?«

»Es klang, als würde er dich umbringen.«

Meine Ohren brennen nun ebenfalls. »Tja, hier stehe ich, quicklebendig«, erwidere ich so würdevoll wie möglich.

Ken lässt seinen Blick über mich gleiten, seine Mundwinkel zucken, aber auf seiner Stirn bilden sich Falten. »Was hältst du davon, wenn ich mich um den Kaffee kümmere und du dich kurz …« Er zögert, als würde er nach einem angemessenen Wort suchen. » … frisch machst«, beendet er den Satz.

»Oh, sicher«, sage ich, weil ich völlig vergessen habe, wie lädiert ich aussehen muss. Ich überlasse ihm die Küche und verschwinde ins Bad. Dort erschrecke ich beim Blick in den Spiegel.

Meine Haare sind zerzaust. Meine Bluse ist sichtbar zerrissen, und meine Hose hat Flecken. *Wie konnte Cole mich nur ansehen wie Miss Universe?!*

Hastig richte ich mir die Haare, und mit einem feuchten Tuch reibe ich die Flecken raus. Gegen den zerrissenen Stoff kann ich nichts machen.

»War ich zu grob?«, erschreckt mich Cole, als ich das Bad verlasse und er sich im gleichen Moment an mir vorbeidrängt, um sich die Hände zu waschen. »Nicht dass ich mein Sexspielzeug kaputt gemacht habe.«

Er meint es humorvoll, und ich bin ihm dankbar dafür. »Die Verpackung ist hinüber, aber der Rest ist intakt.«

»Mmh«, macht er wenig begeistert, trocknet sich die Hände ab und überholt mich auf dem Flur. »Ken? Kannst du April Wechselsachen aus dem Hotel holen?«

»Das ist nicht nötig«, fauche ich.

»Schon vergessen? Ich hab hier das Sagen.« Fordernd streckt er die Hand aus. »Zimmerkarte!«

»Du willst, dass ein fremder Mann in meiner Wäsche wühlt?!«

»Stimmt. Guter Punkt, Baby!«

Ken erscheint und sieht uns fragend an.

»Geh nicht in ihr Zimmer, sondern kauf ihr in der Stadt ein Kleid. Größe …« Er fährt mit den Händen über meinen Körper.

»Größe XS bei einem geraden Schnitt«, sage ich und boxe ihn. »Größe S, wenn es tailliert ist. Dann passt es sicher.«

»Verstanden«, meint Ken, stellt sein Telefon auf sein Handy um und macht sich auf den Weg.

»Kriegt er für solche Jobs eine Sonderzahlung?« Frauenkleider kaufen stand garantiert nicht in seiner Stellenbeschreibung.

»Wenn, dann ziehe ich ihm eher was vom Lohn ab dafür, dass er unsere Nummer mitbekommen hat.«

»Hey! Du sollst nur zu mir gemein sein, nicht zum Rest der Welt.«

»Richtig.« Ein Ruck geht durch ihn, und er ist wieder der gefährlich nette Kerl. »Ich überleg mir was für Ken. Auch wenn er mich bis in alle Ewigkeit damit aufziehen wird.«

»Sonst also noch nie jemanden auf deinem Schreibtisch gevögelt? Das Teil ist so massiv, als hättest du es extra dafür gekauft.«

»Nein, aber schön, dass es dir gefallen hat«, schlussfolgert er grinsend. »Bereit?«

»Für die zweite Runde?«, frage ich, weil wir gerade von Sex gesprochen haben, und bin nicht so abgeneigt, wie ich es sein sollte.

»War ich eben nicht gründlich genug?« Er stiehlt sich einen heißen Kuss und geht vor. »Ich meinte dein Training.«

»Oh … klar … bereit«, murmle ich und verfluche mich für diese unnötige Steilvorlage. *Was ist bloß los mit mir, wenn Cole in der Nähe ist? Zeit, mich professionell zu benehmen.*

Ich schnappe mir die Kaffeekanne und zwei Tassen und trage sie ins Büro, gieße uns ein und nehme den ersten Schluck. Sofort spüre ich die Wirkung des Koffeins.

»Wirklich alles okay?«, fragt Cole noch mal, nun ernsthafter, mehr wie er selbst.

»Normalerweise schlaf ich nach Orgasmen ein«, gestehe ich, ohne dass ich selbst verstehe, warum. »Flöß mir Kaffee ein, und ich bin gleich ganz da«, setze ich hinzu. »Was wäre ich denn für eine angehende Führungskraft, wenn ich mich von ein bisschen Müdigkeit umhauen lassen würde?«

Nach einem kurzen Zögern zeigt Cole zum Konferenztisch. »Gut, dann setz dich, und ich erkläre dir, was ich anhand der Aufnahmen herausgefunden habe.«

Ich will ihm gegenüber Platz nehmen, doch er klopft auf seinen Schoß. »Muss das sein, Cole? Ich denke, wir arbeiten jetzt.«

»Komm her, oder ich hol dich. Deine Entscheidung.«

*Verdammt, warum gefällt mir diese bestimmende Art von ihm?*

»Du spielst die Arschloch-Rolle gut«, murmle ich zerknirscht, aber füge mich, bevor er noch übergriffiger wird – was mir noch mehr gefallen könnte. Ich setze mich auf seinen Schoß, und sofort legt er den Arm um mich. Das ist fast wie Kuscheln nach dem Sex. Ich fühle mich geborgen, sicher, zu Hause. Alles Dinge, die ich nicht fühlen will. »Wieso kannst du das so gut?«, frage ich, auf der Suche nach etwas, das an dem Kerl abstoßend ist. Das würde vieles erleichtern.

»Ich habe in genug Firmen miterlebt, wie sich Männer danebenbenehmen. Gerade ältere, die ignorieren, dass die Welt sich weitergedreht hat«, sagt er, drückt mich fester – und gibt mir eher einen Grund, ihn mehr statt weniger zu mögen, weil er sich selbst offensichtlich nicht so verhält.

»Hab ich ein Glück«, murmle ich, trinke einen Schluck Kaffee, aber fange mich auf seinen fragenden Blick hin. »Was hast du für mich?«

Er hält sein Tablet vor uns und zeigt mir seine Analysematrix. »Es gibt bestimmte Situationen, da geht deine Stimme nach oben. Das ist ein Zeichen von Unsicherheit. Ich zeige es dir.«

Erfrischend sachlich spielt Cole Sequenzen aus meinem letzten Bewerbungsgespräch ab – außer dass sein Körper mir den Rücken wärmt und ein Arm um meine Taille geschlungen liegt. Ich höre, was er meint, stimme aber seinem Urteil nicht zu.

»Das ist keine Unsicherheit. So klinge ich, wenn ich begeistert bin.«

Er lacht und küsst meinen Hals. »Oh, ich weiß, Baby.«

Hitze breitet sich in mir aus, weil mir gefällt, dass er das bemerkt hat. *Nicht hilfreich.* »Cole, nimm das ernst!«

»Ich sag ja nur, dass du recht hast. Das Dumme ist, dass gerade bei euch Frauen eine hohe Stimme mit Unsicherheit und Inkompetenz assoziiert wird. Du sagst das Richtige, aber dein Körper transportiert die falsche Botschaft.«

»Soll ich wie ein Mann reden?«, frage ich mit verstellter Stimme, so tief, als würde ich Santa Claus nachahmen. »Gibst du mir jetzt die Abteilung und das Zehn-Millionen-Dollar-Budget?«

»Nein, weil du übertreibst. Du brauchst einen Mittelweg, Baby. Wir üben das. Dann wirst du sehen, was ich meine.«

»Okay, was noch?« Ich nehme einen weiteren Schluck Kaffee und recke meinen Hals, um seine Notizen zu sehen.

»Du benutzt zu viele Ähms.«

»Laut Untersuchungen helfen die dem Gegenüber, einem Gespräch zu folgen. Sie geben an, dass etwas Wichtiges kommt.«

»Auch hier?«, fragt er, trinkt seinen Kaffee aus und spielt einen Abschnitt vor, der mehr Ähms als richtige Wörter enthält.

»Tja … also … ähm …« Ich halte sofort die Klappe, als mir klar wird, dass ich das böse Ähm-Wort erneut benutzt habe. »Das ist unbewusst.«

»Genau, bis es dir wie eben bewusst wird. Keine Sorge, man kann das trainieren. Wenn du dir alte Reden von mir im Internet anschaust, wirst du hören, dass ich den gleichen Fehler gemacht habe.«

»Wie? Du bist nicht perfekt auf die Welt gekommen?!«

»Enttäuscht?« Er knabbert an meinem Hals und nutzt aus, dass ich auf seinem Schoß sitze, bleibt aber beim Thema. »Ich gebe dir Übungen, und beim nächsten Mal läuft es besser.«

»Was bedeutet Speedy?«, frage ich und zeige auf eine weitere Notiz.

»Hör es dir selbst an, du Raserin! Das ist die Originalaufnahme.«

Er spielt einen Abschnitt ab, der für mich völlig normal klingt. »Und?«

»Warte! So hast du den Rest der Zeit geredet.« Er gibt eine deutlich langsamere Stelle wieder.

»Ich bin also zu schnell?«

»Viel zu schnell. Was übrigens auch deine Kompetenz infrage stellt. Wenn man jemandem nicht folgen kann, fühlt man sich übers Ohr gehauen. Oder dumm. Beides willst du in einer Bewerbungssituation nicht.«

»Mmh«, schmolle ich, weil das schon in der Schule mein Problem war. »Vielleicht bin ich nicht zu schnell, sondern die anderen sind zu langsam.«

»Keine Sorge, daaas kriiiegen wiiir hinnn«, sagt er wie in Zeitlupe.

»Na, wenn du meinst. Was bedeutet der letzte Punkt?«, frage ich und trinke ebenfalls meinen Kaffee aus. »Da stehen zwei Fragezeichen.«

»Das bedeutet, dass du nur zweimal Gegenfragen gestellt hast. Das ist zu wenig. Zumindest bezogen auf die

Stelle. Jeder Personaler denkt dann, dass du kein Interesse am Job hast.«

»Das liegt daran, dass ich vorab recherchiere, sodass ich auf vieles schon die Antwort weiß.«

»Dann frag die Leute nach ihrer Berufserfahrung, ihrem Einstieg in die Firma, hol sie persönlich ab. Das gibt auf jeden Fall Pluspunkte. Jeder mag es, wenn man sich für ihn interessiert.«

»Puh!«, mache ich und lehne mich an Cole, weil er mich ja sowieso nicht freigibt. Dass es so viele Punkte sind, hätte ich nicht gedacht. Ich bin heilfroh, dass ich auf Ivy gehört habe und geblieben bin.

*Und dass ich bei Cole bin.*

Der Gedanke kommt völlig unerwartet, und ich bekämpfe ihn zur Abwechslung mal nicht, sondern genieße ihn und die Sicherheit, die er mir gibt. Bis mir klar wird, dass ich mich an diesen Mann kuschle. Ich schrecke zurück, als hätte ich mich verbrannt. »Wie geht es jetzt weiter?«

Nach einem Kuss schiebt Cole mich von seinem Schoß, steht auf und holt mehrere Stative. »Wir arbeiten an deinen Schwächen, und ich filme dich dabei. Die Aufnahmen gebe ich dir später. Dann kannst du sie dir immer wieder zur Vorbereitung ansehen.«

»Wie Lehrvideos?«

Er nickt. »Gleichzeitig achte ich auf deine Körperhaltung. Es sind wahrscheinlich nur Kleinigkeiten, aber da du jedes Mal so knapp ausgeschieden bist, kommt es wohl genau auf die an.«

»Wird die Zeit reichen?«

»Ich kann dir auf jeden Fall die richtigen Tipps geben. Wenn sie nicht beim nächsten Gespräch helfen, dann beim übernächsten.«

Seine Ehrlichkeit und seine Zuversicht beruhigen mich. Ein weniger seriöser Berater hätte mir das Blaue vom Himmel versprochen, doch so jemand ist Cole nicht. Er bleibt beim Machbaren.

»Okay, was soll ich tun?«, frage ich.

Er wirft mir einen hitzigen Blick zu, als wüsste er da Dinge, die ich speziell für ihn tun könnte, aber er fängt sich. »Schau mal, ob Ken mit den Sachen zurück ist, und dann zieh dich um.«

»Sag bloß, ich mache dich nervös?!«, flirte ich.

»Ja, du bist wie ein Training für meine Konzentrationsfähigkeit. Wenn ich lockerlasse, habe ich sofort schmutzige Gedanken. Und diese ruinierte Bluse, die kaum deinen BH verdeckt … ähm …«

## COLE

»Okay, ich ziehe mich um«, sagt April und steuert die Tür an. »Mein Trainer soll natürlich ganz bei der Sache sein.«

»Du klingst so, als wäre dir das Gegenteil lieber.«

»Tja«, macht sie nur und verschwindet mit einem Winken.

*Gott, die Frau kostet mich noch mal meinen Verstand!*

*Und ich liebe es.*

Mit einem Lächeln auf den Lippen klinke ich die Kameras in die Stative und richte sie so aus, dass der Besprechungstisch im Bild ist. An das Flipchart schreibe ich die Basics für die Stimmarbeit.

Ich hoffe, April versteht schnell, worauf es ankommt, damit wir möglichst viel schaffen. Ich kann nur den Anfang vorgeben, üben muss sie am Ende allein.

Wobei … Schon in der Schule war sie ehrgeizig. Sie schafft das.

»Ken hat Humor«, meldet sich April zurück und schwenkt einen Kartoffelsack. »Als würde dich so ein hässliches Teil davon abhalten, mit mir schlafen zu wollen.«

»Das hat er nicht wirklich gemacht?!« Ich will Ken zusammenstauchen, da krümmt sich April vor Lachen, und ich bleibe mitten in der Bewegung stehen.

»Du solltest mal dein Gesicht sehen, Cole! Innerhalb von drei Sekunden rot wie ein Feuerlöscher!«

»Baby, verarschst du hier gerade denjenigen, der dir helfen will? Nur zur Info: Das ist nicht besonders clever.«

»Puh!« Tief durchatmend richtet sie sich auf, muss aber immer noch leise kichern. »Ich finde, das hat sich gelohnt.«

Ich kann noch nicht mitlachen.

»Wie ist das?« Sie nimmt den Kartoffelsack zur Seite und präsentiert sich in einem einfachen Leinenkleid. »Jetzt sehe ich aus wie eine Einheimische.«

»Na, auf dass sie dich wieder nach Los Angeles einreisen lassen.«

»Notfalls muss ich mich wohl ausziehen. Nackt geht immer.«

Sofort habe ich Bilder von ihr im Kopf, und als sie näher kommt, zieht es in meinem Schritt. *Bringt sie mich mit Absicht um den Verstand?*

»Meine erste Übung ist Atmen?!«, fragt sie nach einem Blick über meine Schulter jedoch ganz normal. »Laufe ich etwa gerade blau an?!«

»Man wird erst rot und dann blau und ja, wenn sich deine Stimme überschlägt, kann das passieren.« *Oder wenn April Bishop vor einem im Kartoffelsack auftaucht.* Bevor mein Gesicht noch mal die Farbe wechselt, atme ich tief durch, stelle mich auf, beginne die erste Übung und schwinge mit den Armen. »Wir arbeiten zuerst an deiner tieferen

Stimme. Dafür musst du deine Oberkörpermuskulatur lockern. Mach mit!«

»Das sieht albern aus«, gluckst sie schon wieder.

»Dann leg los, ich will auch was zum Lachen haben.«

»Also gut …« Sie stellt sich mir gegenüber auf, und wir schütteln unsere Körper richtig durch.

»Jetzt vorbeugen und den Oberkörper hängen lassen«, instruiere ich sie.

»Das ist wie Sport«, mault sie. »Wenn ich das vor dem Gespräch mache, bin ich total verschwitzt!«

»Hier läuft keine Stoppuhr. Die Bewegung zählt, nicht das Tempo. Genieß es. Damit kannst du vor dem Termin alles Negative abschütteln.«

»Okay, ich verbiege mich ja schon!«

Wir hampeln etwa eine Minute lang herum, dann richten wir uns auf.

»Jetzt leg die Hände an die unteren Rippenbögen.«

»Bitte wohin?!«

Ich gehe zu ihr, stelle mich hinter sie und greife an ihre Seiten. »Hierhin«, sage ich und spüre, wie sie sofort hektischer atmet. »Und nicht wieder verkrampfen, Baby. Schön locker bleiben!«

»Das wäre einfacher, wenn du mich loslassen würdest.«

Ich rücke noch dichter. »Vielleicht lernst du aber schneller, dich zu entspannen, wenn ich dich festhalte. Wenn du es unter widrigen Bedingungen schaffst, dann auch unter normalen.«

»So?«, fragt sie nach einem Luftholen, statt sich länger gegen meine Nähe zu wehren.

Ich achte auf die Signale ihres Körpers und fühle mit ihr zusammen ihrem Atem nach. »Verkrampf dich nicht. Du atmest weiter ganz normal, aber du konzentrierst dich darauf, dass die Luft in den Bauchraum strömt. Ein bisschen wie beim Yoga.« Ich warte ab, wie sie sich macht. »Ja, besser. Spürst du den Unterschied?«

»Ich mache kein Yoga, und mit der Übung kriege ich einen dicken Bauch.«

»Du meinst diese fette Wampe?«, necke ich sie und tätschle die kaum wahrnehmbare Wölbung. »Glaub mir, dein Bauch ist nicht dick, Baby. Einfach weiteratmen. Stell dir vor, ich wäre nicht da.«

»Weil das ja auch so leicht ist«, murmelt sie.

»Tja«, mache ich nur, grinse breit und drücke ihr einen Kuss ins Haar.

Sie braucht einen Moment, aber tatsächlich normalisiert sich ihre Atmung. Als sie das Prinzip verstanden hat, erkläre ich ihr die zweite Methode. Gähnen. Das entspannt die Kiefermuskulatur und damit den gesamten Stimmapparat. Bei allen Übungen mache ich mit. Man kommt sich allein immer dämlich vor, außerdem kann auch ich etwas Entspannung gebrauchen.

»Klinge ich schon tiefer?«, fragt sie schließlich – wieder mit verstellter Stimme.

»Wie ein Matrose auf hoher See, und ich?«, piepse ich wie eine Frau, um die Stimmung aufzulockern. »Huch, da ist wohl was schiefgelaufen!«

»Hey, verarsch mich nicht!«

»Wer, ich?«, piepse ich weiter, auch wenn meine Stimmbänder bei der Belastung schmerzen.

»Wenn das auch eine Übung ist, dann ist die doof.«

»Selber doof«, piepse ich so heftig, dass daraus ein Quieken wird, was April endlich ein Schmunzeln entlockt. »O Gott«, sage ich in normaler Tonlage. »Meine Stimme fühlt sich an, als hätte ich stundenlang Lieder mitgegrölt.«

»Geschieht dir recht! Also, hörst du bereits eine Veränderung bei mir?«

»Du klingst souveräner. Merkst du selbst keinen Unterschied?«

»Doch, schon«, sagt sie mit einer Hand am Bauch und vor Konzentration zusammengezogenen Brauen. Sie sieht nicht wirklich zufrieden aus.

»Um die tiefen Töne zu trainieren, hilft auch Brummen«, fällt mir noch ein. »Als würdest du auf dem Buchstaben M herumkauen.«

»Mjam, mjam, mjam«, macht sie. »So?«

»Genau. Du solltest spüren, wie deine Haut dabei vibriert.«

Sie fasst an ihren Hals. Die falsche Stelle. Ich verschiebe ihre Hände vom Hals zum Dekolleté.

»Brumm etwas tiefer, dann hast du Spielraum, falls deine Tonlage doch mal leicht nach oben geht. So bleibst du im angenehmen Bereich und schonst deine Stimmbänder.«

Wir üben den M-Laut, bis ich den Eindruck habe, dass sie die Stimmlage im Griff hat. Danach fügen wir Vokale hinzu und rufen uns Ma, Me, Mi, Mo, Mu zu. Am Ende gehen wir zu Wörtern mit M über, quasi zur normalen Sprache. Der Rest ist Training.

»Das ist alles?«, fragt April überrascht und nimmt einen Schluck Wasser.

»Ja, das sind die Grundlagen. Die habe ich als Sprecher selbst gelernt. Man kann aus der Stimme mehr rausholen, aber du willst nicht Moderatorin werden, sondern nur einen neuen Job ergattern.«

»Da hast du recht«, sagt sie mit der perfekten tiefen Stimme, dunkler als sonst und verdammt sexy. »Da ich nun superseriös klinge: Wie arbeite ich an meinen Ähms?«

»Ähm …«, mache ich, weil ihr Tonfall mich an andere Dinge denken lässt. »Mit einer einfachen Übung«, fange ich mich.

»Die du mir jetzt zeigst?«, raunt sie mir zu.

»Ja, jetzt. Es sei denn, du willst mich mit deiner tiefen Stimme verrückt machen und noch mal Sex auf dem Schreibtisch haben …?« Abwartend sehe ich sie an. Sie schweigt. »Schade, aber dachte ich mir.«

# 9. Kapitel

## APRIL

Mir gefällt, dass ich Cole verrückt mache. Er macht mich schließlich auch verrückt. Dabei sollte es keine Rolle spielen. *Verdammt!*

*Du bist für deine Karriere hier*, erinnere ich mich an meine eigentliche Mission. *Für eine Stelle als leitende Angestellte. Nicht um Cole Cameron noch mal zu küssen.*

Ich mache mir zusätzlich zu den Aufnahmen Notizen und hoffe, dass ich die Punkte später umsetzen kann.

»Bereit für die nächste Übung?«, fragt Cole, der gewartet hat, bis ich zu Ende geschrieben habe. Weil er nett ist.

*Zu nett.*

»So bereit, wie man nur sein kann«, antworte ich.

»Dann ran an die Ähms!« Er wirft einen Blick in seine Notizen, dann richtet er seine sexy ungeteilte Aufmerksamkeit auf mich. »Generell rät man Rednern, kurze Sätze zu machen, langsam zu sprechen und Pausen einzuplanen. Aber bis das wirklich sitzt, muss man sehr lange trainieren.«

»Wie kann ich in dem Punkt also besser werden?«, frage ich und übe gleichzeitig meine neue tiefe Stimme. »Sobald das Gespräch freier wird, besteht die Gefahr, dass ich hängen bleibe.«

Statt zu antworten, starrt mich Cole an. *Hungrig.* Bis er es bemerkt. »Sorry, aber wenn du mit dieser Stimme sprichst …«

»Du wolltest mir schon vorher an die Wäsche. Das kann jetzt unmöglich schlimmer sein!«

Er stützt sich auf dem Tisch auf und atmet tief durch. »Glaub mir, es ist schlimmer. Ich hätte dir das erst morgen oder übermorgen beibringen sollen.«

»Also ich bin froh, dass du es mir schon gezeigt hast.«

»Weil du mich quälen willst?«

Ich grinse, weil Cole ein paar Qualen verdient hat, und schüttle den Kopf. »Nein, weil ich dadurch sehe, dass ich es richtig mache. Ich werde nicht alle Kritikpunkte so kurzfristig umsetzen können, aber wenn wenigstens eine Sache funktioniert, gehe ich mit einem besseren Gefühl in das nächste Bewerbungsgespräch.«

»Stimmt, du hast recht.« Er fängt sich und schreibt Wörter an ein Flipchart, die auf mich völlig wahllos wirken.

Äpfel
Belgien
Computersicherheit
Datteln
Elektroauto
…

Es werden immer mehr Wörter, bis mir die Verbindung auffällt: der Anfangsbuchstabe. Cole geht das ABC durch.

»Deine Ähms treten nur auf, wenn du unvorbereitet bist«, erklärt er. »Hier ist eine Liste mit beliebigen Begriffen, um so eine Situation nachzustellen. Wir fangen mit dem ersten Punkt an, und du hältst eine Spontanrede. Ich achte auf deine Ähms. Du achtest darauf, kurze Sätze zu benutzen, langsam zu sprechen und Pausen einzulegen.«

»Ich beginne mit Äpfeln?«, frage ich wenig begeistert. »Was soll ich denn dazu erzählen?«

»Dir wird schon was einfallen. Ich will keinen wissenschaftlich ausgefeilten Vortrag. Du sollst einfach frei reden.«

»Das ist ja wie im Debattierklub in der Schule«, stöhne ich.

»Und da fand ich dich immer toll.«

Ich werde rot, weil ich mich zu gut an den Jungen erinnere, der ständig in meiner Nähe herumgelungert hat. »Ich dachte, du stehst auf Reese – mit der du ja auch auf den Ball gegangen bist.«

»Ehrlich, April? Soweit ich weiß, schiele ich nicht. Als ich dich als Begleitung gefragt habe, habe ich dich direkt angesehen. Du wolltest nicht.«

»So war das nicht«, behaupte ich und hoffe, er lässt es gut sein.

»Es war genau so, Baby. Warum hast du Nein gesagt?«

»Du warst einer der beliebtesten Typen in der Abschlussklasse. Ich dachte, du machst einen Scherz.«

»Lügnerin.«

»Woher willst du das wissen?«

»Deine Stimme, April. Sie wird wieder höher.« Er lächelt traurig. »Warum wolltest du damals nicht mit mir zum Ball?«

»Das ist kompliziert, Cole.«

»Glaubst du, ich verkrafte die Wahrheit nicht? Sag es einfach!«

Ich kann ja verstehen, dass sein fettes männliches Ego verletzt ist und Streicheleinheiten will. Aber hierbei geht es nicht um ihn, sondern um mich und mein Leben. Seine Hilfe, sehr guter Sex und ein paar ernste Unterhaltungen mit ihm ändern nichts. *Hätte ich bloß nicht mit damals angefangen!*

»Mir ist jetzt was zu Äpfeln eingefallen«, sage ich nur.

»Du weichst mir aus.«

»Ich achte bloß auf die Zeit. Es ist bald fünf. Ich bin nicht hier, um über die Vergangenheit zu reden. Wenn du darauf gehofft hast, sag es, und wir brechen die Übung auf der Stelle ab.«

Seine whiskeyfarbenen Augen verdunkeln sich, aber weil er will, dass ich bleibe, schluckt er seinen Ärger hinunter.

»Wunderbar, dann kann ich ja anfangen«, sage ich gespielt fröhlich. »Also ... Äpfel sind unglaublich vielseitige Früchte ...«

Die ersten Minuten bin ich noch so aufgewühlt von unserer Auseinandersetzung, dass ich ständig ins Stocken gerate. Doch je länger ich rede, desto ruhiger werde ich. Cole unterbricht mich nicht. Er macht sich Notizen und lässt mich ohne Pause zum nächsten Begriff von der Liste übergehen.

Bei ›Belgien‹ rettet mich ein Rezept für Belgische Waffeln, und mit Computersicherheit habe ich im Büro zu tun. Mir fällt sofort was ein. Die Datteln bringen mich dagegen aus dem Konzept. Ich habe noch nie in meinem Leben eine Dattel gegessen. Es sind Trockenfrüchte, mehr weiß ich nicht. Cole findet lustig, was ich mir aus den Fingern sauge, und verbirgt sein Lächeln hinter der Hand. Ich räche mich, indem ich mit einer besonders tiefen Stimme spreche. *Soll er ruhig auch ins Schwitzen kommen!* Als das geschafft ist, stürze ich mich regelrecht auf E wie Elektroauto. Mit so einem durfte ich neulich mal fahren, weshalb der Vortrag deutlich flüssiger ausfällt.

»Und, was machen meine Ähms?«, frage ich.

»Du hast das Prinzip verstanden. Ich schau mir aber zur Sicherheit noch das Videomaterial an.«

»Wie? Sonst ist dir nichts aufgefallen?«

»Nein. Du sitzt gerade, hältst Blickkontakt und spielst nicht an deinen Haaren herum.«

»Gott sei Dank! Was ist die nächste Sache, an der ich arbeiten muss?«, frage ich und verkneife mir ein Gähnen.

»Daran, Feierabend zu machen«, sagt Cole und stellt die Kameras aus.

## COLE

»Ich hab noch Energie!«, verkündet April, als wollte sie die Nacht durchmachen.

»Zum Glück«, sage ich, hebe anzüglich die Augenbrauen, gehe zum Computer und ziehe die Aufnahmen auf einen USB-Stick. »Hier, die Videos, Baby. Früher hättest du mich überreden können, aber heute mache ich so was nicht mehr.«

»So was? Du klingst, als würde ich was Unanständiges vorschlagen.«

»Überstunden«, ergänze ich auf ihren irritierten Blick hin. »Zumindest so viele, dass es Zwölf-Stunden-Tage werden.« Wie ungesund das ist, werde ich nie vergessen.

»Also gehöre ich jetzt wieder dir?«

»Das ist richtig, aber du weißt ja, wie du mich quälen kannst. Red einfach mit dieser sexy Stimme.«

»Mit dieser?«, raunt sie besonders tief.

»Ja, mit dieser«, sage ich nur und genieße den prickelnden Schauer, den sie damit bei mir auslöst.

»Okay, ich komme mit.«

»Ha, perfekt! Der Abend ist gerettet!« Lachend packe ich sie wie einen Baumstamm und trage sie über die Türschwelle, bevor sie es sich anders überlegen kann. Sie quietscht, kreischt und lacht dabei, was mir gefällt.

»Willst du mich etwa so im Hotel abliefern?«, fragt sie prustend.

»Gute Idee, dann kann ich mir mein Work-out zu Hause sparen.«

Ich laufe mit ihr los, und April rüttelt kichernd an meinen Schultern. »Lass mich runter, ich bin kein Sportgerät.«

»Und eins und zwei und drei«, zähle ich und stemme sie hoch und runter. »Doch, klappt, du bist sogar eines, das glucksende Geräusche von sich gibt.«

April lässt es würdevoll über sich ergehen, bis sie wieder festen Boden unter den Füßen hat und mir leicht gegen die Brust schlägt. »Du bist unmöglich, Cole. Ich hab hier viel zu viel Spaß. Sei fies, wie abgemacht.«

»Ich dachte, das war ich, Baby.«

»Dann sei wieder nett … nein, auch nicht gut!« Hin- und hergerissen sieht sie mich an, aber aus der Zwickmühle werde ich ihr ganz sicher nicht raushelfen. »Bleiben wir doch bei unserer Vereinbarung«, sagt sie schließlich. »Du hast dich heute mächtig für mich ins Zeug gelegt. Wann soll ich bei dir sein, um meine Schuld zu begleichen?«

»Du musst nicht zu mir kommen, ich hole dich vom Hotel ab«, sage ich. »Wie wäre um acht? Das ist in knapp einer Stunde. Reicht dir das, um dich umzuziehen?«

»Für klischeehaften Sex im Hotelzimmer nach klischeehaftem Sex im Büro?«, fragt sie – etwas atemloser.

»Für ein Essen bei *Mario*.« Das ist ein beliebter Italiener im Ort, den sie auch noch kennen müsste.

»Bin ich eingeladen?«

»Natürlich. Du gehst da mit einem Millionär hin.«

»Dann passt mir um acht.«

Ich sehe mich um. »Wo steht dein Mietwagen?«

»Ich bin zu Fuß hier.« Sie hebt ein Bein. »Deshalb die Sneaker. Ich erledige viel ohne Auto, damit erspare ich mir die Parkplatzsuche.«

»Dann lass mich dich schnell beim Hotel absetzen.«

»Das ist nicht nötig.«

»Ich finde doch. Du brauchst alle Zeit, die du kriegen kannst, um dir ein Outfit zu überlegen, mit dem du mich um den Verstand bringen kannst.«

»Mit gar keinem natürlich.«

»Stimmt. Aber im Restaurant?«

»Na gut, fahr mich hin.«

Ich reserviere den Tisch bei *Mario*, bringe April zum Hotel und setze mich zu Hause noch mal schnell an ein paar Mails. Ich bin weit über meiner üblichen Arbeitszeit, doch die Sachen können nicht warten.

Als ich fertig bin, merke ich, dass ich heute nicht genug Pausen gemacht habe, wie schon die letzten Wochen. April hat mich die Anstrengung vergessen lassen, doch jetzt rächt sich das. Ich habe Kopfschmerzen, und mein Puls ist viel zu hoch dafür, dass ich sitze. Ich will die Anzeichen ignorieren, aber genau das hat mich damals ins Krankenhaus gebracht. *Scheiße!*

Normalerweise würde ich sämtliche Aktivitäten streichen, eine Runde spazieren gehen und den Abend mit einem Buch verbringen. Aber das kann ich nicht. April wartet auf mich. Diese wundervolle Frau, die selbst gar nicht begreift, wie wundervoll sie ist!

Müde fahre ich mir übers Gesicht und entscheide mich für einen Powernap. *Das sollte helfen.* Ich stelle mir den Handy-Timer auf zehn Minuten, und sobald ich liege, fällt die Anspannung von mir ab. Das war echt zu viel. Es ist ganz gut, dass April gekommen ist. Das ursprünglich geplante Programm für diese Woche hätte ich noch weniger durchgehalten, denke ich und schlafe schon ein …

# 10. Kapitel

## APRIL

Punkt acht Uhr sitze ich frisch geduscht, perfekt zurechtgemacht in meinen engsten Jeans und einer modischen Bluse in meinem Hotelzimmer. Eigentlich sollte mir egal sein, ob Cole mich hübsch findet oder nicht, aber trotzdem habe ich mich dreimal umgezogen. *Nur um ihn ein bisschen durcheinanderzubringen. Er bringt mich schließlich auch ständig durcheinander.* Ich bin fertig. Das Problem ist: Niemand kommt.

*Hat Cole mich vergessen? Wohl kaum!*

Als könnte das die Sache beschleunigen, verlasse ich mein Zimmer und gehe zur Rezeption. Nicht der schönste Bereich in diesem eher einfachen Hotel, um zu warten, aber sobald Cole auftaucht, werde ich ihn sehen.

Ein paar Minuten vertreibe ich mir die Zeit, indem ich Leute beobachte. Viele kommen und gehen, nur ein großer Kerl mit breiten Schultern, dunkelblonden Haaren, whiskeyfarbenen Augen und einem filmreifen Lächeln taucht nicht auf.

Noch vor Kurzem hätte ich mich darüber gefreut. Hat er sich halt jemand anderen gesucht. Doch ich kenne Cole gut genug. Er lässt einen generell nicht warten – und mich schon gar nicht. *Was, wenn ihm was passiert ist?* Die Wege in Telluride sind überschaubar. Es gibt wenig Verkehr, nahezu keine Kriminalität. Trotzdem wird das Unbehagen in meinem Magen immer größer. Etwas, was ich nie wieder fühlen wollte. Aber ich kann es nicht verhindern. *Verdammt!*

Ich starre auf mein Handy und hasse es, nicht zu wissen, was los ist. Wenn was dazwischengekommen ist, hätte er anrufen können.

»Okay, fünf Minuten gibst du ihm noch. Ab jetzt«, murmle ich und stelle mir einen Timer. »Dann erlaubst du dir durchzudrehen.«

Angespannt verfolge ich die schnell abnehmenden Zahlen. Als der Timer abgelaufen ist, ist Cole immer noch nicht hier. Ich gehe vor die Tür und halte Ausschau nach seinem Wagen, aber auch der ist nicht zu sehen. Nur die Sonne, die langsam untergeht. Er kommt nicht, und obwohl ich mir den Abend ganz anders vorgestellt habe, rufe ich ihn an.

Das Freizeichen ertönt und ertönt und ertönt.

Was ich nicht höre, ist seine Stimme, die sich meldet.

»Verdammt, Cole, was soll das?«

Ich versuche es gleich noch mal. Ohne Erfolg.

Kurzerhand steige ich in meinen Wagen und fahre zu Coles Haus. Ich brauche Antworten.

Als ich in der Einfahrt seinen Truck stehen sehe, fällt ein Teil der Anspannung von mir ab. Er hatte weder einen Autounfall noch eine Panne. Er hat es nach Hause geschafft. *Gott sei Dank!*

Ich parke und lege die paar Meter zur Veranda in Rekordgeschwindigkeit zurück. Ohne mich darum zu scheren, was die etwas entfernten Nachbarn denken könnten, hämmere ich an die Tür. »Cole?! Bist du da?!«

Stille antwortet mir. *Unheimliche Stille.*

Ich schlage heftiger gegen die Tür.

*Er ist der beste Berater, den ich mir nur wünschen kann. Er darf nicht ausfallen.*

*Was denke ich denn da? Als ginge es darum, dass er mein Berater ist! Es geht mir um ihn als Menschen. Ihm darf nichts passiert sein.*

*Ihm ist sicher nichts passiert. Es gibt bestimmt eine gute Erklärung*, rede ich mir ein.

Mein Herz rast trotzdem wie verrückt. Wenn Cole etwas zugestoßen ist, halte ich das nicht aus. Und das sagt mir eines, ob ich es nun mag oder nicht: Ich habe mich in Cole verliebt. *Definitiv. Unwiderruflich. Rettungslos.*

*Verdammt!*

»Ich bin's, mach auf!«, rufe ich wieder.

Hinter der Tür rührt sich weiterhin nichts.

*Das ist seltsam.*

*Das ist unglaublich seltsam.*

Ich rufe ihn noch mal auf dem Handy an, und mir rutscht das Herz in die Hose, als ich es hinter der Tür klingeln höre. *Das Gerät ist da, aber Cole nicht? Es ist was passiert! Es ist auf jeden Fall was passiert.*

Alarmiert rüttle ich an der Tür. *Als würde das Teil mit dem Sicherheitsschloss einen Millimeter nachgeben!*

Kurzerhand verlasse ich die Veranda, laufe über den Rasen und schaue durch die Fenster ins Innere des Hauses. In der Küche sieht es aus wie immer. Ebenso im Wohnzimmer.

Von Cole fehlt jede Spur. *Aber er muss da sein!*

*Was, wenn er sich verletzt hat und nicht allein Hilfe holen kann?*

Ich überprüfe die Fenster. Vielleicht ist eines nicht gesichert und lässt sich hochschieben.

*Fehlanzeige!*

Verzweifelt sehe ich mich nach etwas um, um den Rahmen auszuhebeln. Ich muss sofort ins Haus. Bei einem Herzinfarkt zählt jede Sekunde. Wenn es ein Schlaganfall ist, dann wird es richtig knapp. Ein Herz kann man notfalls ersetzen, ein Gehirn nicht. Da flackert plötzlich Blaulicht, und eine Sirene heult auf.

»Ma'am, lassen Sie die Waffe fallen, treten Sie vom Fenster weg und drehen Sie sich langsam um!«

*O Gott, jemand hat die Polizei gerufen?*

*Hätte ich vielleicht auch machen sollen, statt wie eine Einbrecherin auf dem Anwesen von Cole herumzuschleichen, wenn ich ein Mal nachgedacht hätte!*

*Mist!*

Da wir in Colorado sind, wo fast jeder Zweite eine Waffe besitzt, lasse ich den Ast, mit dem ich das Fenster aufbrechen wollte, fallen und tue, was der Polizist verlangt.

»COLE?!«, rufe ich noch mal, nicht mit meiner neuen, tiefen Stimme, sondern viel zu schrill und mit den Nerven völlig am Ende.

»Was ist denn los?«, meldet er sich da. Er erscheint verschlafen auf der Veranda, fährt sich über das Gesicht, als traute er seinen Augen nicht, und sieht abwechselnd mich und den Sheriff an.

Ich blinzele, als könnte ich gar nicht glauben, dass er es ist. *Er lebt! Gott sei Dank!* Ich will zu ihm, aber da der Polizist noch immer eine Waffe auf mich gerichtet hat, rühre ich mich keinen Millimeter.

»Cole, deine Nachbarn haben uns gerufen«, erklärt der Beamte. »Diese Frau wollte bei dir einbrechen.«

»Sie wollte was?!«, wiederholt Cole beinahe lachend.

»Das stimmt nicht«, stelle ich klar. »Ich dachte, du liegst verletzt im Haus und brauchst Hilfe.«

»Du dachtest …« Cole erfasst endlich die Situation. »Pete, das ist ein Missverständnis. Nimm die verdammte Waffe runter!« Obwohl sich der Typ und Cole kennen, rührt der sich nicht. »Hörst du schwer?«, blafft Cole, jetzt definitiv ganz da, stellt sich schützend vor mich und nimmt mich in die Arme.

Als müsste ich mich überzeugen, dass ihm nichts fehlt, taste ich ihn nach Verletzungen ab und atme den Duft seiner Haut ein.

»Alles gut?«, fragt er mich leise und reibt mir über den Rücken.

*Kein bisschen*, denke ich. Der Schreck ist das eine, dass ich mich verliebt habe, das andere. Aber über beides kann ich jetzt nicht reden. »Was war los?«, zische ich, boxe ihn verärgert, schmiege mich jedoch sofort wieder an ihn. »Ich habe gegen deine Tür gehämmert, als wäre sie ein Sandsack.«

Er nimmt meine Hände und verzieht das Gesicht, als er die roten Prellungen sieht. »Sorry, Baby!« Sanft küsst er die Stellen. »Ich hatte mich hingelegt und muss den Wecker überhört haben.«

»Ich habe x-mal angerufen, Cole!«

»Tut mir wirklich leid«, sagt er und wendet sich an die Polizei. »Verschwindet ihr jetzt?«

»Sie ist deine Freundin?«, fragt der Beamte.

»Ja, das ist sie, Pete.«

»Oh, dann entschuldigt die Störung. Habt einen schönen Abend.«

Der Polizist geht zu seinem Streifenwagen und stellt das Blaulicht ab. Das Spektakel ist vorbei. Wir warten trotzdem, bis er weg ist.

Wieder im Haus boxe ich Cole noch mal, weil der Schreck so tief sitzt. »Warum zum Henker hast du nicht aufgemacht? Oder bist an dein Handy gegangen? Oder hast mich im Hotel abgeholt?«

»Fuck!« Ihm wird erst jetzt klar, wie sehr unser Abend schiefgelaufen ist. »Ich wollte mich nur kurz hinlegen, aber ich muss eingeschlafen sein.« Er grinst. »Ich muss doch fit sein für dich.«

Sein Lächeln kann mich nicht täuschen. »Geht es dir gut, Cole? Du siehst immer noch müde aus.« Das sehe ich nun viel deutlicher als im Büro.

»Ja. Tut mir wirklich wahnsinnig leid, Baby. Gib mir zehn Minuten, und dann können wir los. Die Restaurantreservierung müsste noch gültig sein. Falls nicht, finden wir einen anderen Tisch.«

»Warte! Du hast mir ordentlich Angst eingejagt«, gestehe ich und habe Probleme, die Hände von ihm zu lassen.

»Ach verdammt, Baby«, murmelt er ergriffen und nimmt mich wieder fester in die Arme. *Lange, herrlich lange.* »Geht es langsam? Nicht dass wir beide vor Hunger umfallen«, flüstert er mir scherzhaft zu.

»Ist mir egal«, sage ich ernst. Ich brauche noch etwas, bis ich verstanden habe, dass Cole in Ordnung ist. Er ist wichtig für mich geworden, was ich nie wollte. Das hat er nun davon.

»Willst du mir erklären, was gerade los ist?«, fragt er.

»Bin ich dir plötzlich zu anhänglich? Das wolltest du doch die ganze Zeit.«

»Stimmt. Ich wüsste nur gerne den Grund für die Veränderung. Also?«

»Nein, ich will dir das nicht erklären.«

»Ich könnte dich zwingen.«

»Nicht witzig, Cole.«

»Willst du überhaupt noch zu *Mario*?«

Ich schüttle den Kopf.

»Okay, dann sag ich die Reservierung ab, und wir bestellen was. Einverstanden?«

»Muss ich dich dafür loslassen?« Meine Finger krallen sich demonstrativ fester in sein Shirt.

»Nein, musst du nicht«, sagt er, wankt mit mir zu seinem Handy und telefoniert mit dem Italiener.

Während er spricht, google ich auf meinem Telefon die Restaurants mit Lieferservice. Richtig begeistern kann mich nichts. Obwohl ich Hunger habe, ist mir der Appetit vergangen. Cole übernimmt, navigiert zu *Mario*, die auch liefern, und wählt gefühlt die halbe Speisekarte aus, dann trifft mich sein besorgter Blick.

»Sag mir, was los ist, Baby!«

»Hat man auf dich schon mal eine Waffe gerichtet?«

»Nein.«

»Tja …«, mache ich, als würde das alles erklären.

»Mehr gibst du mir nicht?«

»Mehr ist da nicht, Cole. Willst du mir verraten, was bei dir los war?«

»Ich hab geschlafen.«

»Ungewöhnlich tief.«

»Tja«, ahmt er mich nach.

»Das reicht mir nicht.«

»Da geht es dir ja wie mir, Baby.«

## COLE

*Was für ein Abend!* Am liebsten würde ich April bearbeiten, bis sie mit der Sprache rausrückt, was sie wirklich so aufgewühlt hat. Natürlich war das auch der Polizeieinsatz. Selbst mir ist beim Anblick von Pete mit gezogener Waffe der Schweiß ausgebrochen – und der Lauf zeigte nicht mal auf mich. Aber da ist noch ein anderer, tieferer Grund. Dämonen, die sie schon während der Schulzeit verfolgt haben und die offensichtlich noch immer an ihrer Seite sind.

»Wenn du mich loslässt, mach ich uns Wein auf«, sage ich, um für ein bisschen Normalität zu sorgen. Die können wir beide gebrauchen.

»Das kann ich übernehmen. Setz dich!«

»Du tust ja so, als wäre ich schwer krank.«

»Okay, du darfst die Weinflasche öffnen«, gibt sie nach und sieht mich durchdringend an. »Schaffst du das?«

*Soll das ein Witz sein?! Ich habe nur verschlafen, ich lag nicht im Koma.* »Wenn ich dich tragen kann, kann ich auch eine Weinflasche öffnen.«

»Ha, ha«, macht sie trocken und löst sich von mir.

So als würde sie hier wohnen und das wäre ihre Küche, sucht sie Teller, Besteck und Gläser zusammen und deckt den Tisch. Der Anblick hat was für sich, und ich beiße mir auf die Zunge, nicht zu kommentieren, wie sehr mir das gefällt. April wäre binnen Sekunden zur Tür raus.

Ich mache mich nützlich und übernehme die Weinflasche, die selbst jemand ohne Muskeln entkorken könnte. Als reicher Kerl besitze ich jeden Küchenhelfer, den man sich vorstellen kann, darunter einen vollautomatischen Öffner. Ich muss das Ding nur am Flaschenhals ansetzen, das Gerät erledigt den Rest.

*Voilà!*

Ich schenke mir einen Tropfen ein und koste ihn, befinde ihn für gut und fülle uns beiden die Gläser.

Als April die volle Wasserkaraffe zum Tisch trägt, zittern ihre Hände. Sie ist immer noch durch den Wind.

»Hier«, sage ich und reiche ihr den Rotwein. »Für die Nerven.«

»Ich sollte erst was essen.«

»Tu es für mich«, sage ich und nutze ihre Sorge um mich aus. Mit Erfolg. Sie nimmt das Glas und leert es bis zur Hälfte. »Scheint dir zu schmecken.«

Sie fährt sich mit der Zunge über die Lippen, als würde sie erst jetzt merken, was sie getrunken hat, und betrachtet das Etikett der Flasche. »Ja, ganz passabel.«

»Passabel?«, wiederhole ich. *Will sie mich ärgern? Glaubt sie echt, ich tische ihr irgendeinen Fusel auf?*

»Ja, schmeckt«, gibt sie lächelnd zu, nimmt noch einen Schluck und lässt ihn sich gespielt professionell auf der Zunge zergehen. Oder nutzt ihn als Mundspülung. Schwer zu sagen.

»Freut mich«, antworte ich mit einem Zwinkern. »Ich hatte schon befürchtet, ich muss den Hundert-Dollar-Wein in den Abfluss kippen und welchen vom Discounter besorgen.«

»Keine Sorge, so billig kriegst du mich nicht abgefüllt.«

»Halleluja!« Ich drücke ihr einen Kuss auf die Wange. »Da ist ja wieder die Frau, die meinen Puls nach oben treibt.«

»Klingt gefährlich«, sagt sie halb ernst und halb belustigt und nimmt noch einen Schluck Wein. Dieses Mal ganz normal.

»Das ist es auch, aber auf eine gute Art. Du bist wie ein effektives Work-out. Du forderst einen heraus, und man wird für seine Anstrengung belohnt.«

»Ich wäre lieber so was wie eine Wellnessbehandlung.«

»Ist das ein Angebot für eine Massage?« Ich grinse schmutzig. »Darauf könnte ich später zurückkommen.«

»Alles klar«, sagt sie, wirkt wieder wie sie selbst und wuschelt mir durch die Haare.

*Kein Protest? Das ist neu.* »Irgendwie hätte ich jetzt erwartet, dass du dich vor der Massage drückst.«

»Ich hab ja nicht verraten, womit ich dich bearbeite. Ich dachte an meine Erdbeerlotion. Ich werde sie so tief in jede deiner Poren einmassieren, dass du selbst nach dreimal duschen noch danach riechst.«

»Das ist grausam!«, beschwere ich mich, meine das aber nicht ernst. April riecht gut, und es wäre keine Strafe, den ganzen Tag ihren Duft in der Nase zu haben. Außerdem benutzt sie keine Erdbeerlotion, sondern irgendein anderes Produkt, das deutlich dezenter ist.

Als es an der Tür klingelt, nehme ich die Lieferung entgegen und gebe Trinkgeld. Ich packe alles aus, April schenkt uns beiden Wein nach, und wir essen.

Es ist nicht so, wie ich es mir vorgestellt hatte. Ich hätte mich gerne mit April gezeigt, aber durch den gedeckten Tisch und ein paar Kerzen ist es dafür romantisch, intim, vertraut.

»Willst du das letzte Stück der Peperoni-Pizza?«, frage ich.

»Nein, bitte, nimm du!«

»Überlässt du mir mit Absicht mehr Essen?«

»Du musst doch Kraft tanken.«

»Wofür? Hast du heute noch Pläne, von denen ich nichts weiß?«

»Weil …«

»Du machst dir immer noch Sorgen um mich«, wird mir klar.

»Quatsch! Natürlich nicht.«

»Und da ist sie wieder, die schrillere Stimme!«

»Das ist gemein, Cole. Jedem anderen könnte ich was vormachen.«

»Also gibst du es zu?«, bleibe ich hartnäckig.

»Wer schläft denn auch wie ein Stein?!«

»Das ist wohl ein Ja.«

Ich nehme das letzte Stück, aber gebe April eine Ecke ab. Hätte ich gewusst, dass sie die Sorte genauso sehr mag wie ich, hätte ich sie doppelt bestellt.

»Das ist nicht nötig«, wehrt sie sich.

»Du fütterst mich, ich dich. Iss, Baby!«

»Ich füttere dich doch nicht!«

Skeptisch sehe ich sie an. Mein Bauch wölbt sich definitiv weiter über den Hosenbund als ihrer.

»Okay, ich nehme es.« Sie greift zu und seufzt genüsslich. »Das war wirklich gut.« Satt lehnt sie sich zurück, und ehe sie mich erneut bedienen kann, stehe ich auf und räume ab. Das ist das Mindeste. Sie ist mein Gast, nicht umgekehrt.

»Ich kann das machen«, wendet April sofort ein.

»Du hast jetzt Pause, Baby.«

»Aber –«

»Ab aufs Sofa mit dir!«, sage ich und drücke ihr einen Kuss ins Haar. »Oder muss ich nachhelfen?«

Sie steht auf, kann es nicht lassen und sammelt das Besteck ein.

»Hab dich gewarnt«, knurre ich und packe sie.

»Es ist nur Besteck, Cole.«

»Das du nicht anrühren solltest.«

Sie zappelt herum und will heruntergelassen werden, aber ich schleppe sie zum Sofa, lege sie ab und stütze mich über ihr auf.

»Baby, du musst mir nicht jeden Handgriff abnehmen.«

»Normale Menschen werden wach, wenn das Handy klingelt oder man gegen ihre Tür hämmert.« Wieder sieht sie mich besorgt an. »Und ja, im Tiefschlaf hört man das nicht. Normale Menschen verfallen bei einem Nickerchen aber auch nicht in Tiefschlaf. Es sei denn, sie waren wirklich fertig.«

»Ach, Baby!«

Ihre Sorge geht mir mehr unter die Haut als der Sex. Oder nicht mehr, sondern anders, tiefer. Ich drehe sie, damit ich mit ihr aufs Sofa passe, und ziehe sie halb auf mich.

»Erdrück ich dich nicht, Cole?«

Ich gebe ihr einen Klaps auf den Hintern. »Hörst du endlich auf, mich wie einen Invaliden zu behandeln? Ich bin über dreißig, nicht über hundert Jahre alt, und du bist ein Fliegengewicht.«

»Ich wundere mich nur …«

»Die letzten Wochen waren anstrengend«, gestehe ich. »Zur üblichen Arbeit kamen Besprechungen mit dem Verlag, Lesungen, Interviews …«

»Und dann bin auch noch ich aufgetaucht.«

Sofort packe ich sie fester. *Nicht dass sie jetzt aufstehen will, weil sie glaubt, sie sei eine Last.* »Du bist kein Job für mich, April.«

»Das musst du ja sagen, Mister. Du willst wieder Sex mit mir.«

*Sehe ich da Vorfreude? Interessant.* »Später«, sage ich jedoch nur und genieße ihre Nähe. »Die Zeit mit dir ist wirklich keine Arbeit.«

»Zumindest die Nummer auf dem Schreibtisch war keine«, murmelt sie, muss lachen und schüttelt den Kopf. »Ich kann immer noch nicht fassen, dass wir das gemacht haben!«

»Also hast du nicht ständig Büroaffären? Kalifornien ist doch das Land der Blumenkinder. Da sind alle freier …« Ich grinse. »Hemmungsloser.«

»Ich arbeite in L. A. und nicht in San Francisco, und nein, ich habe nicht ständig Büroaffären. Keine tollen Typen und keine Zeit.«

»Und wenn es tolle Typen gäbe?«

»Immer noch keine Zeit.«

»Du arbeitest viel?« Ich will den Moment ausnutzen, um mehr von ihr zu erfahren.

»Je nach Kampagne«, antwortet sie. »Aber ja, es ist ständig was los. Werbeagenturen verschleißen einen. Wer kann, zieht weiter.«

»Was ist mit Ausgleichszeiten?«

»Ausgleichswas?«

Sie meint es lustig, doch ich kann darüber nicht lachen. Schließlich war ich selbst mal an dem Punkt. Nichts und niemand ist es wert, sich dafür kaputtzumachen. »Du musst öfter an dich denken, Baby!«

»Das tue ich, deshalb bewerbe ich mich ja weg.«

*Für mehr Arbeit?* »Ich rede von einem Leben. Freizeit, Spaß, Erholung.«

»Ich brauche nicht so viel Me-Time.«

»Blödsinn, jeder braucht das. Wer außerdem Worte wie Me-Time benutzt, der hat eindeutig nicht genug davon.«

»Machst du dir Sorgen um mich?« Sie grinst, als würde ihr das gefallen.

»Ja, das tue ich«, antworte ich ernst. »Was machst du als Ausgleich?«

»Ich arbeite gerne.«

Mein Puls klettert nach oben. »Baby, Arbeit ist kein Hobby.«

»Aber wenn man liebt, was man macht …«

»Ich liebe meinen Job auch, trotzdem habe ich noch ein Leben.«

»Was denn?«

Früher hätte ich darauf keine Antwort geben können. Oder alles nach der Arbeit diente dazu, mich auf die Arbeit vorzubereiten. Zum Glück hat sich das in den letzten Jahren geändert. »Ich mache Sport«, sage ich. »Ich treffe Freunde, bin oft draußen in der Natur. Im Sommer zum Wandern, im Winter zum Skifahren.«

»Klingt ja spannend.«

»Das ist nicht der Punkt«, grolle ich. »In meiner Freizeit will ich runterkommen, nicht den Nobelpreis gewinnen. Also, nenn mir eine Sache, die nichts mit der Arbeit zu tun hat und die du gerne machst! Nur eine.«

Darüber muss sie nachdenken. Sie schließt die Augen und geht in Gedanken Dinge durch. Dabei bewegen sich lautlos ihre Lippen.

»Warum dauert das so lange?«, knurre ich, obwohl der Anblick sexy ist.

»Das hat mich noch nie jemand gefragt.«

Ich lasse sie weiter nachdenken. Nicht nur, weil ich will, dass sie sich bewusst macht, dass es mehr als Arbeit gibt, sondern auch, weil es mich interessiert. Ich kenne Aprils Lebenslauf, aber ihr Privatleben? Das ist wie ein weißer Fleck auf der Landkarte, unbekanntes Terrain, das ich verdammt gerne erkunden möchte.

»Zählt Mode?«, fragt sie schließlich und sieht mich Hilfe suchend an.

»Mode?! Ich weiß nicht«, gebe ich überrumpelt zu. »Interessiert sich nicht jeder dafür, der sich morgens Klamotten aus dem Schrank nimmt?«

»Wenn es danach geht, dann ist auch Kochen kein Hobby. Wir alle essen jeden Tag was. Also ja: Mode! Das ist für mich eine richtige Wissenschaft. Ich experimentiere herum, verfolge neue Kollektionen, achte auf nachhaltige Labels …«

»Mmh«, mache ich skeptisch.

»Die Teile sind aus Bio-Baumwolle, hier im Land produziert oder aus Ökofasern wie Tencel.«

»Mmh«, brumme ich wieder, diesmal um sie aus der Reserve zu locken.

»Hey, mir ist die Umwelt wirklich wichtig!«

»Dann solltest du Bäume pflanzen.«

»Als würde *ein* Baum den Unterschied machen.«

»Wenn bei fast acht Milliarden Menschen auf dem Planeten jeder einen pflanzen würde, dann schon«, gebe ich zu bedenken und küsse sie flüchtig, um ihr zu zeigen, dass ich sie nur aufziehe. »Was ist mit deinem Schmuck? Soweit ich weiß, ist der Goldabbau extrem umweltschädlich.«

»Der ist Secondhand. Das ist das Schöne bei Edelmetallen. Solche Sachen sind für die Ewigkeit.«

»Und die Schuhe?«

Sie verzieht das Gesicht. »Aus Kunstleder. Da suche ich noch nach einer Marke, aber immerhin: Tiere mussten dafür nicht sterben.«

»Okay, das ist ein Hobby«, gebe ich nach. »In meinen Augen kein besonders gutes, aber ich akzeptiere es. Nenn mir noch eines!«

»Ich fühle mich total ausgefragt.«

»Du darfst dich gerne revanchieren.« Mir kommt eine Idee, und ich lächle. »Sieh es als Training! Du musst sowieso anfangen, mehr Fragen zu stellen.«

»Ich denke, jetzt ist Feierabend.«

»Das kommt wohl auf die Fragen an.«

# 11. Kapitel

## APRIL

Cole will, dass ich ihn ausfrage, und das Erste, was mir einfällt, ist nicht, mich nach seinem Lieblingsessen zu erkundigen oder danach, welche Musik er mag, sondern zu ergründen, was da zwischen uns passiert und ob es nur mir so geht oder auch ihm.

»Sag bloß, dir fällt nichts ein!«, neckt er mich und zieht mit seinen Fingerspitzen Kreise auf meinen Schultern. »Falls du Ideen brauchst: Ich kann auch gerne den Anfang machen und dich was fragen.«

»Wehe! Du weißt schon viel zu viel von mir.«

»Tja, dann liegt es jetzt an dir.« Ein verletzter Ausdruck überzieht kurz sein Gesicht. »Oder bin ich dir so egal, April?«

»Das bist du nicht«, antworte ich und gebe damit mehr preis, als ich eigentlich wollte. Auch Cole ist überrascht.

»Wow!« Er führt die Hände unter mein Top, reckt sich und küsst mich mit so viel Gefühl, dass mein ganzer Körper vibriert. Lust durchfährt mich, die noch intensiver wird, weil der Mann, der sie auslöst, nicht nur meinen Körper, sondern auch mein Herz berührt. Ich werde feucht, bewege meine Hüften und erschauere, als ich spüre, dass Cole ebenfalls erregt ist. Aber er unternimmt keinen Versuch, mit mir zu schlafen, sondern küsst mich einfach weiter. *Voller Liebe.* »Sag das noch mal, Baby!«

»Du bist mir nicht egal, Cole.«

»Du bist mir auch nicht egal«, sagt er und lächelt, als wüsste er, was ich eigentlich gestanden habe: dass ich mich in ihn verliebt habe. *Verdammt, das habe ich. Und wie!*

»Wohnst du gerne in Telluride?«, frage ich ihn und kann meine Neugierde nicht länger im Zaum halten. »Vermisst du nicht das Großstadtleben?«

»Du meinst den Verkehr, die gestressten Leute und die schlechte Luft?«

»Ich meine die Gastroszene, Konzerte und dass sich die ganze Welt dort trifft.« *Was meiner Meinung nach die Nachteile ausgleicht.*

»Nein. Hier im Ort gibt es durch den Tourismus eine Handvoll exzellente Restaurants. Wir haben unsere Festivals. Außerdem komme ich durch meinen Job viel rum. Wenn ich ein paar Tage in Miami, New York oder auch L. A. bin, genieße ich das immer sehr. Ich treffe alte Bekannte und unternehme was, eigentlich sogar mehr als zu der Zeit, als ich dort gewohnt habe. Das reicht mir.« Seine Augen strahlen. »Außerdem leben hier meine Freunde, und ich bin bei meinen Eltern, wenn sie mich mal brauchen.«

*Seine Eltern?* Meine Kehle schnürt sich zusammen.

»Ich muss mal kurz an die frische Luft«, entschuldige ich mich, stehe auf und gehe nach draußen auf die Veranda. Ein Lichtschimmer hinter den Bäumen zeigt, wo sich der Ortskern von Telluride und das etwas höher gelegene Bergdorf befinden. Die Nacht ist ruhig und friedlich. Je länger ich in den Himmel schaue, desto mehr Sterne erkenne ich. Das Universum ist so groß, und es gibt mir das Gefühl, nicht allein zu sein.

Ich konzentriere mich auf meinen Atem. Ein und aus. Es sollte mich langsam kaltlassen, dass ich keine Eltern mehr habe, aber das tut es nicht.

»Hier!«, höre ich Cole hinter mir, und Sekunden später legt er mir eine Decke um die Schultern und zieht mich an sich.

Wärme breitet sich von ihm zu mir aus, und das beklemmende Gefühl in meiner Kehle ebbt ab.

»Willst du draußen bleiben?«, fragt er.

»Für einen Moment, ja.« Ich drehe den Kopf und fange seinen Blick auf. »Willst du nicht wissen, was los ist?«

»Ich weiß es schon. Mein Hundert-Dollar-Wein ist für deinen Arme-Leute-Magen nicht gemacht.«

Für diesen schlechten Scherz mag ich Cole noch ein bisschen mehr. So als wüsste er, dass jetzt der falsche Zeitpunkt ist, auf Antworten zu drängen, lässt er es gut sein. Das kann nicht jeder.

»Was ist mit anderen Frauen?«, frage ich ihn weiter aus. »Das Haus ist viel zu groß für eine Person. Gab es in der Vergangenheit niemanden, mit dem du dir eine Zukunft vorstellen konntest?«

»Doch, die gab es. Als ich noch nicht meine eigene Firma hatte, war ich etwa ein Jahr lang mit Rachel zusammen.«

»Warum hat es nicht geklappt?«

»Schwer zu sagen. Als wir zusammenkamen, waren wir am gleichen Punkt im Leben: nach der Uni Gas geben, Karriere machen, vorankommen. Wir haben uns gegenseitig unterstützt. Dann kam mein erster Buchvertrag, es folgten Auftritte und Lesungen … Sie hat mir vorgeworfen, dass ich keine Zeit mehr für sie habe. Ich ihr, dass sie mir nicht den Rücken stärkt.«

»Wer hatte recht?«

»Im Nachhinein: wir beide. Es gab Wochen, da haben wir uns nur auf dem Flughafen getroffen, wenn wir zufällig eine Zwischenlandung in der gleichen Stadt hatten. Mein Stern war am Steigen, und ich hätte einiges tun können, um ihre Karriere voranzutreiben. Aber das habe ich nicht getan.«

»Passt gar nicht zu dem, was du heute machst. Jetzt lebst du quasi davon, Leute zu unterstützen.«

»Stimmt, aber heute ist die Situation eine andere. Ich glaube, ich hab das bei ihr nicht gemacht, weil wir uns dann gar nicht mehr gesehen hätten. Es war meine Art, das Ende hinauszuzögern.«

»Tut mir leid für dich. Für euch.«

»Muss es nicht«, sagt er. »Als der Schlussstrich kam, war es für uns beide eine Erleichterung. Wir haben das sehr erwachsen geregelt. Zur Trennung habe ich ihr einen Vorstandsposten zugeschanzt, und wenn wir uns heute treffen, verstehen wir uns ausgezeichnet. Es sollte damals einfach nicht sein.«

Gefällt mir, wie respektvoll er über seine Ex redet. Irgendwie mag ich Cole dafür noch mehr. »Und hier in Telluride? Keine Frau in Aussicht?«

»Also, du wirst es nicht glauben, aber mir ist da neulich Nacht jemand vors Auto gelaufen und …«

Ich stoße ihm den Ellenbogen gegen die Rippen. Er weiß ganz genau, wovon ich rede.

»Nein, niemand. Reese ist im Freundeskreis die einzige Frau, die auch keinen Partner hat. Sie macht immer wieder Annäherungsversuche, aber unser Moment ist vorbei. Noch mal werden wir es nicht probieren.«

»Also hast du das Riesenhaus nur für dich gekauft?«

»Ja. Als es leer stand, hab ich zugeschlagen. Ich weiß, es ist viel zu groß für mich allein. Ich benutze bloß einen Bruchteil der Räume. Aber es fühlte sich richtig an. Davon mal abgesehen, dass das Haus vor fünf Jahren ein Schnäppchen war. Bei den Immobilienpreisen heute müsste ich das Doppelte hinlegen. Was ist mit dir? Warst du mit jemandem zusammen?«

»Jein«, sage ich und bin überrascht, wie leicht es mir fällt, mit Cole zu reden. »Zwei Mal habe ich es versucht. Die Beziehungen hielten nur wenige Monate. Ansonsten habe ich Dates, doch nach ein paar Wochen verläuft sich das meist im Sand.« *Bevor tiefe Gefühle ins Spiel kommen.*

»Das liegt an deinem Hobby. Mit Mode verschreckst du die Kerle. Du solltest dich für Sport interessieren. Basketball, Baseball, Football …«

*Männer und Ballsport! Was daran ist bloß so faszinierend?* »Dich scheint mein Hobby nicht zu stören«, sage ich laut.

»Liegt vielleicht daran, dass ich gerade mit dir auf meiner Veranda stehe und in die Sterne schaue statt vor einer Umkleide, um dir Bügel zu reichen.«

»Was?! Du würdest mich nicht beim Shoppen begleiten?!«, frage ich gespielt entrüstet.

»Nein, eher nicht.«

»Aber ich würde mich ganz oft vor deinen Augen an- und ausziehen!«

»Klingt, als wäre nicht Mode dein Hobby, sondern Striptease.« Er lacht. »Okay, daran lag es nicht, dass es nie geklappt hat. Hast du die Kerle dann mit Vorbereitungen für deine Bewerbungsgespräche vergrault?«

»Es hat eben nie gepasst. Und nur fürs Protokoll: Mit meinen vielen Bewerbungen habe ich die Typen nie belästigt. Ich bin doch nicht blöd. Ich weiß, dass das keinen interessiert.« Ich grinse. »Keinen außer dir. Und du lässt dir das ganz schön üppig von mir bezahlen.«

»Üppig?« Er beugt sich an meinen Hals und beißt mich. »Ich würde eher sagen, gerade so ausreichend.«

»Willst du den Deal etwa anpassen?«

»Nein, ich bin zufrieden. Du?«

Ich drehe mich, bis wir uns ansehen. Mein eben noch warmer Rücken wird in der Nachtluft kalt, dafür wird meine Vorderseite nun wärmer.

»Ich frage mich, ob wir den Deal nicht aufheben sollten. Natürlich hilfst du mir weiter. Ich fälsche auch gerne deine Unterschrift und signiere für dich ganze Paletten an Büchern. Aber wir machen das, weil wir das wollen, nicht weil wir müssen«, drücke ich mich ungelenk aus und kann nicht glauben, dass diese Worte von mir kommen. *Mir! Miss Beziehungsphobie!*

»Was ist mit Sex?«, fragt er sanft.

»Der ist dann natürlich gestrichen!«, witzle ich, drücke mich dabei aber enger an Cole und knabbere an seiner Unterlippe. »Kein Deal, kein Sex.«

»Echt, darauf könntest du verzichten?«, geht er auf meinen Tonfall ein.

»Könnte ich. Jeder Vibrator ist besser als dein Penis.«

»Warum habe ich dann gerade das Gefühl, dass du feucht wirst?«

»Wunschdenken!«

Cole wirft den Kopf in den Nacken und lacht.

»Scht!« Ich lege die Hände auf seinen Mund. »Du weckst die Nachbarn.«

»Und?« Er küsst meine Handflächen. »Ich schieb das einfach auf dich.«

»Wundervoll, kaum bin ich in der Stadt, schon habe ich einen miesen Ruf.«

»Das geht natürlich nicht. Lass uns reingehen.«

Cole dirigiert mich zur Tür. Wie kalt mir ist, merke ich erst, als wir wieder drinnen sind. Ich hatte ganz vergessen, wie frisch die Nächte in Colorado werden können. Selbst im Sommer.

»Komm her, du Eiszapfen«, sagt Cole und kuschelt sich mit mir aufs Sofa. Noch vor wenigen Tagen hätte ich ihn von mir gestoßen. Jetzt fühlt sich das richtig an. Die Wärme macht mich schläfrig, ich gähne.

»Ich hätte vielleicht auch ein Nickerchen abhalten sollen, statt mir Gedanken um mein Outfit zu machen«, murmle ich.

»Ich bin froh, dass du das nicht gemacht hast. Je fitter du bist, desto eher vermeidest du es, mit mir zu kuscheln.« Er drückt mich fester. »Und mir gefällt das hier mit dir.«

*Geht mir genauso*, denke ich. »Legst du dich denn öfter für ein Schläfchen hin?«, frage ich weiter.

»Nicht jeden Tag, aber immer wenn es besonders stressig wird.«

»Stressig? In Telluride? Schwer zu glauben.«

»Ich stecke Zeitdruck nicht mehr so locker weg wie früher.«

»Was ist passiert?« Cole ist erst Anfang dreißig, redet jedoch wie jemand in seinen Fünfzigern, und sein Gesichtsausdruck sagt mir, dass ich etwas Wichtigem auf der Spur bin. »Hast du Flüchtigkeitsfehler gemacht?«, rate ich. »Oder warst du schlecht gelaunt? Wenn es hektisch wird, kann ich zu einem richtigen Ekel werden.«

»Beides. Das sind erste Anzeichen für Stress, aber ich habe sie ignoriert. Fehler macht doch jeder. Und ein Ekel wurde ich bloß, wenn andere bei meinem Tempo nicht mithalten konnten.« Er sieht mich ernst an. »Wenn du das bei dir bemerkst, dann mach langsamer, Baby. Mir hat das damals niemand gesagt, und selbst wenn, vermutlich hätte ich nicht darauf gehört. Aber die Zeichen waren da.«

»Du machst mir Angst, Cole. Die Zeichen wofür?«

»Für einen Burn-out.«

Im ersten Moment denke ich, Cole veralbert mich. Der Mann ist viel zu jung für einen Burn-out. *Das ist doch nur eine Ausrede dafür, wie ein Rentner mittags in der Sonne sein Schläfchen abzuhalten!* Aber er lacht nicht.

»Was genau ist passiert?« Wenn er vorhin das Handy, den Alarm und mich an der Tür nicht gehört hat, dann muss er verdammt fertig gewesen sein. »Erzähl schon!«

»Bei dem einen macht der Verstand schlapp, wenn er zu viel arbeitet, bei mir war es der Körper. Draußen ging gerade die Sonne auf. Ich saß in meinem Büro in Seattle und hab die ersten Mails bearbeitet. Und wie aus dem Nichts hatte ich ein Stechen in der Brust. Mir wurde schwarz vor Augen. Als ich wieder zu mir kam, lag ich im Krankenhaus.«

Ich kann das gar nicht glauben. Dass zu viel Arbeit einen ansonsten gesunden Menschen derart umhaut. Noch dazu vor dem dreißigsten Lebensjahr.

»Wie ist es dazu gekommen?«, frage ich. »Ich brauch die lange Version.«

## COLE

»Es war dramatisch«, beginne ich. Ich werde nichts für mich behalten. Dieser Burn-out gehört zu mir, meiner Geschichte, dem, der ich heute bin. »Ich hab mich nach der Trennung von Rachel richtig in die Arbeit vergraben. Ich stand permanent unter Strom. Da hat mein Herz gestreikt.«

»O mein Gott«, haucht sie und legt ihre Hand auf meine Brust, ich greife danach und drücke sie. »Du hattest einen Infarkt?«

»Das lässt sich rückwirkend schwer feststellen, die Ärzte gingen eher von einem Aussetzer aus. Als mir schwarz vor Augen wurde, bin ich wohl so unglücklich vom Stuhl gefallen, dass ich mir den Kopf angeschlagen habe. Weil ich immer als Erster im Büro war und als Letzter ging, war in dem Moment niemand da. Laut meinen Kollegen muss ich fast eine Stunde dort gelegen haben, ohne dass es jemand bemerkt hat. Ein sehr guter Grund, nie wieder zu unmöglichen Zeiten zu arbeiten.«

»Zumindest nicht allein«, wendet sie ein.

»Sie haben mich gefunden und einen Krankenwagen gerufen«, erzähle ich weiter, was ich selbst nur aus Gesprächen weiß. »Das Erste, woran ich mich erinnere, ist, wie ich in einem Intensivbett aufwache und dass meine Mom neben mir sitzt und vor Erleichterung weint. So hab ich sie noch nie erlebt. Das war furchtbar.«

»Wie lange warst du im Krankenhaus?«

»Knapp einen Monat.«

»So lange?!«

»Was mir wie ein kurzer Aussetzer vorkam, war in Wirklichkeit schlimmer. Die Kopfverletzung hat Probleme verursacht. Ich hab fast zwei Wochen im Koma gelegen.«

Es ist das erste Mal, dass ich mit jemandem außerhalb der Familie darüber rede, und mir wird wieder klar, wie viel Glück ich hatte.

In seinen Zwanzigern hält man sich für unverwundbar. Man glaubt einfach nicht, dass einem was passieren kann. Solche Vorfälle holen einen plötzlich auf den Boden der Tatsachen zurück.

»Wie ging es danach weiter?«, fragt sie mit verkrampften Schultern, weil sie so verflucht sensibel reagiert. Zum Glück folgt jetzt der angenehme Teil.

»Mein Dad hat mich bearbeitet, dass ich den Job aufgebe und besser auf mich achte. Ich habe mich beurlauben lassen und bin wieder bei meinen Eltern eingezogen. Das war hart. Plötzlich hatte ich nichts zu tun. Ich war viel draußen und habe meine Liebe für die Landschaft rund um Telluride neu entdeckt, nachdem mir die Schule die verleidet hatte. Du erinnerst dich bestimmt an die Ausflüge, bei denen Mr Spencer immer versucht hat, uns die lateinischen Namen der Gräser beizubringen?«

»Gott, ja!«, lacht sie. »Eragrostis cilianensis. Liebesgras. Ich kann das gar nicht normal aussprechen. Mit diesem Spezialwissen beeindrucke ich jeden.«

»Du hast dir das gemerkt?«

*Diese Frau ist einfach unglaublich!*

»Nur diesen Namen, den hat Mr Spencer immer als Erstes genannt, um unser Interesse zu wecken. Und an Rohrschwingel erinnere ich mich auch noch. Keine Ahnung, wie das Gras auf Lateinisch heißt, aber entschuldige: Rohrschwingel? Das klingt wie ein Sexspielzeug. Alle Mädchen haben sich darüber noch Wochen später amüsiert.«

»Das wusste ich gar nicht«, sage ich und muss lachen. »Dann werde ich dir von meinem nächsten Ausflug einen Strauß Rohrschwingel mitbringen, wenn dich das so glücklich macht«, raune ich ihr zu.

»Ein Schwingel genügt mir vollkommen«, kichert sie und erinnert mich so sehr an das Schulmädchen von früher, mit dem ich zum Abschlussball gehen wollte, dass ich nicht fassen kann, sie endlich in meinen Armen zu halten. *Wurde auch Zeit.*

»Dann greife ich zu Liebesgras«, sage ich und merke, wie sie sich versteift, als würde ich zu Liebesschwüren ausholen. »Von der Liebe kann man nie genug haben.«

»Das stimmt«, sagt sie und entspannt sich wieder. »Wie geht es dir denn jetzt?«

»Fragst du nach Blutwerten? EKGs? Schädel-CTs?«

»Also, das Schädel-CT fände ich tatsächlich spannend. Wer kann schon von sich behaupten, mal einen Blick auf das Gehirn von Cole Cameron geworfen zu haben? Mit diesem Insiderwissen werde ich reich«, flachst sie und küsst mich, bevor ich mich beschweren kann. »Ich meinte, nach dem heutigen Tag. Wie geht es dir da?«

»Gut«, sage ich und fahre ihr durch die Haare. »Das Nickerchen war genau das Richtige. Und dir?«

»Mir?!« Sie klingt so, als wäre die Nachfrage völlig absurd, weil es ihr natürlich gut geht.

Aufmerksam studiere ich ihr Gesicht. Sie hat keine Augenringe. Aber sie sieht blasser aus, als es jemand im Sommer sein sollte, noch dazu jemand aus Kalifornien. »Du wirkst erschöpft, Baby.«

»Also, wenn du graue Haare entdeckst, dann gehen die auf dein Konto. Du hast mir heute echt einen Schrecken eingejagt.«

Akribisch durchkämme ich ihre Haare. »Mmh … Nichts … Nichts … Nichts … Oh! Da ist eines! Sorry, das wollte ich nicht. Wir sollten morgen eine Blondierung für dich besorgen und es abdecken.«

»Blödmann! Weißt du, was besser gegen graue Haare hilft?«

»Ich habe absolut keine Ahnung«, stelle ich mich dumm.

Sie zieht mich näher, bis sich unsere Nasen berühren. »Wie ist es jetzt?«

»Weiß nicht …«, hauche ich an ihren Lippen.

»Wird es langsam heiß?«, fragt sie und küsst meine Mundwinkel.

»Ja, aber *einen* Tipp könnte ich noch gebrauchen.«

»Kriegst du!« Sie knabbert an meiner Unterlippe.

»Ah, jetzt verstehe ich! Dann lass uns mal was gegen deine grauen Haare tun.«

Ich ziehe April für einen richtigen Kuss zu mir. Bei jeder Berührung schießen kleine Blitze durch mich hindurch. Ich habe es nicht auf Sex angelegt, aber je länger wir uns küssen, desto mehr will ich sie spüren.

»Bleibst du über Nacht?«, frage ich und mag, wie schwer ihr Atem geht und wie ihre Augen vor Verlangen glitzern.

»Das muss ich doch«, zieht sie mich auf.

»Wir haben den Deal aufgehoben. Und selbst wenn er noch gelten würde … wir wissen beide, dass du sehr talentiert darin bist, dich deinen Verpflichtungen zu entziehen. Also?«

»Nein, ich schlaf lieber in meinem eigenen Bett«, sagt sie todernst, was mich enttäuscht – bis sie losprusten muss. »Reingelegt!«

»Na warte!« Mit Schwung hebe ich sie hoch. »Du spielst hier mit dem Herzen eines Burn-out-Patienten.«

»Hilfe, ich bleibe!«, ruft sie.

»Zu spät, Baby!« Mein Herz rast, weil sie in dem Punkt besser keine Scherze mit mir treiben sollte. Egal, wie laut sie protestiert, ich trage sie ins Schlafzimmer.

»Ich kann gehen, kranker Mann!«

*Das kann ich nicht auf mir sitzen lassen! Ich bin kein Pflegefall.* »Jetzt muss ich eine Extrarunde drehen, nur um dir zu beweisen, dass ich es noch draufhabe.« Mit ihr in den Armen laufe ich zurück ins Wohnzimmer und umrunde das

Sofa. Beinahe lasse ich sie fallen, weil April sich schüttelt vor Lachen.

»Lass mich runter!«, bettelt sie.

Bei einem Abstecher ins Bad komme ich ihrem Wunsch nach.

»Willst du mich unter der Dusche nehmen?«, fragt sie verwundert.

Ich reiche ihr eine Zahnbürste. »Nein, ich bin viel durchtriebener. Ich will, dass wir uns fertig machen, damit wir nach dem Sex nicht mehr aufstehen müssen. Wie klingt das?«

»Hui. Aufregend.«

Wir putzen uns beide die Zähne, und die Stimmung heizt sich weiter auf.

Als sie Hilfe beim Ablegen der Kette braucht, lasse ich mir Zeit und küsse ihren Nacken. Dafür befreit mich April aus meinem Hemd, hakt die Finger in die Gürtelschlaufen meiner Jeans, zieht mich zu sich und küsst meine Schultern und meinen Hals.

»Langsam, Baby«, raune ich ihr zu, weil ich steinhart bin.

»Rentnersex?«, neckt sie mich und streift sich die Bluse ab.

»Frech!« Ich gebe ihr einen Klaps auf den Hintern und lasse die Hand dann dort. »Richtig frech.«

»Immerhin wirkt es«, feixt sie und zuckt keck mit der Schulter. »Ich bring dich auf Touren.«

»Stimmt.« Während April sich noch Mascara-Reste aus den Augenwinkeln reibt, öffne ich ihren BH, lege die Hände auf ihre Rundungen und reibe mit den Daumen über die erregten Spitzen.

April unterbricht ihre Arbeit und lehnt sich seufzend gegen mich.

»Werd fertig«, raune ich ihr zu, ziehe sie enger und sehe uns im Spiegel an. »Hier.« Ich führe ihre Hand mit dem Waschlappen wieder ans Gesicht. »Weitermachen!«

Sie spielt mit, ist jedoch nicht bei der Sache. Ich fahre mit den Händen über ihre Flanken, knöpfe ihre Jeans auf und schiebe eine Hand in ihren Schritt. Sie reagiert auf meine Berührungen mit zittrigen Atemzügen.

»Cole«, seufzt sie.

»Okay, wir sind fertig.«

Ich nehme April den Lappen ab, schalte das Licht aus und dirigiere die Frau meiner Träume ins Schlafzimmer. Wir ziehen unsere restlichen Sachen aus. April verschwindet unter der Decke. Ich folge ihr und mache mit Küssen und Berührungen dort weiter, wo ich eben aufgehört habe – jetzt mit meiner Erektion an ihrer Mitte, was uns beide immer heftiger erregt.

Das hier ist anders als der Sex im Büro. Besser.

Wir lassen uns für das Vorspiel Zeit, verwöhnen unsere Körper, ertasten den anderen, kommen zusammen und gehen wieder auseinander, bis wir den perfekten Rhythmus gefunden haben. Es geht nicht darum, jemanden zu wollen und zu bekommen. Sondern um Liebe. Ein Jahrzehnt habe ich mich nach dieser Frau verzehrt, und jetzt weiß ich, was ich mehr will als alles andere. Dass sie an meiner Seite bleibt. Ich will nicht noch eine Nacht und noch einen Fick. Ich will unsere Unendlichkeit.

Ich ziehe April mit mir, um an den Nachtschrank zu kommen, und hole ein Kondom. Sobald es sitzt, dringe ich in sie ein, genieße, wie sich ihr Körper anfühlt und wie sie auf mich reagiert. Sie will immer gleich alles. Ich dagegen gebe ein langsames Tempo vor.

Wir drehen uns, bis ich unten liege.

Ich fahre mit den Händen über ihren Rücken, kriege nicht genug davon, wie gut sie sich anfühlt, und stöhne, als sie ihre Hüften bewegt. Schnell bremse ich sie. Sie gibt einen protestierenden Laut von sich und zittert vor Lust, so kurz vor ihrem Höhepunkt und doch so weit weg. Aber sie muss sich gedulden. Langsamer wird der Sex besser.

Von unten nehme ich sie weiter. Ihr Atem geht immer schwerer. Haare kleben an ihrer verschwitzten Stirn. Ihre Hände krallen sich in meinen Nacken. Jede Regung sagt mir, wie nah ich sie an ihren Höhepunkt bringe. Sie will es hinauszögern, aber lange wird ihr das nicht mehr gelingen.

Sie lehnt ihr heißes Gesicht an meines und stöhnt mir ihre Lust direkt ins Gehirn, als wären es meine Laute, nicht ihre. *Gott, wie sexy!*

Ich küsse sie am Ohr, taste nach ihrer Hand und verschränke meine Finger mit ihren. Sie erwidert den Druck, und Stolz durchfährt mich. Ich bin derjenige, der ihr diese Lust verschafft. Ich allein.

Ich bewege mich weiter, und endlich bekommt sie die so dringend ersehnte Erlösung. Ihre Mitte pulsiert wild, sie reitet mich, macht ihren Orgasmus zu unserem und reißt mich mit ihren teuflisch heißen Bewegungen mit sich.

Ich explodiere, halte April fester, bevor sie zu früh zurückweicht. Ich will sie tiefer nehmen, pumpe härter in sie, als könnte ich nicht nur ihre Pussy, sondern auch ihr Herz erobern.

*Was für ein Gefühl!*

Als es abebbt, entspannt sich jeder Muskel, ich lege mich zurück, und April fällt auf mir zusammen. Wir schnappen nach Luft, können noch nicht reden, aber sehen uns an … lächeln uns an. Sie drückt mir einen Kuss auf die Wange. Ich halte und küsse sie. Sagen müssen wir nichts. So fühlt sich nur Sex mit der richtigen Person an. April ist die richtige Person.

Sie protestiert, als ich aus ihr herausgleite, um das Kondom zu entfernen. Ich verknote es, wickle es in ein Taschentuch und ziehe sie danach gleich wieder an mich, kann keine Sekunde von ihr getrennt sein. Es ist nicht wie mit Rachel damals. Ihr heißer Körper darf bei mir Schweißausbrüche auslösen. Ihre Haare dürfen mich kitzeln. Ihre Lotion darf auf meiner Haut kleben.

An ihren Atemzügen merke ich, dass sie einschläft, und ich kann mir nicht vorstellen, sie nicht jeden Tag bei mir zu haben. *Wie bringe ich sie bloß dazu zu bleiben?*

»Cole?«, murmelt sie da verschlafen und hebt noch mal den Kopf.

»Was, Baby?«

»Ich …« Sie beißt sich auf die Zunge. »Du bist wirklich sehr wichtig für mich.«

»Du kannst es nicht sagen, oder?«, frage ich und muss dabei lächeln, weil sie es im Grunde doch tut. Ihr Blick verrät sie, ihre Gesten, ihre Wärme.

»Was sagen?«, piepst sie gespielt ahnungslos.

»Wieder nicht an die tiefe Stimme gedacht«, necke ich sie.

»Was denn sagen?«, wiederholt sie fester.

»Ich liebe dich.«

# 12. Kapitel

## APRIL

Mein Herz rast. Nicht weil Schmetterlinge in meiner Brust flattern, sondern weil mich Panik erfasst.

*Hat Cole mir gerade gesagt, was er denkt, was ich ihm sagen wollte?*

*Oder hat er wirklich gesagt, dass er mich liebt? Mich, April Bishop, die sich nie verlieben wollte.*

»Du siehst verwirrt aus«, murmelt er und hält mich fester.

»Ich wollte nicht ›Ich liebe dich‹ sagen. Wie kommst du denn darauf? Das ist verrückt. Wir kennen uns kaum.«

»Das stimmt nicht.«

»*Seit* fünfzehn Jahren und fünfzehn Jahre *lang* ist nicht dasselbe.«

»Zeit hat für mich, wenn es um dich ging, nie eine Rolle gespielt. Da ist einfach dieses Gefühl. Es war schon immer da. Wenn ich es eher hätte einordnen können, wir wären so was von gemeinsam auf diesen Abschlussball gegangen, Baby!«

Ich muss lachen, weil er das so überzeugt sagt. Wenn er das gemacht hätte, wäre alles anders gekommen. Mit uns-

und unserem Leben. Denn ich spüre auch, was er meint, warm und stark in mir, eine tiefe Verbundenheit.

»Ich weiß, was ich fühle«, redet er weiter. »Ich liebe dich, April.«

»Verdammt, Cole«, murmle ich und küsse ihn zärtlich, weil mich meine eigenen Gefühle überwältigen. Die Nacht ist wärmer. Die Sterne sind heller. Ich bin glücklicher.

»Kein Fluchtversuch?«

»Jetzt, mitten in der Nacht?!« Ich schiebe meine Füße an seine warmen Beine. »Dann werden die hier ja kalt!«

Grinsend legt er eine Hand auf meinen Oberschenkel, damit ich meine Füße da lasse, wo sie sind. Wir beide wissen, was mein Verhalten bedeutet: dass ich ihn auch liebe. Ich brauche nur Zeit, bis ich es über die Lippen bringe.

»Sag es noch mal«, bitte ich ihn leise.

»Ich liebe dich, April.«

Wieder setzt Panik ein. Aber weniger als beim ersten Mal. Als müsste ich mich nur daran gewöhnen.

»Warum bist du dir so sicher, dass du mich liebst?«, frage ich Cole.

»Weil das hier schön ist mit dir.«

»Liegt bestimmt am Sex.«

»Nein, das liegt an dir, Baby.« *Wieder Panik.*

Wieder muss ich mich zusammenreißen, im Bett zu bleiben, statt in meine Sachen zu steigen und bei Nacht und Nebel das Grundstück zu verlassen.

»Warum macht dir das Angst?«, fragt er. »Das ist was Gutes.«

Meine Vergangenheit holt mich ein. Die ersten vier tollen Lebensjahre, die folgenden dreizehn schlimmen und dann das abschließende Horrorjahr. »Wenn ich dir das erzähle, hältst du mich für durchgeknallt und bist umgekehrt derjenige, der abhaut«, gebe ich bewusst scherzhaft zu bedenken.

»Hältst du mich echt für so einen Kerl, Baby?«

Nein, das tue ich nicht. Im Gegenteil. Wenn Cole Probleme sieht, löst er sie.

»Du willst doch nur, dass ich auch ›Ich liebe dich‹ sage!«, beschwere ich mich und unternehme einen letzten, kläglichen Versuch, das Thema zu wechseln, um meine Vergangenheit einen Moment länger ruhen zu lassen.

»Ja, so bin ich, total egoistisch«, übernimmt er meinen bescheuerten Vorwurf und weicht meine Mauern weiter auf. »Beichte mir ruhig, dass du jeden Mann im Schlaf umbringst, der dein Herz erobert, und lass mich entscheiden, wie ich damit umgehe.«

»Mit getrennten Schlafzimmern?«, witzle ich.

»April …?«

»Also gut«, sage ich schließlich, obwohl das sogar für mich selbst unerwartet kommt. *Wenn nicht jetzt, wann dann?* Ich brauche einen Moment, aber an Coles Seite fühle ich mich endlich stark genug dafür. »Wie weh es tun kann, jemanden zu lieben, hab ich das erste Mal erlebt, als ich fünf Jahre alt war«, erkläre ich. »Meine Mom war mit Freundinnen Ski fahren. Am Tag davor hatte es viel geschneit. Überall lag frischer Pulverschnee, für den die Gegend so beliebt ist. Ich war mit meinem Dad rodeln und –«

Mir wird wieder kalt, wie an jenem Wintertag, und ich kuschle mich enger an Cole, als könnte das die Vergangenheit ungeschehen machen.

»Wir wollten uns alle am Nachmittag treffen, aber Mom kam nicht. Mir wurde gesagt, sie hätte einen Unfall gehabt, die Ärzte kümmerten sich um sie. Damit kam ich klar. Ganz anders mein Dad.«

»Es war kein Unfall?«, rät Cole richtig.

Ich nicke, erlebe die Ereignisse wie einen alten Film. »Als kleines Kind hat mir niemand die Wahrheit gesagt. Sie hat sich nach und nach ergeben. Am Berghang hatten Skifahrer eine Lawine ausgelöst. Sie erwischte meine Mom und ihre Freundinnen. Natürlich trugen sie Lawinenausrüstung, aber sie hatten keine Chance.«

»O Gott, das tut mir schrecklich leid, Baby.«

»Das ist nicht alles.«

»Scheiße!«

»Ja, Scheiße«, stimme ich ihm zu und erzähle weiter. Wie mein Dad neben sich stand und dass ich die nächsten zwei Jahre bei Verwandten gelebt habe. Wie verbittert mein Dad wurde und wie ihn der Verlust aufgefressen hat, was mich aufgefressen und dafür gesorgt hat, dass ich mich selbst nie verlieben wollte. »Ich hab an dem Tag nicht nur meine Mom verloren, sondern auch einen Teil von meinem Dad, und ich komme nicht darüber hinweg.«

»Verständlich«, murmelt Cole.

»Also eigentlich nicht«, sage ich. »Natürlich denkt man weiter an einen geliebten Menschen, aber es sollte nicht so wehtun. Das ist nur, weil …«

»Was?! Da kommt noch mehr?«

Ich nicke und sehe ihn an. »Willst du das wirklich hören, Cole?«

»Unbedingt.«

Ich überspringe große Teile meiner Kindheit und Jugend mit vielen schwierigen und wenigen guten Momenten. »Als ich im letzten Jahr an der Highschool war, wurde bei meinem Dad Krebs diagnostiziert«, rede ich weiter. »Nach meinem Abschluss ging er ins Krankenhaus, aber es war zu spät. Der Tumor hatte zu viele Organe befallen.

Operationen hätten ihm ein paar Monate geschenkt – und mir horrende Arztrechnungen. Das wollte er nicht. Er ist gestorben. Dann bin ich weggezogen und aufs College gegangen und habe um die Liebe einen großen Bogen geschlagen.«

Obwohl ich versucht habe, bei den Fakten zu bleiben, steigen die Emotionen wieder in mir auf. Zu jedem Ereignis spielen sich Szenen in meinem Kopf ab. Unzählige Momente, in denen ich als Mädchen mit meinem Dad sprechen wollte, er mich aber nicht mal anschauen konnte, weil ich meiner Mom immer ähnlicher wurde. Später die vielen Stunden des Wartens im Krankenhaus. Warten auf Laborwerte, warten auf Diagnosen, warten auf Ärzte. Warten und wissen, dass der Mensch, um den es geht, bald nicht mehr da sein wird.

»Du rennst ja gar nicht weg«, scherze ich, als ich fertig bin.

»Wenn, dann nur mit dir zusammen«, sagt er und drückt mich.

»Mehr fällt dir nicht dazu ein?« So schweigsam kenne ich Cole nicht.

»Ich muss das erst verarbeiten«, murmelt er, küsst meine Schulter und fährt sich sichtlich betroffen durch die Haare. »Wäre es okay, wenn ich mal kurz meine Eltern anrufe?«

»Warum das denn?«

»Um ihnen zu sagen, dass ich sie lieb habe.«

Ich boxe ihn.

»Au! Spinnst du!«, zischt er.

»Musst du so toll sein?! Jetzt bist du mir noch ein bisschen wichtiger.«

»Okay, das akzeptiere ich als Entschuldigung«, sagt er, reibt sich den Arm und lächelt. »Rechne damit, dass ich alles tun werde, damit ich dir noch wichtiger werde.«

Die Warnung kommt einen Hauch zu spät. Mit diesem Satz allein dringt Cole tiefer in mein Herz ein als jeder Mensch vor ihm. *Wie könnte ich ihm also was abschlagen?*

»Gut, ruf deine Eltern an«, sage ich.

»Danke dir.« Er drückt mir einen Kuss auf die Wange. Ich rechne damit, dass er aufsteht, aber mit mir in den Armen angelt er nach seinem Handy und bleibt im Bett. Er zerstört nicht unsere intime Nähe, sondern macht sie noch intensiver, indem er mich an seinem Leben teilhaben lässt. »Hi, Mom, ich bin es«, meldet er sich.

Seine Stimme klingt unglaublich sanft, fast so, wie er auch mit mir redet.

»Ja, mir geht es gut, seid unbesorgt.«

Obwohl ich seine Eltern nicht kenne, mag ich sie sofort, weil auch sie sich um Cole Gedanken machen.

»Ich wollte euch nur sagen, wie froh ich bin, euch zu haben.«

Neid durchdringt mich, auch wenn ich mich für Cole freue.

»Nein, das konnte nicht bis morgen warten.«

*Verdammt, allein dafür mag ich diesen Mann noch mehr.*

»Ja, es ist wirklich alles in Ordnung.« Er drückt mir einen Kuss auf die Wange. »Mir geht es gut. Euch auch?«

Er klingt beunruhigt. Ich lausche, ob ich was verstehe. Fehlanzeige! Nur Coles entspannte Schultern verraten mir, dass seine Eltern okay sind.

»Danke. Dir auch eine gute Nacht, Mom. Hab euch lieb!«

Er beendet das Gespräch, legt das Handy weg und zieht mich eng an sich.

»Du hast dir plötzlich Sorgen gemacht«, stelle ich fest.

»Hab ich, aber deshalb höre ich nicht auf, meine Eltern zu lieben. Oder dich zu lieben. Was du erlebt hast, ist schrecklich, aber normalerweise wiegen die guten Momente die schlechten auf.«

»Aber am Ende müssen wir alle sterben.«

»Sehr morbid, Morticia!«, witzelt er, als würde ich zur Addams Family gehören. »Ich sehe das anders. Gerade weil wir sterblich sind, gilt es zu leben. Wozu sind wir sonst auf der Erde?«

»Also, im weitesten Sinne, damit wir uns fortpflanzen.«

»Du redest von Sex?« Er grinst breit. »Wenn das so ist, gebe ich meinen Job auf und stelle mich dir Tag und Nacht zur Verfügung.«

»War ja klar«, sage ich lachend, gähne und kuschle mich an Cole. »Scheint, als würden unsere Vorstellungen gar nicht so weit auseinanderliegen.«

»Sag mir noch mal, dass ich dir wichtig bin«, bittet er mich da leise – und mein Herz schlägt einen Extraschlag nur für ihn.

»Du bist mir wichtig«, wispere ich und küsse ihn.

»O Baby!« Er erwidert den Kuss, greift in mein Haar, und wie von selbst wird aus dem Kuss mehr. Wir brauchen beide noch mal die Verbindung. Ich, um Cole zu zeigen, was ich empfinde. Cole, um zu spüren, was ich ihm noch nicht sagen kann.

War der Sex vorhin schon sanft, so sind wir jetzt noch zärtlicher miteinander. Wir machen wenig, aber das Wenige genügt und fühlt sich unglaublich gut an.

Cole nimmt sich erneut ein Kondom und dringt in mich ein, und wir zittern beide vor Erleichterung, als wir uns spüren und uns so nah sind, wie sich zwei Menschen nur sein können. Ich kann mich ganz auf ihn verlassen und er sich auch auf mich. Danach schlafe ich selig ein.

Am Morgen wecken mich Streicheleinheiten – und wieder spüre ich diesen Fluchtreflex, weil das mit Cole zu gut ist, um wahr zu sein. *Gibt es denn wirklich ein Happy End für uns?*

## COLE

Ich muss grinsen, als April wach wird und ihr einer Fuß schon den Weg aus dem Bett sucht, ehe sie ihn wieder zurückzieht. *Bei ihrer Vergangenheit ein echter Liebesbeweis.*

»Bin ich dir immer noch wichtig?«, frage ich.

»Mmh«, macht sie verschlafen. »Und liebst du mich immer noch?«

»Mmh«, brumme ich wie sie, und sie lächelt. Sie streicht mir durch die Haare, genießt die Nähe, und ihr Atem wird verräterisch flach. »Sorry, Baby, ich würde wirklich gerne den Sinn des Lebens mit dir auskosten, aber ich muss zur Arbeit.«

»Solltest du es nach gestern Abend nicht ruhiger angehen?«, fragt sie besorgt.

»Meinst du mit dir? Hier? Da bekommt Bettruhe ja eine völlig neue Bedeutung«, sinniere ich.

»Nimm das bitte ernst, Cole!«

»Wie du willst. Ich hab fantastisch geschlafen, und es geht mir blendend. Hätten wir mehr Zeit, würde ich Doktorspiele vorschlagen, bei denen du dich selbst von meiner Manneskraft überzeugen kannst, aber ich muss echt los. Es ist fast acht.«

»Oh! Warum liegst du hier dann noch?«

»Ich war wie dein Seitenschläferkissen. Du warst nicht von mir loszukriegen.«

»Das gebe ich tatsächlich nie her. Ich hoffe, du kriegst keinen Ärger.«

»Ich bin der Boss.«

»Und du hast Kunden.«

*Gott, ich liebe diese Frau immer mehr! Zu gerne würde ich mit ihr im Bett bleiben, aber das geht nicht. Nur weil April Bishop verkündet hat, dass ich ihr wichtig bin, kann ich nicht sämtliche Termine absagen.*

Ich springe unter die Dusche, ziehe mich an und muss grinsen, als ich April nackt, bis auf ein Shirt von mir, in der Küche antreffe. Mit einem Lächeln reicht sie mir frisch gepressten Orangensaft, obwohl ich Kaffee rieche.

»Wie? Bekomme ich jetzt nur gesundes Zeug und du den guten Stoff?«, scherze ich, aber nehme das Glas und trinke. Ich hätte keine Orangen und keine Saftpresse, wenn ich mir nicht selbst Saft machen würde.

»Ich dachte, du bekommst erst den guten Stoff, dann einen Kuss und danach Kaffee. Wie ist das?«

»Du kannst ja richtig niedlich sein.«

Ich hole mir meinen Kuss ab, nehme dann den Kaffee und bin froh, dass ich die Hände um die Tasse legen kann. Andernfalls könnte ich sie nicht bei mir behalten. Bei jeder Bewegung schwingt das Shirt um Aprils Beine, fast kann ich ihren Hintern sehen. Da fehlen nur Millimeter, die sich das Teil heben muss. Was es aber nicht tut. *Die reinste Folter!*

»Sicher, dass du gehen musst?«, neckt mich April, hebt ihr Shirt und wackelt mit besagtem Hinterteil vor meiner Nase herum.

»Wie gemein von dir!« Ich packe sie und ziehe sie zu mir. »Du quälst mich. Mit Absicht!«

Sie presst ihren Hintern an meine beginnende Erektion. »Fühlt sich so an, als ginge es dir blendend.«

Für drei Nanosekunden spiele ich mit dem Gedanken, sie am Küchentisch zu nehmen. Mit einem sanften Biss in ihre Schulter trenne ich mich jedoch von ihr.

»Bist du krank?«, fragt sie eine Spur zu besorgt.

»Ich muss wirklich los. Wir sehen uns später.«

»Das heißt, es bleibt dabei? Du hilfst mir weiter?«

»Lass dich überraschen.«

»Das ist keine gute Antwort, Cole.«

»Es ist aber auch kein Nein.«

»Ich hasse dich!«

»Ist okay. Hauptsache, ich bin dir weiterhin wichtig.«

»Cole, sag schon!«

»Ja, ich helfe dir. Mir passt es natürlich nicht, dass du außerhalb von Telluride arbeitest, aber du musst unbedingt von dieser Klitsche in L. A. weg. Was wäre ich für ein Freund, wenn ich dich nicht dabei unterstützen würde?«

»Mein Freund?« Sie grinst breit. »Ich werde dich nicht mehr los?«

»Nein«, sage ich, drücke ihr einen Kuss auf die Lippen und gehe endlich.

»Träume ich, oder taucht mein Boss im Türrahmen auf?«, fragt Ken, als ich das Büro betrete, und reibt sich übertrieben ungläubig die Augen.

»Du siehst deinen Boss. Hier!« Ich halte ihm meinen Arm hin. »Willst du mal anfassen?«

Er greift tatsächlich zu. *Fest.*

»Au!«

»Sorry, ich musste das einfach testen …«

Mit seinem Grinsen im Nacken gehe ich in mein Büro, fahre den Computer hoch und rufe die Daten für meinen ersten Termin auf. Normalerweise habe ich mehr Zeit für die Vorbereitung. Jetzt bleiben mir zehn Minuten. *Immerhin.*

»Hör auf, mich anzustarren!«, rufe ich Ken zu, als ich mitkriege, wie er mich von der Tür aus beobachtet.

»Ich kann nicht anders. Dir tropft gute Laune aus jeder Pore.«

»Ich hab immer gute Laune.«

»Stimmt, aber heute ist sie anders.«

»Genieß es! Sonst noch Fragen?«

»Nein. Richtig niedlich, dich so verknallt zu sehen, Boss.«

Ken trollt sich, aber er hat recht, meine Stimmung ist außergewöhnlich gut. Das liegt an April. Letzte Nacht sind wir uns endlich nähergekommen. Nicht nur körperlich, sondern auch emotional. Wir haben uns beide verletzlich gemacht. Uns unsere dunkelsten Momente anvertraut. Ich verstehe sie nun besser und sie mich. Dass sie noch nicht sagen kann, dass sie mich liebt, ist vorerst in Ordnung. Ich bin ihr wichtig, sie mir. Das ist genauso viel wert.

Ich telefoniere herum, um den Nachmittag mit April vorzubereiten, dann beginnt mein durchgetakteter Tag. Im ersten Moment befürchte ich, dass ich mich nicht auf die Arbeit konzentrieren kann. Das Gegenteil ist der Fall. Als würde es mich zusätzlich motivieren, dass ich später Zeit mit April habe.

Nach einer Analyse für einen Automobilzulieferer erledige ich normale Computerarbeit und bin ganz überrascht, als ich weit vor der dafür veranschlagten Zeit fertig bin.

Mein Plan war, den Nachmittag mit April zu verbringen. Am Freitag arbeiten wir nur bis zwei, und unsere im ganzen Land verstreuten Kunden hassen das. Aber es passt zu Telluride. Ich bin hierhergezogen, um was vom Leben zu haben, nicht um mich kaputtzumachen. Jetzt bin ich sogar zur Mittagszeit fertig. »Wie weit bist du?«, frage ich Ken.

»Ich spiele Minecraft und hätte das eigentlich nicht sagen sollen, weil du mich fürs Arbeiten und nicht fürs Zocken bezahlst.«

»Im Ernst, Ken!«, ermahne ich ihn, dabei freue ich mich, dass er auch schon fertig ist.

»Ist mein Ernst, Boss«, sagt er und lässt mich auf seinen Bildschirm schauen.

»Machst du das immer, wenn du nichts zu tun hast?«

»Nein, heute ist das erste Mal, Ehrenwort!« Wir wissen beide, dass das nicht stimmt, aber es regt mich nicht auf. Jeder erledigt mal Privates bei der Arbeit. *Wie zum Beispiel die Traumfrau auf dem Bürotisch zu vögeln …* »Brauchst du mich noch?«, fragt er und unterbricht das Spiel.

»Nein, ich bin auch fertig. Feierabend! Du darfst zu Hause weiterzocken.«

»Ha, ha, da habe ich ein Leben«, kontert er und schaltet seinen Computer aus. »Gehst du auch? Ich dachte, April und du habt noch ein Training.«

»Haben wir, aber nicht hier. Schönes Wochenende und bis Montag«, verabschiede ich mich und gehe zur Tür.

»Viel Spa-aß«, flötet er mir hinterher.

Ich winke nur, weil ich auf diesen Unterton nicht eingehen werde.

Draußen lasse ich mir die Sonne ins Gesicht scheinen und freue mich auf das Treffen mit April. Früher als geplant. Ich muss bloß rauskriegen, wo sie gerade steckt.

»Hi, Baby! Wo bist du?«, frage ich sie, als sie meinen Anruf annimmt.

»Ähm …«

»Schon vergessen? Ähms vermeiden.«

»Ich werde ja wohl mal nachdenken dürfen, oder?«

»Eigentlich nicht. Das ist besorgniserregend. Du solltest wissen, wo du bist. Oder hast du dich verlaufen?«

»Sehr witzig, Cole. Ich hab gehört, dass im Bergdorf ein Kreativmarkt ist, und bin mit der Seilbahn hochgefahren.

Warum meldest du dich jetzt schon? Wir hatten um zwei gesagt, oder?«

»Das stimmt, keine Sorge. Bleib, wo du bist, ich bin gleich bei dir.«

»Du bist … was?!«

»Bis gleich, Baby!«

# 13. Kapitel

## APRIL

Ich starre auf mein Handy. Würde dort nicht in der Anrufliste Coles Name stehen, könnte ich denken, ich hätte mir das Gespräch eben eingebildet. *Warum hat er Zeit? Er müsste doch noch im Büro sein.*

»Miss, wollen Sie die Seife nun kaufen oder nicht?«, fragt mich die Verkäuferin eine Spur ungeduldig.

»Ja, unbedingt«, sage ich, schüttle die Verwirrung ab und warte, bis sie mir ein Seifenstück mit Wiesenblumen aus der Region verpackt.

*Vielleicht sind da ja Rohrschwingel drin.*

Ich muss wieder lachen. Ich habe so lange nicht daran gedacht, aber der Abend mit Cole hat viel Gutes wieder aufleben lassen.

Nach einem zweiten Frühstück im Hotel bin ich noch mal die Übungen von Cole durchgegangen. Danach habe ich mir ausgewaschene Jeans und eine Bluse mit Stickereien angezogen. In L. A. würde ich die nie tragen, weil sie ein bisschen zu laut ›Fan des Wilden Westens‹ ruft, aber hier passt sie hin. Dann bin ich zum Bummeln losgezogen.

Seit meiner Ankunft habe ich mich davor gedrückt. Aus Angst, von der Vergangenheit eingeholt zu werden. Doch das ist unbegründet. Vieles ist gleich geblieben, aber einiges hat sich auch verändert.

Als Erstes habe ich die Läden an der Colorado Avenue nach neuen Sachen durchstöbert. Danach – nachdem ich die Plakate entdeckt hatte – habe ich mit der Seilbahn einen Abstecher ins gute fünfhundert Meter höher gelegene Bergdorf gemacht, das eigentliche Touristenzentrum. Von hier starten im Sommer die Wanderungen und im Winter die Skiabfahrten, und gerade findet ein Markt statt.

Ich bezahle die Seife, schnuppere noch mal daran und schlendere weiter. Ein Funkeln zieht mich an, und als ich näher komme, entdecke ich einen Stand mit Kupferschmuck.

»Wow!«, entfährt mir verliebt. Das rötliche Metall würde perfekt zu meinen schwarzen Sachen passen. »Darf ich die Armreifen anprobieren?«, frage ich den Verkäufer.

»Klar«, sagt der junge Kerl und holt einen Spiegel raus, damit ich mich mit dem Schmuck betrachten kann.

Es gibt verschiedene Modelle. Ich probiere erst einen Armreifen mit eingravierten Linien, dann kombiniere ich die Modelle untereinander.

Als ich mit drei Teilen liebäugle, entdecke ich Cole im Spiegel. Er trägt Jeans und ein kariertes Hemd.

Da er mich bisher nicht entdeckt hat, beobachte ich ihn heimlich. Sein Blick schweift über die Stände. Er sucht nach mir. Mein Herz stolpert glücklich, und mein Lächeln wird bei seinem Anblick noch breiter als bei dem des Schmucks.

»Hey, Mister, hierher!«, rufe ich mit meiner besten tiefen Stimme und winke, um auf mich aufmerksam zu machen.

Der tollste Mann der Welt dreht sich zu mir, unsere Blicke treffen sich, und mit langen Schritten kommt er auf mich zu. Keine Sekunde später zieht er mich an sich und küsst mich, als hätten wir uns wochenlang nicht gesehen.

Als wir uns wieder trennen, lässt Cole einen Arm um meine Hüfte geschlungen. »Was hast du Schönes entdeckt?«

Ich hebe das Handgelenk mit meiner engeren Auswahl. »Die hier gefallen mir. Ich kann mich nur nicht entscheiden, ob ich von jedem einen Armreif nehme oder ein Modell doppelt.« Ich sehe ihn grinsend an. »So ist das übrigens, wenn Mode ein Hobby ist.«

»Ist auszuhalten«, sagt er amüsiert. »Nimm doch zwei verschiedene Reifen statt drei. Weniger ist manchmal mehr.«

»Aber nur manchmal«, sage ich und befolge Coles Rat.

Nachdem ich bezahlt habe, schlendern wir weiter, Hand in Hand. Das fühlt sich wahnsinnig schön an. Genau wie wenn Cole ab und zu mit dem Daumen über meinen Handrücken streicht. *Mir ist in den letzten Jahren echt einiges entgangen.*

»Du hast ein bisschen Farbe bekommen«, stellt er fest, als ich ihn zum Kerzenstand schleife.

»Es wurde Zeit. Schließlich ist das offiziell mein Urlaub.«

»Also besorgst du Souvenirs?«

»Ich shoppe einfach nur. Der Markt ist toll.« Ich kehre den Kerzen den Rücken zu und sehe Cole an. »Du hättest nicht kommen müssen. Ich weiß, dass ihr Männer das langweilig findet.«

»Wirke ich gelangweilt?«

»Nein, aber du bist ja auch erst seit fünf Minuten hier. Ich würde nie wagen, dich stundenlang von Stand zu Stand zu schleppen.«

»Ich könnte dich anschauen.«

»Na, wie unterhaltsam!«

»Und ich könnte deine Einkäufe tragen. Je länger wir unterwegs sind, umso mehr geht das als Sport durch.«

»Das würdest du tun?«

»Seltsam, aber ja.«

»Na dann!«, sage ich, nehme meinen Beutel von der Schulter und drücke ihn Cole in die Hand. »Bitte sehr!«

»Uff!«, stöhnt er. »Was schleppst du da alles mit dir herum? Steine?«

»Ha, ha«, mache ich, weil kaum was drin ist.

Als müsste er mich beschwichtigen, kriege ich einen Kuss, und für einen Moment lege ich die Arme um seinen Hals, lehne mich an ihn und genieße, dass er mich hält. In meinem Kopf tauchen schon Bilder auf, wie wir jeden Freitag über den Markt bummeln. Irgendwie hat die Vorstellung was.

»Ich wollte noch zu dem anderen Schmuckstand«, sage ich. »Und dann muss ich was essen. Wie ist es bei dir?«

»Also ich lasse dich jetzt allein, esse was und hole dich später ab.«

Ich schlage ihn spielerisch auf den Arm. Er lacht.

»Ich weiche dir nicht von der Seite, Baby. Was dachtest du denn? Geh zu deinem Schmuck. Lass uns danach noch Reese Hallo sagen. Sie organisiert den Markt und müsste auch an einem der Stände sein. Und dann lass uns schauen, bei welchem Restaurant ein Tisch in der Sonne frei ist, damit du noch ein bisschen Farbe bekommst.«

»Hältst du das durch?«, kann ich mir nicht verkneifen. »Du hattest eine anstrengende Woche.«

»Und jetzt habe ich frei. Mir geht es gut, mach dir keine Sorgen.«

Ich küsse ihn noch mal und schleife ihn dann zum Schmuckstand einer einheimischen Designerin, die ihre Kreationen auch international verkauft. Der Stand ist chaotisch, genau wie ich es liebe. Einige Stücke zieren sogar Federn.

Cole ist unglaublich geduldig, während ich mir die ausgestellten Modelle anschaue. Ich stibitze mir einen Flyer, den ich Cole in den Beutel stecke, und schieße mich mehr und mehr auf schlichte Ketten mit verrückten Anhängern ein. Da sie so bunt sind, gehe ich nicht nach Farben, sondern danach, wie tief sie bei mir hängen. Ganze zehn Minuten später habe ich mich entschieden und zahle.

»Hilfst du mir?«, frage ich Cole, weil ich den Schmuck gleich tragen möchte, lege meine Haare über die Schulter und halte ihm die Kette hin.

»Immer«, sagt er und streicht mit den Fingern über meinen Hals, als würde er weitere Haare zur Seite nehmen.

Ein Schauer durchfährt mich, und ich spüre diese angenehme Verbindung zu ihm. *Dass das Leben so einfach sein kann!*

»Du machst das gut«, murmle ich, als er mir den Schmuck angelegt hat.

»Ein Kettenverschluss ist kein Hexenwerk. Fertig!«

Hand in Hand gehen wir weiter, bis Cole jemandem zuwinkt. »Da vorne ist Reese.«

»Die Reese, die auf dich steht?«

»Ja, genau die.«

Sofort verschränke ich meine Finger fester mit denen von Cole.

Als wir näher kommen, erkenne ich unsere ehemalige Mitschülerin. Früher trug sie die Haare länger, und ich hab sie schlanker in Erinnerung. Wirklich verändert hat sie sich aber nicht. Sie ist immer noch attraktiv.

»Cole! Was machst du denn hier?!«, ruft sie und legt Flyer vom Tourismusbüro der Stadt nach. Dann wandert ihr Blick zu mir. »Oh!« Ihre Enttäuschung ist offensichtlich.

»Hi, Reese, das ist April. Du müsstest sie noch kennen. Sie war mit uns in einer Stufe«, sagt Cole und kann sich dieses typisch männliche Grinsen nicht verkneifen. Als hätte er die schönste Frau der Welt an der Hand!

»Hi, April, das ist ja eine Überraschung«, begrüßt mich Reese. »Ich wusste gar nicht, dass du wieder in der Stadt bist.«

»Ja, das kam spontan«, sage ich und hoffe, dass Cole nicht den wahren Grund für meinen Besuch ausplaudert. Der ist mir unangenehm.

»Oh, du bist also nur zu Besuch?« Sie wirkt erleichtert.

»Ja, für ein paar Tage.«

»Erst mal«, ergänzt Cole und legt den Arm um mich, als wollte er mich nie wieder hergeben, was Reese offensichtlich überrascht. Ich vermute mal, weil es das ist, was sie immer wollte, aber nie von ihm bekommen hat.

»Cole meinte, du organisierst das alles?«, wechsle ich zu neutralem Terrain. »Der Markt ist wirklich toll!«

»Ja, wir machen das im Sommer einmal die Woche.«

»Wow, beeindruckend. Nur schade, dass nicht noch mehr Ladenbesitzer aus Telluride ausstellen. In der Colorado Avenue gibt es ein, zwei Geschäfte, die mit ihrem Angebot gut hierher passen würden.«

»Gott, ja, ich umgarne die Leute seit über einem Jahr. Sie würden richtig Umsatz machen. Nicht alle Touristen fahren runter nach Telluride. Wer hier oben sein Hotel hat, bleibt meistens hier.«

»Man ist eben näher dran an der Natur«, ergänze ich und bin ganz überrascht, dass wir auf einer Wellenlänge sind.

»Was machst du denn jetzt?«, fragt mich Reese. »Du warst nach der Abschlussfeier einfach weg. Wir alle haben den Sommer noch am Silver Lake verbracht, haben genossen, dass die Schule endlich vorbei war, bevor es aufs College ging.«

»Ich bin mehr oder weniger direkt nach Kalifornien gegangen, jetzt arbeite ich in L. A. in einer Werbeagentur.«

»Klingt toll«, sagt Reese eine Spur neidisch.

»Sie wird da nicht mehr lange sein«, mischt sich Cole ein.

Reese sieht uns verwundert an.

»Ich such nach einem Job mit mehr Verantwortung«, erkläre ich. »Aber es ist nicht so leicht, was zu finden.«

»Also … ähm … ich hätte eventuell bald eine freie Stelle«, druckst Reese herum, während ihr offensichtlich gleichzeitig klarwird, dass sie der Frau, die an der Seite ihres Schwarms steht, gerade einen Grund zum Bleiben gibt.

»Das wusste ich gar nicht«, meint Cole. »Ich kann dir dabei helfen.«

»Es ist noch nicht offiziell. Du weißt ja, wie das ist. Ich muss erst mal meine Chefs überzeugen. Aber das schaffe ich schon. Je bekannter Telluride wird, desto mehr haben wir zu tun. Für die Zukunft brauche ich Hilfe.« Sie wendet sich wieder an mich. »Wäre das was für dich?«

Ich spüre Coles Blick auf mir. Das hier ist genau so eine Situation, von der jeder träumt. Man kommt über Kontakte an eine tolle Stelle. »Ich denk darüber nach«, sage ich diplomatisch, weil mir das zu schnell geht.

»Tu das.« Ihr Blick gleitet über mich und mein heutiges Cowgirl-Outfit. »Du würdest gut zu uns passen.« Sie wendet sich wieder an Cole. »Kommst du … kommt ihr denn morgen zum Grillen?«

»Vielleicht«, sagt er und drückt mich kurz fester. »April ist nicht mehr lange hier.«

»Wir würden uns freuen.«

»Ehrlich?«, kann ich mir nicht verkneifen. Wenn ich Cole nach all den Jahren mit einer Klette wie mir angetroffen hätte, wäre ich eifersüchtig.

»Ja, ehrlich«, sagt Reese und grinst. »Cole ist zum ersten Mal auf dem Markt, obwohl ich ihn schon zigmal eingeladen habe. Er hilft beim Auf- oder Abbau nur, wenn es sein muss. Und –« Sie beißt sich auf die Lippen.

»Wir sind eklig zusammen, oder?«, helfe ich ihr aus.

»Total niedlich eklig, ja«, gesteht sie erleichtert und blitzt Cole an. »Versau das nicht, hörst du!«

»Hab ich nicht vor«, sagt er und drückt mir einen Kuss auf die Wange.

»Komm, lass uns ungestört eklig sein«, sage ich. Reese wirkt zwar so, als würde sie sich aufrichtig für Cole freuen. Ganz kalt wird es sie jedoch nicht lassen, dass der Mann jetzt vergeben ist. Besser, da wächst ein bisschen Gras drüber, passenderweise Rohrschwingel.

## COLE

Vielleicht habe ich letzte Nacht gelogen und April noch nicht geliebt. Denn das, was ich gerade fühle, ist so viel stärker als alles, was ich bisher kannte. Ich dachte echt, ich wäre bereits glücklich. Aber mit April über einen Markt zu schlendern, ihre Sachen zu tragen und zu sehen, wie locker sie mit Freunden von mir umgeht, die mir bis vor Kurzem noch an die Wäsche wollten, das hinterlässt ein unbeschreibliches Gefühl in mir.

Sobald wir nicht mehr mitten zwischen den Ständen sind, ziehe ich April noch mal für einen Kuss zu mir. Unsere Lippen berühren sich, ich schmecke sie und was Süßes, als hätte sie sich ein Eis gegönnt, bevor ich sie gefunden habe. Ich genieße jede einzelne Sekunde. Bis sie zurückweicht. Fragend sehe ich sie an.

»Schau nicht so verunsichert, Cole. Du bist immer noch der beste Küsser der Welt. Aber Küsse allein machen nicht satt. Entweder du kennst was zum Essen, oder ich überfalle den erstbesten Imbiss, der meinen Weg kreuzt.« Sie grinst. »Oder Option drei: Ich knabbere dich an.«

Lachend drücke ich sie an mich und denke nach. Ich kenne jedes Lokal hier oben und weiß, wo wir nicht ganz inmitten der Touristen sitzen werden.

»Komm mit«, sage ich und lotse sie zu einem der gehobenen Resorts, das eine schöne Terrasse hat.

*Perfekt bei dem Wetter!*

Es ist das erste Mal, dass ich mit April essen gehe, aber nichts hiervon fühlt sich merkwürdig an. Mit Rachel war das damals nicht so. Wir waren richtig unbeholfen. *Wer setzt sich wohin? Teilen wir uns eine Vorspeise? Was ist mit Wein?* Erst als der Hauptgang serviert wurde, konnten wir uns miteinander entspannen. Dagegen steuern April und ich wie abgesprochen den Tisch am Rand der Panoramaterrasse an. Sie lässt sich mit einem wohligen Seufzen auf den sonnigeren Platz fallen, als stünde die Kalifornierin in ihr kurz davor, Frostbeulen zu bekommen. Ich nehme den Stuhl neben ihr, sodass wir gemeinsam ins Tal schauen können. April signalisiert einer Kellnerin im Vorbeigehen, dass wir so wie die anderen Gäste auch eine Karaffe Leitungswasser möchten. Ich deute an, dass wir noch zum Essen da sind und die Speisekarte brauchen. Das hier fühlt sich an wie Teamwork.

»Du bist eingeladen«, sagt April, als die Karte kommt, und lässt keinen Widerspruch zu, was mich zum Lachen bringt. »Heißt das, du bestellst aus Gemeinheit das Teuerste, was es gibt?«

»Das Teuerste ist Champagner, und nein, den nehme ich nicht«, sage ich und lache noch breiter, weil Rachel genau das bei unserem ersten Date gemacht hat. »Ich musste eben an vergangene Verabredungen denken und daran, wie anders das hier mit dir ist.«

»Weil du nicht zahlen musst«, stellt sie amüsiert fest.

»Ärgerst du mich gerade? Ich bin Millionär und zahle gerne.«

»Ein bisschen«, gesteht sie und verzieht nachdenklich das Gesicht. »Ich würde dir die vegetarischen Tacos und den Spezial-Burger empfehlen.«

»Du kennst die Gerichte doch gar nicht!«

»Aber ich will, dass du nachher fit bist, und das klingt nach einer ordentlichen Portion.«

»Geht das wieder los?!« Ein bisschen lästig ist ihre Sorge schon.

»Tja … entweder du nimmst das wie ein Mann, oder ich höre auf, dich wichtig zu nehmen. Was ist dir lieber, Cole?«

»Du kennst die Antwort, Baby.«

»Sag sie mir trotzdem.«

»Mäste mich weiter! Aber setz mich bitte auch auf Diät, falls ich dir zu dick werde.«

»Das wirst du nicht, wenn du immer meine Einkäufe trägst.«

»Na, dann ist ja alles geklärt.« Ich hauche ihr einen Kuss auf die Wange, mehr wage ich hier in der Öffentlichkeit nicht. »Ich liebe dich, Baby.«

»Ich …«, beginnt sie und schluckt. »Ich finde wirklich, du solltest die Tacos und den Burger nehmen.«

Es sollte mich stören, dass sie es nicht aussprechen kann. Aber mit dem Wissen, was sie durchgemacht hat, darf sie gerne herumstottern, wenn ich ›Ich liebe dich‹ zu ihr sage. Ihre Antwort ist perfekt, weil sie zeigt, dass sie an mich gedacht hat. »Also gut …«, sage ich und klappe die Karte zu. »Ich nehme, was du für mich ausgesucht hast.«

»Du vertraust mir?«

»Natürlich. Was nimmst du?«

Sie winkt die Kellnerin heran. »Wirst du gleich hören!«

Sobald die Frau am Tisch ist, gibt April unsere Bestellung auf. Sie nimmt das Pastrami-Sandwich.

»Du weißt, dass wir das hier in Colorado normalerweise anders handhaben?«, sage ich. »Du wärst eingeladen, und ich hätte auch bestellt.«

»Kommst du jetzt mit antiquierten Benimmregeln? Du stehst auf eine selbstständige, emanzipierte Frau aus Kalifornien. Gewöhn dich dran, dass ich die Hosen anhabe.«

»Bis ich sie dir ausziehe …«, murmle ich.

»Perversling«, raunt mir April zu, grinst und schlägt mit der Karte nach mir. Das habe ich wohl verdient.

Während wir auf das Essen warten, erzähle ich, was im Büro los war, und sie, was sie bisher gemacht hat.

»Ken hat nichts gesagt?«, fragt sie nach.

»Was sollte er denn sagen?«

»Ich hab fest damit gerechnet, dass der Polizeieinsatz Stadtgespräch ist.«

»Stimmt, nein, hat er nicht. Ich wette, weil Pete die Nummer peinlich ist. Du hattest nur einen Ast in der Hand! Das lässt ihn nicht gut dastehen.«

Als das Essen kommt, macht April davon erst mal ein Foto. Bisher fand ich das immer albern, aber ihre Freude daran ist so ansteckend, dass ich sogar helfe, die Gegenstände auf dem Tisch optimal zu arrangieren.

»Das teile ich in meinem Status«, murmelt sie diebisch grinsend. »Meine Kollegen werden tot umfallen vor Neid.«

»Sind nicht alle total gesundheitsbewusst bei euch? Wie sollen sie unsere riesigen Portionen neidisch machen.«

»Mit der Aussicht!«

»Ihr habt das Meer.«

»Nicht mitten in der Stadt, und das ist was anderes.«

Wir essen. Danach bestehe ich noch auf Kaffee. »Genieß den, Baby. Du wirst die Energie gleich brauchen.«

Sie hält ihr Gesicht in die Sonne. »Weil du mich in dein Büro schleppst, wo wir gemeinsam deinen Schreibtisch schänden?«

Ich reibe mit der Hand über ihren Oberschenkel. »Nahe dran.«

Empört blitzt sie mich an. »Du machst dich über mich lustig!«

»Wer? Ich?«, tue ich unschuldig.

»Warum funkeln deine Augen dann so amüsiert?«

»Liegt an dir.«

»Ich glaub, ich mag dich gerade nicht.«

»Warum hast du dann trotzdem ein Lächeln auf den Lippen?«

»Das ist kein Lächeln, das ist eine Nervenerkrankung. Ich habe meine Mundwinkel nicht unter Kontrolle.«

Ich drücke ihr einen Kuss auf die Lippen, und sie reagiert. »Fühlt sich für mich so an, als wäre mit deinen Nerven alles in Ordnung.«

»Oh, eine Spontanheilung!«, ruft sie aus und grinst noch breiter.

Wir trinken unseren Kaffee aus, April zahlt, und wir verlassen das Restaurant Hand in Hand, als wäre es nie anders gewesen. *Meine Güte, ist das schön!*

Ohne Eile gehen wir zur Seilbahn und lassen uns wieder ins Tal bringen. Obwohl ich das Panorama kenne, bin ich so wie April ergriffen. Direkt vor uns sieht man die Gebirgsketten der Rocky Mountains, die Telluride einkesseln. Links von uns sind erste Ausläufer der roten Canyons, für die Arizona und Utah bekannt sind. Unter uns liegt die Stadt. Der Tag ist sonnig, aber von Aspen kommend ziehen Wolken auf. Laut Wetterbericht lösen sie sich auf, bis sie bei uns sind, doch ganz sicher kann man nie sein.

Mit einem Ruck hält die Kabine in der Talstation. Wir steigen aus, und ich lotse April, die schon einen Schlenker Richtung Büro machen will, zu meinem Truck. »Hier entlang!«

»Ich denke, wir arbeiten.«

»Oh, das werden wir, Baby. Aber Arbeit kann auch Spaß machen …«

»Also statt Sex im Büro jetzt Sex im Wald?«, zieht sie mich auf.

Ich lache nur und fahre mit ihr aus der Stadt raus.

# 14. Kapitel

## APRIL

»Was üben wir?«, frage ich ein wenig nervös, weil wir fahren und fahren und fahren …

»Lass dich überraschen!«

»Komm schon, gib mir einen Hinweis. Ich bin gerne vorbereitet.«

»Gut, einen. Wir sind bereits perfekt angezogen.«

Ich schaue erst an mir hinunter, dann an ihm. Ich sehe aus wie Wild Rose, die Frau des legendären Bankräubers Butch Cassidy, der um 1900 die Gegend aufgemischt hat, und Cole mit seinen Jeans und dem Karohemd wie ein waschechter Cowboy. Fehlt nur der Stetson. »Wir gehen zu einem historischen Fotoshooting?!«

Cole lacht schallend.

»Ich schätze mal, das war daneben?«

»Meilenweit.«

»Kriege ich noch einen Hinweis?«

»Nein.«

»Ich zeig dir auch meine Brüste.«

»Keine Chance, die kenne ich schon.«

»Sie sind schön.«

»Das sind sie, aber dafür verrate ich dir nicht unser Ziel. Wart's einfach ab.«

Laut den Straßenschildern fahren wir Richtung Ridgway. *Vielleicht golfen wir?* Wie auch immer mir ein perfekter Abschlag helfen könnte. *Oder Cole will mit mir angeln gehen? Vielleicht um meine Geduld zu trainieren?* Allerdings ist diese Eigenschaft bei mir ziemlich ausgeprägt, schließlich glaube ich trotz all der Absagen noch an ein Happy End für meine Karriere.

Hinter Ridgway fahren wir Richtung Süden. Wir nähern uns Telluride wieder, nur dass uns jetzt die Berge von der Stadt trennen.

Ich bin verwirrt. *Vielleicht fahren wir im Kreis und werten aus, warum ich mir habe gefallen lassen, völlig sinnlos Benzin zu verbrauchen?* Ich will Cole gerade danach fragen, da biegt er in eine Seitenstraße, auf der nach wenigen Metern ein Tor mit der Aufschrift ›Mountain Horse Ranch‹ auftaucht.

Jetzt ergibt sein Kommentar zu unseren Outfits plötzlich einen Sinn. Da ist nur ein Problem. »Ähm, Cole … Falls du mit mir reiten gehen willst … Ich hab das noch nie gemacht.«

»Und?«

»Könnte sein, dass ich ein bisschen Angst vor Pferden habe.« *Hallo, die Tiere überragen mich um drei Köpfe.*

»Du weißt ja, die Sachen, vor denen man am meisten Angst hat, lohnen sich am Ende besonders.«

»Ich könnte dich nicht mit dem Versprechen, für Stunden deine Sexsklavin zu sein, dazu bringen umzukehren?«

»Dürfte ich dich fesseln?«

»Ähm … ja.«

»Dich auspeitschen?«

Ich ziehe schneidend die Luft ein. »Wenn es sein muss.«

»Dich knebeln?«

»Gerne.«

»Nein, das ändert nichts«, sagt er und parkt auf dem Besucherparkplatz. Mir müsste jetzt noch irgendein guter Spruch einfallen, aber sobald ich eines der Tiere wiehern höre, verschlägt es mir die Sprache.

»Was soll der Besuch bringen?«, frage ich Cole und bin dankbar, dass er meine Hand nimmt. Das gibt mir Sicherheit.

»Pferde sind sehr intelligente Tiere, Baby. Sie lassen sich nicht von jedem führen. Wenn du das schaffst, dann bist du selbstbewusst genug für dein nächstes Gespräch.«

»Kann man das nicht anders üben?«

»Vertrau mir, April. Das wird dir gefallen.«

Ich horche tief in mich hinein. Cole würde nichts machen, das mir schaden könnte. Der Mann liebt mich, er ist verrückt nach mir. Er will nicht, dass mir was passiert, und er hält das trotz meiner Einwände für eine gute Idee. Zögernd gehe ich mit ihm.

»Howdy!«, ruft Cole einem Paar zu, das gerade Pferde auf die Koppel führt, und hebt zum Gruß die Hand. »Danke, dass es kurzfristig geklappt hat.«

»Für dich immer«, sagt der Mann.

Wir stellen uns gegenseitig vor. Die beiden, Joan und Mike, sind ehemalige Kollegen von Cole. Sie sind aus ihrem Job ausgestiegen und haben die Ranch von einem alten Ehepaar übernommen und zu einem Reiterhof ausgebaut.

Cole geht völlig entspannt auf die Pferde zu und streichelt sie, als wären sie Kätzchen. Ich bringe mich instinktiv hinter seinem Rücken in Sicherheit.

»Gibt es hier keine Ponys?«, frage ich.

Alle lachen. Dabei wollte ich nicht witzig sein.

»Komm mal her, Baby, und lass Wild West an dir schnuppern.«

»W-w-wild West?!« Das klingt, als würde das Pferd wie ein verrückter Irrer durch die Gegend preschen.

»Trau dich!«, ermuntert er mich.

Ich strecke todesmutig meine Hand aus und schließe die Augen. *Was ich nicht sehe, passiert auch nicht, richtig?* Als mich warmer Pferdeatem streift, zucke ich zurück.

»Keine Angst, Wild West ist unser ruhigstes Tier«, sagt Joan und streicht dem Pferd über den Hals. »Wicked Violet dort drüben ist ebenfalls harmlos. Die Pferde sind Leute gewohnt, die noch nie geritten sind. Sie tun nichts.«

»Was?! Wir r-r-reiten noch?«, frage ich Cole. *Anfassen reicht völlig.*

»Das ist der Plan.« Er hält das Pferd am Halfter fest, als hätte er nie etwas anderes gemacht, krault das Tier und lächelt mich aufmunternd an. »Halt noch mal deine Hand hin, dieses Mal mit offenen Augen.«

»Wild West kann meine Angst riechen.«

»Wenn dich das beruhigt: Das ist gut. Pferde sind Fluchttiere. Dann weiß er, dass von dir keine Gefahr ausgeht.«

»Als könnte ein Zwerg wie ich diesem Tier was anhaben.«

»Wenn du ein Löwe wärst, schon.«

»Bin ich ein Löwe?«, gebe ich gereizt zurück.

*Verdammt, am liebsten würde ich abhauen.* Dann erinnere ich mich daran, wofür ich das mache. In Bewerbungsgesprächen war ich nie so nervös, aber einen Bruchteil von dem Nervenkitzel habe ich schon gespürt. Es gab Momente, da hatte ich die Situation nicht unter Kontrolle, Momente wie jetzt, und es ist wichtig, dass ich übe, dabei souverän zu bleiben. *Also los!*

Angespannt strecke ich erneut die Hand aus und halte still, als Nüstern meine Haut streifen. »Auf der Suche nach Essen«, wie mir Mike erklärt. Ich streichle den Kopf des Tieres und muss plötzlich lächeln. *Das ist richtig schön!*

»Du machst das wirklich zum ersten Mal?«, fragt mich Cole.

»Mmh«, gebe ich nur von mir, total auf das Streicheln konzentriert.

»Willst du ihm einen Apfel reichen?«

Nein, ganz sicher nicht. Aber früher oder später wird es darauf hinauslaufen, dass Wild West und ich in den Sonnenuntergang reiten. Besser, er mag mich bis dahin. Also nicke ich, nehme einen Apfel aus einem Eimer und bleibe ruhig, als die Lippen von Wild West mich berühren.

Da stupst mich das zweite Pferd, Wicked Violet, an.

Sofort schrecke ich zurück. Die Tiere werden unruhig. Fragend sehe ich Cole an. »Habe ich was falsch gemacht?«

»Die Dame will auch was abhaben«, erklärt er.

»Ach so«, entweicht mir erleichtert. »Das verstehe ich.« Ich warte, bis mein Puls wieder unbedenklich ist, reiche auch dem zweiten Pferd was und streichle es. Da stupst mich Wild West wieder an. »Du hattest doch gerade was«, fange ich tatsächlich an, mit dem Tier zu reden, das daraufhin mit den Ohren wackelt. »Bettelst du nach mehr?« Wieder Ohrenwackeln. »Na gut«, gebe ich nach und verteile das Futter, bis alles weg ist.

»Jetzt nimm mal den Strick, und wir gehen ein Stück«, sagt Cole.

»Braucht ihr uns noch?«, fragt Joan ihn.

»Nein, wir kommen klar. Danke euch.«

Mir ist überhaupt nicht wohl dabei, mit einem Pferd im Rücken loszulaufen. Wenn es erschrickt, könnte es sich aufrichten und mich mit den Hufen erschlagen. Cole dagegen bleibt ganz ruhig. *Beneidenswert.* Wenn ich den Mann nicht schon anbeten würde, ab jetzt würde ich es tun.

»Bist du oft hier?«

»Bei Joan und Mike? Nein, kaum.«

»Aber du wirkst so vertraut mit den Tieren.«

»Weil ich sie respektiere, das merken sie, und umgekehrt vertrauen sie mir, dass ich weiß, was ich tue.«

Kommt mir bekannt vor. Das geht mir bei Cole ähnlich. Ich nehme den Führstrick, und Wild West rührt sich keinen Millimeter, während Wicked Violet lässig an Coles Seite bleibt.

»Mister Pferdeflüsterer!«, rufe ich ihm nach. »Wie starte ich das Teil?«

Er dreht sich um und grinst. Ich ziehe an dem Strick, ohne Erfolg. Cole lacht breiter.

»Das ist nicht lustig, hilf mir!«

»Bleib ruhig, streichle ihn. Das hat ihm gefallen. Sobald du dich sicher fühlst, gib laut einen Befehl, zieh mit einem Ruck am Strick und marschier einfach los.«

»Na, magst du mich jetzt genug?«, frage ich Wild West, als das Pferd an meinen Sachen schnuppert, ich wette, auf der Suche nach mehr Futter. »Komm mit!« Ich ziehe ein wenig am Strick, und das Pferd schüttelt den Kopf. *Es ist zum Verzweifeln.*

»Man könnte echt denken, du bist in der Stadt aufgewachsen, Baby. Meine Großeltern hatten früher Pferde. Hattest du gar keine Tiere?«

»Nein. Ich wollte eine Katze haben, aber mein Dad hat es nicht erlaubt.«

Cole macht ein Klacken mit der Zunge, und Wild West rührt sich endlich. *Nur ein Klacken! Angeber!*

»Na toll, er hört auf dich, aber nicht auf mich«, beschwere ich mich, weil ich mich wie Deko am Zaumzeug fühle. Immerhin bewegen wir uns.

»Überhol mich und geh voraus«, sagt Cole.

»Wo willst du hin?«

»Bis zum Rand der Koppel.«

»Alles klar!«

Dass das hier ein Training ist, vergesse ich völlig. Vielleicht ist auch genau das die Idee dahinter. Ich komme näher und spüre, wie Wild West stehen bleiben will, als wir bei Cole sind. Bevor wir beide erneut zur Salzsäule erstarren, gehe ich ruhig weiter, ohne Druck, ohne Stress. Wir haben ein Ziel, den Koppelzaun, und da trotten wir hin. *Abmarsch!*

»Wir laufen!«, juble ich, als wir vor Cole liegen.

»Bravo«, sagt er, dicht hinter mir.

Ich würde mich gerne umdrehen und einen Blick mit ihm tauschen, aber ich will die Verbindung zwischen Wild West und mir nicht zerstören.

»Was wollen wir am Koppelrand?«, frage ich, bevor wir ankommen.

»Eine kurze Pause machen und dann zurück.«

»Das ist alles? Wir reiten gar nicht aus? Wir führen die Pferde nur rum.«

»Erst mal ja.«

»Und, wie stelle ich mich an?«

»Toll«, lobt er mich. »Merkst du den Unterschied? Wild West vertraut dir, wenn du dir selbst vertraust. Du machst Kleinigkeiten anders. Deine Schritte sind entschlossener, deine Schultern lockerer. Du strahlst Zuversicht aus.«

Ich grinse breit und muss mich jetzt doch zu Cole umdrehen. »Meinst du, es stört die beiden, wenn wir uns kurz küssen?«

»Du redest von den Pferden? Sicher nicht«, sagt er amüsiert, schlingt den Arm um mich und zieht mich zu sich. Da schnaubt Wild West lautstark.

»Der Junge hier wird eifersüchtig«, sage ich scherzhaft.

»Wer kann es ihm verdenken?«

Es flattert wild in meinem Bauch. Ich will immer noch den neuen Job, aber das ist nicht mehr so wichtig. Cole ist wichtig. Wir sind es.

## COLE

Ich gestehe: Hätte ich gewusst, dass April nie zuvor ein Pferd auch nur gestreichelt hat, dann hätte ich mir für den Nachmittag was anderes überlegt, um an ihrem Selbstbewusstsein zu arbeiten. Aber April entwickelt Spaß an der Sache. Es ist richtig schön zu sehen, wie sie aufblüht.

Ich lasse sie noch eine Weile ihr Pferd führen, und die beiden scheinen eine Verbindung aufzubauen, was für diese Frau spricht. Sie ist echt ein toller Mensch.

Sobald April sicher wirkt, tauschen wir die Pferde. Das passt ihr erst nicht, weil sie glaubt, ihr Pferdevoodoo würde nicht mehr wirken. Als sie merkt, dass auch Wicked Violet ihr vertraut, strahlt sie.

Joan und Mike bringen Sättel und Trensen, und gemeinsam machen wir die Pferde für eine kleine Runde außerhalb der Koppel startklar. Für einen längeren Ausritt ist es schon zu spät, aber April hat schon so viel geschafft, und das traue ich ihr auch noch zu.

»Ich soll da jetzt rauf?«, begreift sie schnell, als sie das Equipment sieht und einen Tritt, der das Aufsitzen erleichtert.

»Nein, ich binde dich am Hals fest!«, scherze ich.

»Nicht lustig. Das ist hoch.«

»Hast du Höhenangst?«

»Nein.«

»Dann in den Sattel mit dir.« Ich grinse breit. »Du reitest doch sonst so gerne.«

»Hast du das gerade laut gesagt?«, faucht April.

»Keine Sorge, der Witz ist alt«, beruhigt Joan sie. »Würde mich eher wundern, wenn ich ihn mal nicht höre.«

April beäugt skeptisch das Tier. Ich binde die Zügel von Wicked Violet noch mal am Zaun fest, gehe zu ihr und nehme sie in die Arme.

»Trau dich, Baby! Bis jetzt war das ein richtig schöner Tag. Ich bin stolz auf das, was du erreicht hast. Es gibt keinen Grund, Angst zu haben.«

Wild West stupst sie an.

»Selbst dein Kumpel will, dass du endlich loslegst.«

»Überredet«, sagt April, gibt sich einen Ruck, steuert das Podest an und erklimmt die Stufen. Keine zwei Sekunden später sitzt sie im Sattel und kreischt, als sich Wild West mit ihr in Bewegung setzt.

»Locker bleiben«, sage ich und reiche ihr die Zügel.

»Was mache ich damit?«

»Probier es aus!«

»Ist das dein Ernst?!«

Wild West trägt sie schon davon, und ich sehe ihr grinsend hinterher. Sie ist wieder angespannt, aber sie hat das eben hingekriegt und ich baue darauf, dass sie sich gleich fängt.

»Willst du ihr nicht helfen?«, fragt mich Joan.

»Wird Wild West was Dummes machen?«

»Nein, auf keinen Fall.«

»Dann lasse ich sie noch einen Moment oben. Sie wird bereits ruhiger.«

Joan lacht leise. »Weil Wild West stehen geblieben ist und grast.«

Ich muss auch lachen. April sieht Hilfe suchend zu uns, als könnten wir was tun, damit das Pferd sich vom Fleck bewegt. Ihre Lippen machen dabei komische Bewegungen.

»Was tut sie denn da?«, fragt Mike. »Schnalzt sie mit der Zunge?«

Wir sind ruhig, und tatsächlich, sie klingt wie ein Cowgirl, nur ohne dass ihr Pferd gehorcht. Ich mache ein ähnliches Geräusch, und sofort trottet Wild West zu uns.

»Also den Trick wüsste selbst ich gerne«, sagt Mike.

»Ich hab Futter in der Tasche«, verrate ich mein Geheimnis, gehe April entgegen und teile meine Leckerlis mit Wild West.

»Du bestichst ihn!«, empört sich April. »Das ist Betrug.«

»Manchmal muss man eben schummeln. Kannst du dir auch für Montag merken.« Ich streiche über Wild Wests Mähne, dann über Aprils Wade. »Wie geht es dir da oben?«

»Ich kann sehen, dass deine Haare langsam dünn werden.«

»Sehr witzig, Baby«, kommentiere ich, weil ich ganz sicher noch keinen Mönchskranz auf dem Schädel bekomme. »Also, sag schon? Wie fühlst du dich?«

Sie grinst breit und fasst mehr und mehr Vertrauen. »Es wird besser.«

»Lass ihn noch etwas gehen. Das Gute an den Pferden ist, dass sie Gewohnheitstiere sind. Je mehr du loslässt, desto eher machen sie das, was sie kennen.«

April zieht leicht auf der einen Seite der Zügel, und Wild West dreht ab.

»Warum hat mir denn keiner gesagt, dass das wie ein Blinker ist?!«, jubelt sie und wird definitiv sicherer.

Ich gebe ihr noch eine gute halbe Stunde, dann schwinge ich mich auf Wicked Violet und geselle mich zu ihr. »Howdy, schöne Frau! Lust auf einen Ausritt?«

»Bin ich dafür fit genug?«

»Normalerweise geben Mike und Joan bei Ausflügen den Leuten einfach nur eine kurze Einführung, und es geht los, selbst mit Anfängern. Du hattest gerade exklusiven Reitunterricht.«

»Ein Ja hätte genügt.« Sie hält Wild West mit Bedacht an und atmet tief durch. Ich kann sehen, wie sie sich jetzt deutlich wohler im Sattel fühlt. Sie hatte eher Angst vor dem Neuen, nicht vor den Tieren. Die legt sie nun mehr und mehr ab. Der Wind fährt ihr durch die Haare, die Sonne wärmt ihr Gesicht. »Okay, lass uns das machen.«

*Und wieder haut mich diese Frau um!*

Ich gebe Mike ein Zeichen, dass er die Koppel öffnen kann, und reite mit Wicked Violet voraus. April braucht eine Weile, bis sie mir im Schritt folgt, aber schließlich sind wir beide draußen und gleichauf.

»Möchtest du irgendwohin?«, frage ich.

»Können wir nur eine kleine Runde drehen? Mir tut langsam der Hintern weh. Lange halte ich es im Sattel nicht mehr aus.«

»Klar. Das war sowieso mein Plan.«

Ich führe uns Richtung Norden, und wir nehmen einen Pfad, der erst zwischen Bäumen hindurchführt und dann nur leicht ansteigt. Ein wirklich einfacher Trail, den auch Anfänger schaffen.

»Wow!«, ruft April, als wir einen Aussichtspunkt erreichen, von dem aus man ins Tal schauen kann. »Das ist wunderschön!«

Sehe ich wie sie.

Was ich aber auch sehe, ist, dass die dunklen Wolken, von denen ich dachte, dass sie sich auflösen, näher gekommen sind. Da braut sich was zusammen.

»Lass uns umkehren«, sage ich möglichst entspannt, damit April nicht schreckhaft reagiert. Unwetter können in der Gegend heftig werden.

Wir drehen ab und nehmen einen anderen Weg zurück. Die Sonne verschwindet hinter den Wolken, der Wind frischt auf, und ich bin froh, dass wir uns nicht weit von der Ranch entfernt haben. Auch die Pferde spüren, dass ein Unwetter aufzieht. Sie legen einen Gang zu.

»Ganz ruhig, Wicked Violet«, sage ich und streichle das Tier, damit es im Schritt bleibt. »Du auch, Wild West«, rede ich auf Aprils Pferd ein.

»Sie werden nervös«, bemerkt sie.

»Ja, das Wetter wechselt. Aber wir sind gleich zurück. Hinter den Bäumen beginnt die Anlage vom Reiterhof. Kein Grund, panisch zu werden.« Ich mustere sie. Angespannt kräuselt sie die Stirn. »Du kommst klar?«

»Ich habe alles unter Kontrolle, Cowboy«, gibt sie sich selbstsicher.

»Das ist mein Mädchen.«

Als der Weg schmaler wird, lasse ich April vor. Sie macht das toll. Wild West schreckt wegen irgendwas zusammen, und kurz bleibt mein Herz stehen, aber April schafft es, das Pferd zu beruhigen. *Fantastisch!*

Wicked Violet ist da offensichtlich empfindlicher. Die Pferdedame ist sichtlich nervös, will immer wieder lostraben und galoppiert schließlich mit mir auf dem Rücken davon. *Hilfe!* Ich kann zwar ein bisschen reiten, aber ich bin kein Profi, der im Galopp über die Steppe prescht. Nur mit Mühe halte ich mich im Sattel.

Alles geht viel zu schnell. Wir rasen auf den Reiterhof zu. Die Koppel ist geschlossen. Wicked Violet legt eine Vollbremsung hin. Ich fliege aus dem Sattel, greife noch die Zügel, kann mich aber nicht halten und falle zu Boden. *Fuck!*

Schmerz durchfährt mich. Im ersten Moment kann ich nicht einordnen, woher, bis ich merke, dass es die Schulter ist. Ich rolle mich auf die gesunde Seite und kriege durch halb geschlossene Augen mit, dass jemand zu mir läuft.

»Lass mich mal sehen!«, höre ich Mike, der die Koppel öffnet und zu mir kommt, während Joan mein Pferd reinführt.

»April?«, kann ich nur fragen und versuche, mich aufzurichten. *Was, wenn Wild West mit ihr durchgegangen ist?*

»Bleib liegen!« Er reckt sich. »Sie kommt gerade über die Weide. Joan lässt sie rein. Ihr geht es gut. Was ist mit dir?«

»Die Schulter«, sage ich.

»Bist du draufgefallen?«

»Keine Ahnung«. Solche Schmerzen hatte ich noch nie. Als Mike meine Klamotten zur Seite schiebt, um einen besseren Blick zu bekommen, könnte ich ihm eine reinhauen, so sehr tut das weh.

»Ich kann keine Verletzung erkennen. Die Schulter ist bestimmt bloß ausgerenkt. Tut höllisch weh, aber das wird.«

»Schön«, presse ich heraus und konzentriere mich auf meine Atmung.

»Cole! Cole! Cole!«, höre ich da April nach mir rufen. »Wie zum Henker komme ich von dem Pferd runter?«

»Spring einfach!«, sagt Joan. »Ich halt die Zügel.«

Ich kann mir nicht vorstellen, dass die April, die vor einer Stunde nicht mal auf einem Pferderücken sitzen wollte, jetzt einfach runterspringt. Aber drei Atemzüge später ist sie bei mir. »O mein Gott, Cole, was ist passiert?!« Ihre Stimme ist nicht nur anormal hoch, sondern kurz davor, Gläser zum Zerspringen zu bringen.

»Baby, das wird«, versuche ich, ihr die Angst zu nehmen.

»Wenn du laufen kannst, fahren wir dich ins Krankenhaus«, sagt Mike.

»Sollten wir nicht einen Hubschrauber holen?«, ruft April.

»Hier geht es nicht um Leben und Tod.«

»Aber das ist –«

»Scheiße schmerzhaft, aber okay«, führe ich ihren Satz zu Ende und greife nach ihrer Hand, damit sie sich beruhigt.

»Was ist mit einem normalen Krankenwagen?«, fragt sie und streicht mir durch die Haare.

»Können wir rufen«, sagt Mike. »Doch wir sind schneller, wenn wir ihn selbst ins Montrose Memorial bringen.«

»Dann machen wir das«, presse ich heraus.

»Wie? Machen wir?!«, ruft April. »Was, wenn du Verletzungen an der Wirbelsäule hast? Sollte sich das nicht erst ein Sanitäter ansehen?«

»Ich kann Hände und Zehen bewegen.«

»Ja, noch!«

»Willst du warten?«, fragt mich Mike.

»Nein.« Ich fühle mich nicht, als würde ich sterben. Der Schmerz pocht in meiner Schulter. Das ist alles. Mir ist egal, wer mich wo und wie behandelt, Hauptsache schnell.

Joan legt mir zur Sicherheit noch eine Halskrause an, sie und ihr Mann helfen mir hoch und vom Platz, und April läuft uns dreien hinterher. Dafür, dass sie eben noch erstaunlich munter und kämpferisch war, ist sie mir gerade viel zu ruhig.

»Baby, entspann dich! Das ist nichts.«

»Das kannst du nicht wissen.«

»Bin ich vom Pferd gefallen oder du? Wicked Violet hat mich nicht abgeworfen, ich bin aus dem Sattel gerutscht. Ja, das hätte schlimm ausgehen können. Ist es aber nicht.« Ich ringe mir ein Lächeln ab. »Und du bist total diszipliniert mit – au!«, schreie ich, als mich Mike in seinen Wagen bugsiert. Ich verliere für einen Moment den Faden, da klettert April zu mir. »Ich bin richtig stolz auf dich, wie gut du Wild West unter Kontrolle hattest«, lobe ich sie.

»Das ist doch jetzt unwichtig.«

»Von wegen! Sobald die Ärzte mich versorgt haben, feiern wir das!«

Ich warte, dass sie lächelt, aber das tut sie nicht. Sie ist blass und in sich gekehrt, und ich kann nur erahnen, wie schwer das gerade für sie sein muss. Joan bleibt auf dem Hof und kümmert sich um die Pferde, Mike fährt los.

»Hey, April?«, versuche ich, sie zum Sprechen zu bringen. »Alles wird gut.«

»Natürlich«, sagt sie, wirkt jedoch sehr weit weg.

*Fuck!* Ich wünschte, ich könnte mehr tun, aber das Pochen in meiner Schulter wird immer unangenehmer. Ich bin heilfroh, als nach einer kurzen Fahrt das Montrose Memorial vor uns auftaucht.

Mike gibt in der Notaufnahme Bescheid, und Ärzte kommen mit einer Trage. Da keine Skisaison ist, halten sich die chirurgischen Notfälle derzeit im Rahmen. Ich muss nicht lange warten, bis sich ein Arzt um mich kümmert. Für weitere Untersuchungen werden April und ich getrennt, und ich bitte Mike, bei ihr zu bleiben. Sie sollte jetzt nicht alleine sein. Nicht bei ihrer Vorgeschichte. Ich muss zum Röntgen und bekomme ein Schädel-CT, um Gehirnschäden auszuschließen. Am Ende ist es wirklich nur eine ausgerenkte Schulter. Ich kriege Schmerzmittel. Der diensthabende Orthopäde renkt mich ein und gibt mir eine Armschlinge. Das war's.

*Was für ein Tag!* Ich bin völlig fertig, die Medikamente tun ihr Übriges, doch mein erster Gedanke gilt nicht mir und meiner Gesundheit, sondern April.

Sobald mich ein Pfleger zum Warteraum schiebt, suche ich mit Blicken nach ihrem blonden Haarschopf und der Cowgirl-Bluse. Ich atme auf, als ich sie mit einem Kaffeebecher in der Hand entdecke.

»Da ist ja die Liebe meines Lebens«, säusle ich.

Sie blickt auf und blinzelt ungläubig. Als hätte der Besuch in der Notaufnahme nur auf eine mögliche Art enden können: mit mir in einem Leichensack. Dann laufen ihr Tränen über die Wangen, und sie lacht. »Dir geht es tatsächlich gut?«

»Ich muss diese hübsche Schlinge tragen, und wenn du frech wirst, kann ich dich bloß über die rechte Schulter werfen, nicht über die linke. Aber ansonsten geht es mir gut. Ich will nur noch nach Hause. Und du?«

»Ja«, sagt sie schlicht. »Unbedingt.«

Ich unterschreibe die Versicherungspapiere. Der Pfleger bringt mich im Rollstuhl vor die Tür. Ich stehe auf, und wir alle sehen einen Moment in den Sturzregen, der runterkommt. Wie Anfang der Woche. Der Parkplatz steht unter Wasser, und es ist unangenehm kalt geworden.

»Was für ein Mistwetter!«, fluche ich.

»Soll die ganze Nacht so bleiben. Die Wolken haben sich richtig festgesetzt«, sagt Mike. »Kommt mit, ich bring euch zum Hof. Von dort könnt ihr mit eurem Wagen zurückfahren. Oder soll ich jemandem Bescheid geben, der euch abholt?«

»Nein, das geht schon«, sagt April. »Wenn Cole mich mit seiner teuren Karre fahren lässt …«

»Sicher. Du bist mit einer Pferdestärke klargekommen, dann kommst du auch mit guten 300 PS klar.«

»Sprechen da die Schmerzmittel aus dir?«, fragt sie belustigt und fühlt meine Stirn.

»Baby …« Ich ziehe sie an mich und halte ihren zitternden Körper. »Da spricht die Liebe aus mir.« Endlich küsse ich sie, erst hungrig, dann zärtlich, wie ich es schon die ganze Zeit machen wollte.

»Du bist wirklich okay?«, fragt April.

»Bin ich, und ich beweise es dir, wenn wir zu Hause sind.«

# 15. Kapitel

## APRIL

Im Regen rennen wir zu Mikes Wagen und werden bis auf die Knochen nass. Ich halte Cole die Tür auf und folge ihm ins Trockene. Wasser läuft uns beiden aus den Haaren, und obwohl er das selbst machen kann, streiche ich ihm Tropfen von der Stirn.

»Baby, es ist alles in Ordnung«, sagt er, weil er spürt, wie mich sein Unfall aus der Bahn geworfen hat.

»Ich weiß«, antworte ich, doch die Unruhe bleibt.

Während der Fahrt verschränken wir unsere Finger. Mir ist eiskalt. Ihm scheint der Regen nichts ausgemacht zu haben. Seine Hand fühlt sich warm und angenehm an. Es sollte mich beruhigen, aber es reicht nicht.

»Warte kurz«, sage ich zu Cole, als wir auf dem Hof ankommen. »Ich stelle den Beifahrersitz für dich nach hinten.«

Mit seinem Autoschlüssel renne ich ohne Schirm über den Besucherparkplatz der Ranch. Ich verschiebe den Sitz, winke Cole heran und hebe die Hand Richtung Joan und Mike zum Zeichen des Abschieds. Er setzt sich, ich schnalle ihn an und richte mir die Spiegel und meinen Platz ein.

»Kannst du mir den Weg sagen, oder willst du schlafen? Dann schalte ich das Navi an.« Das erscheint mir sicherer bei dem Wetter und der schlechten Sicht.

»Ich lotse dich, Baby. Fahr erst mal links auf die Hauptstraße.«

»Okay.« Ich steuere den Wagen vom Hof und warte auf die nächste Anweisung. »Du gibst mir noch Bescheid, wann ich abbiegen muss?«, frage ich Cole, als ein paar Meilen ohne Ansage verstrichen sind.

»Mache ich. Sobald rechts die Berge weg sind, kommt Ridgway. Dort biegst du ab auf die 62. Wenn die endet, fährst du wieder links ab nach Telluride.«

»Eigentlich ganz einfach«, murmle ich.

»Ganz einfach«, wiederholt er sanft. »Da war wohl auf dem Hinweg jemand abgelenkt.«

»Nur von der Landschaft«, behaupte ich.

Cole lacht leise. Der kleine Witz tut uns beiden gut, aber mein mieses Gefühl ist immer noch da.

»Mir ist nichts passiert«, sagt Cole schließlich, als würde er genau merken, wie sehr ich neben der Spur bin.

»Ich weiß«, sage ich. »Trotzdem war das eben … Ich brauch noch einen Moment.«

»Das verstehe ich.«

»Nein, das verstehst du eben nicht. Aber ich kann da jetzt nicht mit dir drüber reden. Ich muss mich auf die Straße konzentrieren. Kurven und dieses Wetter bin ich nicht mehr gewohnt.«

»Ist Musik okay?«

»Mmh.«

Cole tippt auf eine Schaltfläche, und es erklingt Countrymusik, die ich lange nicht gehört habe. »Soll ich zu was anderem wechseln?«

»Nein, das ist schön, lass es an.«

Der Weg zieht sich, und meine Nerven beruhigen sich endlich etwas. Wirklich entspannt bin ich jedoch nicht.

Als wir zurück sind, ist es erst acht, aber durch das Unwetter ist es so dunkel wie sonst um zehn. Ein Lieferjunge taucht mit uns auf. Cole nimmt zwei Pizzakartons entgegen, gibt Trinkgeld und lässt uns in sein Haus rein.

»Hast du die von unterwegs bestellt?«, frage ich.

»Ja. Ich habe richtig Hunger, du bestimmt auch, und nach Kochen ist mir nicht. Ich hoffe, das ist okay.«

»Das ist perfekt«, sage ich und atme auf, als mich die Wärme des Hauses empfängt. »Warum ziehst du dir nicht was Trockenes an? Ich decke den Tisch.«

»Du zitterst mehr als ich, Baby.« Sorge schleicht sich in seinen Blick. »Los, ab mit dir unter die Dusche, du Eiszapfen.«

»Du hast die Dusche nötiger.« Cole ist voller Dreck von der Koppel. »Darf die Armschlinge denn nass werden?«

»Dafür kann ich sie abnehmen.« Er grinst. »Lass uns gemeinsam duschen. Ich brauche vielleicht Hilfe.«

»Stimmt, komm.« Ich lotse Cole ins Bad und ziehe ihm vorsichtig das Hemd aus. »Sag mir, wenn dir was wehtut!«

»Mach ich!«, keucht er, ich denke erst vor Schmerz, bis ich die Lust in seinem Blick bemerke.

»Cole, wir werden keinen Sex haben! Du bist verletzt.«

»Die wichtigen Teile funktionieren.« Mit seinem gesunden Arm zieht er mich enger, und ich spüre seine Hitze und Erregung. »Außerdem helfen Orgasmen bei Schmerzen.«

»Dafür hast du doch Medikamente bekommen.«

»Ich rede nicht von mir. Du leidest, und das kann ich nicht mit ansehen. Wird Zeit, dass du auch ein paar

Klamotten ausziehst«, raunt er mir zu und zupft an meiner Cowgirl-Bluse.

Gott, ich liebe diese Verbindung zwischen uns und merke, wie mir endlich wärmer wird, weil ich keine heiße Dusche brauche, sondern diesen Mann. Immer nur diesen Mann. Ich knöpfe mein Oberteil auf und stöhne, als er es mir von den Schultern streift. Gleich darauf mache ich mich an seiner Hose zu schaffen.

»Himmel!«, keucht er, und seine Muskeln zucken unter meinen Fingerspitzen.

»Bin ich zu grob?«

»Du bist zu langsam«, knurrt er. »Viel zu langsam!«

Ich bleibe bei meinem Tempo, bin lieber vorsichtig als hektisch. Ich öffne seine Hose, ziehe sie runter, fahre dabei über die Muskeln seiner Beine und bemerke die Beule in seiner Unterhose. Cole will mich, und seine Lust facht meine an.

Aufgeregt schiebe ich seine Boxershorts tiefer, vergesse, dass ich selbst gerade eben Sex unter der Dusche für einen Fehler gehalten habe. Da weicht er zurück, stellt das Wasser an und gibt mir mit einem Fingerzeig zu verstehen, ihm zu folgen. »Lass uns erst mal duschen.«

»Natürlich.«

Ich ziehe mir den Rest der klammen Sachen aus, trete zu Cole und seufze, als ich seinen warmen Körper und das heiße Wasser spüre.

»Geht es dir wirklich gut?«, frage ich, nehme Duschgel und fahre damit vorsichtig über seinen Rücken.

»Du hast ja keine Ahnung, wie sehr. Na, wird dir wärmer, Baby?«

»Ja, endlich«, sage ich. »Und dir?«

»Mir ist immer warm, wenn du in der Nähe bist.«

»Wie konntest du nur die Jahre ohne mich überstehen?«, witzle ich.

»Mit Thermounterwäsche«, antwortet er frech und küsst mich. »Du wirkst ruhiger.«

»Bin ich. Das ist eine neue Erfahrung für mich, dass solche Unfälle glimpflich ausgehen.« Ich sehe ihm tief in die Augen. »Mach dich trotzdem darauf gefasst, dass ich jetzt überkompensiere.«

»Nur zu! Ich könnte mir nichts Schöneres vorstellen, als von dir umsorgt zu werden.«

»Dann komm, lass uns essen«, sage ich, drücke ihm einen Kuss auf die Lippen und verlasse die Dusche. Ich wickle mich in ein Handtuch und reiche Cole ebenfalls eines. Er hilft mir in seinen Bademantel. »Und du selbst?«

»Ich hol mir eine Hose und lauf den Rest des Abends shirtfrei herum«, sagt er und geht davon. »Damit dir noch heißer wird!«

Lachend kuschle ich mich in den Bademantel, der so herrlich nach Cole und seinem Duschgel riecht. Ich rechne mit einem Spaß, bis ich ihn wirklich in tief sitzenden Jogginghosen auftauchen sehe. *Wie sexy kann ein Mann bitte sein?!*

»Wir essen erst die Pizza«, sagt er.

»Und dann was?«, frage ich irritiert und folge ihm in die Küche.

»Dann darfst du mich anknabbern.«

»Als würde ich das tun!«

»Du hast mich gerade sehr hungrig angesehen.«

»Reine Einbildung«, antworte ich mit bewusst tiefer Stimme.

»Ich hab mir die Schulter verletzt, nicht die Augen.« Er fährt mit der Hand über seinen muskulösen Bauch. »Du willst mich vernaschen, Baby!«

»Warum ziehst du dir dann kein Shirt über?«

»Vielleicht freue ich mich ja darauf?«

*Ja, ich will Cole wirklich!*

Ich lasse meinen Blick in Zeitlupe über ihn gleiten und bin froh, dass er tagsüber normal angezogen ist.

Mit quasi nichts am Körper hätte ich sofort bei unserer ersten Begegnung die Beine um ihn gelegt und ihn um Sex angefleht.

»Okay, wir essen schnell«, sagt Cole, als könnte er Gedanken lesen.

»Ignorier mich doch einfach!«

»Geht nicht. So sehr, wie du mich willst, so sehr will ich dich.«

»Gut, essen wir.«

Cole trägt die Pizzakartons ins Wohnzimmer. Ich bringe Besteck, Servietten und Gläser für Wasser und Wein. Er stellt einen Film an, und Seite an Seite machen wir es uns auf dem Sofa gemütlich. Dabei lässt seine Nähe mein Herz immer schneller schlagen.

Nach dem Essen kuschle ich mich an Cole. Er legt den Arm um mich, und ich genieße es, ihn bei mir zu spüren. *Geliebt zu werden … und zu lieben.*

Ich wende mich vom Film ab, dem ich sowieso nur halb folge, und sehe zu Cole. Ich studiere sein Gesicht, ergötze mich an seinen Lachfalten, mag sein kantiges Profil und finde, dass ihm das Altern unglaublich gut steht.

So als würde er meinen Blick spüren, schaut er zu mir und küsst mich, und ich kann es nicht länger zurückhalten. »Ich liebe dich«, hauche ich ganz leise. »Es macht mir wahnsinnige Angst, aber ich liebe dich, Cole.«

»Fuck, Baby«, murmelt er ergriffen, zieht mich auf seinen Schoß und küsst mich noch mal, lange. »Und das sagst du mir jetzt, wenn ich dir nicht hundertprozentig zeigen kann, wie viel mir das bedeutet?«

»Keine Ahnung, was du mit mir vorhast, aber du zeigst es mir schon. Ohne Unterbrechung.«

»Von wegen!« Er packt mich mit der Kraft seines einen Arms, hebt mich hoch und trägt mich ins Schlafzimmer, bevor ich ihn ermahnen kann, sich zu schonen.

Auf dem Bett beugt er sich über mich und öffnet die Kordel des Bademantels, und ich erschauere, als ich seinen hungrigen Blick auf mir spüre. So habe ich ihn vorhin ganz sicher nicht angesehen. Wenn einen jemand so ansieht, dann vergisst man normale Dinge wie Essen.

»Du bist das Beste, was mir je passiert ist«, sagt er und verteilt Küsse auf meiner heißen Haut. »Ich liebe dich auch, Baby. Mehr als alles andere auf der Welt.«

Ich greife nach seiner Hüfte, will ihn näher, aber Cole genießt mein Verlangen nach ihm und lässt sich Zeit. Jede Sekunde, die er mich mit seinen Blicken und sanften Berührungen verrückt macht, will ich ihn heftiger. Ich bin so weit, dass ich auf keinen Fall darüber diskutieren werde, ob Sex nach dem Unfall eine gute Idee ist oder nicht. Ich brauche Cole. *Jetzt.*

Wir küssen uns wieder, und ich schnappe nach Luft, als er mir dabei zwischen die Beine greift und meine brennende, nasse Mitte berührt. Er verteilt meine Feuchtigkeit, umkreist meine Klit, macht mich immer willenloser, bis er mit seinen Fingern in mich dringt und mich genüsslich verwöhnt. Aber das ist nicht genug.

»Ich brauch dich richtig«, stöhne ich, greife an seinen Schritt und massiere ihn durch die Jogginghose hindurch. »Bitte, Cole. Wo sind die Kondome?«

»Im Nachtschrank.«

Ich klettere über ihn hinweg, hole ein Gummi und öffne die Packung. Cole zieht sich die Hose aus, ich rolle das Gummi über seine Erektion und setze mich auf seinen Schoß. »Ist das hier bequem für dich?«

»Jetzt ja«, sagt er und gleitet in mich.

Cole erneut in mir zu spüren ist der Wahnsinn. Er hat die perfekte Größe, um mich zum Zittern zu bringen. Ich nehme ihn erst langsam, dann leidenschaftlicher. Ich bestimme, wie der Sex abläuft, aber mit der Hand der gesunden Seite krallt Cole sich an mir fest und zeigt mir, welches Tempo er will. Dabei ist er fast zu grob. *Himmel, aber genau so brauche ich ihn gerade!*

Als er mich immer wieder tief auf sich drückt, stöhnen wir beide vor Lust. Mir ist nicht mehr bloß warm, mir ist heiß. Mein Höhepunkt kommt schnell näher, und ich brauche die Erlösung mit Cole dringender denn je. Als wäre erst dann alles gut.

Keine Sekunde später wird mein Körper von der süßen Welle erfasst. Cole kommt auch, genauso ergriffen wie ich.

Schwer atmend sacke ich auf ihm zusammen. Er streichelt mich, spielt mit meinen Haaren, lässt mich ohne Worte wissen, dass das auch für ihn fantastisch war.

*Weil wir uns lieben.*

Egal, ob ich will oder nicht, ich liebe diesen Mann. Das Gefühl durchdringt mich warm, gleichzeitig beunruhigt es mich. Jetzt, da ich weiß, wie schön es die Welt macht, fürchte ich noch mehr das Ende.

»Lass uns schlafen gehen«, sagt Cole sanft und gleitet aus mir heraus.

Wir putzen uns die Zähne. Ich baue das Bett für Cole mit Kissen aus, damit er leicht erhöht schlafen kann und nachts nicht aus Versehen auf seine Schulter rollt. Als ich sehe, dass er Schmerzmittel nimmt, wird mir wieder ganz anders. Das Bild ist mir zu vertraut aus meiner Kindheit. Mein Dad hat Medikamente geschluckt und meinte damals, es sei nur der Magen. Am Ende war es Krebs, und er war tot.

»Sind die Schmerzen wieder stärker?«, frage ich, als Cole ins Bett kommt. »Willst du die Schulter kühlen?«

»Nein. Der Arzt im Krankenhaus meinte, die ersten Tage soll ich die Mittel stoisch alle vier Stunden nehmen, bevor Schmerzen auftreten.«

»Also geht es dir gerade gut?«

»Ja, mach dir keine Sorgen.«

Sobald Cole liegt, rücke ich an seine Seite. Er schläft fast sofort ein, doch als ich die Augen schließe, wird mir ganz seltsam. Schnell öffne ich sie wieder und betrachte Coles Umrisse. Dennoch komme ich nicht zur Ruhe. Ich liege stocksteif da und achte auf seinen Atem, als könnte er sterben, wenn ich damit aufhöre.

Ich wünschte, er wäre gesund und könnte mich in seinen Armen halten. *Beiden* Armen. Aber das wird vorerst nichts.

Als draußen der Morgen graut, kann ich nicht fassen, dass ich immer noch wach daliege. Mir ist, als könnte ich nie wieder schlafen. So war es nach dem Unfall meiner Mom. Und in den letzten Tagen mit meinem Dad.

Ich befühle Coles Stirn. Sie ist kühl, normal, wie sie sein sollte. Ihm geht es gut. Aber mir geht es nicht gut.

Mit aller Macht versuche ich, diesem Gedankenkarussell zu entkommen. Coles Fall ist anders als der meiner Eltern. Meine Beziehung zu ihm ist anders. Ich muss einen Weg finden, mit der Situation klarzukommen. Sonst werde ich das, was wir haben, kaputtmachen.

»Cole?«, flüstere ich leise, als ich das Chaos in meiner Brust nicht länger aushalte. »Hey, Cole!«

»Mmh, Baby?«, murmelt er verschlafen, wird aber nicht ganz wach.

Ein angenehmer Schauer überzieht meinen Körper beim Klang seiner Stimme. Ich küsse ihn, er küsst mich zurück und schläft wieder ein.

*Wie kann er das, während ich durchdrehe?*

Ich kriege immer schlechter Luft, will ihn richtig aufwecken, aber er braucht seinen Schlaf. *Mist! Wenn ich schon nach einem harmlosen Unfall so bin, wie wäre ich dann erst, wenn was wirklich Schlimmes passiert?*

Mir wird kälter, ich zittere, und vorsichtig, um Cole nicht zu wecken, stehe ich auf und ziehe mir Sachen von ihm an. Meine trocknen noch.

Unglaublich, dass ich mich gestern so gut zusammengerissen habe. Ich bin fast eine Stunde mit Cole nach Hause gefahren. Das kommt mir vor, als hätte ich eine Reise zum Mond gemeistert.

Sobald ich Coles Seite verlassen habe, fehlt mir seine Wärme, und es geht mir noch schlechter. Ich müsste nur zurück zu ihm unter die Decke schlüpfen, aber ich bleibe vor dem Bett stehen, unfähig mich zu rühren.

Das mit Cole war ein großer Fehler. Ein Traum. Ein Märchen. Ich wollte, dass mir jemand hilft, damit ich einen neuen Job bekomme. Verlieben war nicht vorgesehen. Nicht jetzt, nicht in der Zukunft.

*Geh*, sagt mir eine innere Stimme. *Auch wenn du dich schon verliebt hast, mit jeder Sekunde, die du bleibst, wird die Angst vor dem Ende nur größer. Geh, bevor wirklich was passiert! Vergiss den Mann! Vergiss Telluride! Vergiss sein verfluchtes tolles Lächeln. Das hast du schon einmal geschafft. Vor fünfzehn Jahren. Du kannst es auch jetzt.*

Das muss der Schlafmangel sein.

Ich will den Gedanken abschütteln. *Kann nicht alles gut werden? Lieber wenig Zeit mit dem richtigen Menschen als viel Zeit mit dem falschen?*

Leichter gesagt als getan. Zwei Mal schon musste ich miterleben, wie alles den Bach runtergeht. Zwei Mal mit der Trauer klarkommen. Zwei Mal weitermachen. Ein drittes Mal schaffe ich das nicht.

*O Gott, tue ich wirklich, was ich denke, das ich gleich tun werde?*

*Verdammt, ja. Es ist besser so. Cole braucht eine Frau an seiner Seite, auf die er sich verlassen kann, keine gestörte Psychopathin.*

Ich will zu ihm gehen und ihn noch mal küssen, noch mal an seiner Haut riechen, uns noch mal spüren, verkneife es mir jedoch. Ich habe schon zu viele schöne Erinnerungen an diesen Mann, die ich zurücklasse … über die ich hinwegkommen muss. Ich brauche nicht noch mehr.

Mit Tränen in den Augen schreibe ich ihm einen Zettel, verabschiede mich ungelenk. Dann verlasse ich mit dem ersten Tageslicht das Haus. Der Regen hat aufgehört, aber die Luft ist eisig. Die Stadt macht es mir leicht zu gehen.

Als ich nach einer Stunde im Hotel ankomme, packe ich meine Sachen, checke aus und fahre zum Flughafen. Ich wollte erst morgen abreisen, aber ich kann nicht länger bleiben. Je schneller ich weg bin, desto besser. Ich habe, was ich wollte, Tipps für meine Karriere. Die Liebe wollte ich nicht, die lasse ich hier.

## COLE

In meiner Schulter pocht der Schmerz. Ich versuche, eine bequemere Position zu finden. In dem Augenblick merke ich, dass sich was verändert hat. Keine April ist an meiner Seite, die fragt, wie es mir geht, mir besorgt durch die Haare fährt oder die Kissen neu drapiert. Die Stelle neben mir ist leer … und kalt. *Fuck!*

»April?«, rufe ich und bin schlagartig wach.

Stille.

»April!«, wiederhole ich und richte mich auf.

Das Kopfkissen riecht noch nach ihr. Die Ereignisse vom Vortag waren kein Traum. Aber sie ist nicht da.

Ich stehe auf, stöhne wegen des Schmerzes. Erst langsam, dann schneller laufe ich durchs Haus. Ich finde ihre noch feuchten Sachen vom Vortag. Das beruhigt mich. *Die würde sie doch nicht einfach hier liegen lassen, richtig? Sie kann nicht weg sein! Aber wo ist sie dann?*

»Baby, wo steckst du?«, rufe ich noch mal, habe das Haus einmal abgelaufen und starte eine zweite Runde. Da fällt mir ein Zettel an der Kaffeemaschine auf. Mit meinem Namen drauf. *Scheiße. Das kann nicht sein!*

*Vielleicht schreibt sie nur, sie ist Donuts besorgen? Oder dass sie sich aus ihrem Hotel frische Sachen holt.* Tief durchatmend drehe ich das Papier und lese die wenigen Zeilen.

Cole,
das mit uns war ein Fehler.
Wir können nicht zusammen sein.
Ich kann das nicht.
Es tut mir leid.
April

Ich überfliege die Nachricht noch mal. Dann wende ich den Zettel, als müsste es ein zweites Blatt geben, das fehlt. Aber da ist nichts. April ist gegangen.

*Wie kann sie das tun? Ich liebe sie. Sie weiß doch, wie sich das anfühlt, wenn man einen geliebten Menschen verliert. Wie kann sie mir ihr Herz schenken, nur um es mir gleich danach wieder wegzunehmen?*

Ich atme tief durch und zwinge mich zur Ruhe. Mit einem Tobsuchtsanfall helfe ich keinem.

*Es ist noch früh am Morgen. Lange kann sie nicht weg sein. Vielleicht ist das bloß ein Rückfall in alte Muster?* Mich im Bett liegen zu sehen könnte Erinnerungen von ihrem Dad im Krankenhaus getriggert haben. Ich kenne mich mit Traumata nicht aus. Aber das wäre eine Erklärung. Darüber können wir reden. Ich muss sie nur in die Arme nehmen, küssen, und alles wird gut. Die Verbindung zwischen uns ist stark.

Hastig ziehe ich mir Sachen an und fahre zu ihrem Hotel. Dort will man mir erst nichts sagen, doch als ich hartnäckig bleibe, rückt die Frau an der Rezeption damit raus, dass April abgereist ist. Mehr muss ich nicht wissen.

Ich steige wieder in meinen Wagen und fahre in einem halsbrecherischen Tempo zum Flughafen. Meine Schulter brennt, aber das ist nichts gegen den Schmerz, den ich empfinden werde, wenn sie wirklich weg ist. Bei der Schulter helfen die Armschlinge und Schmerztabletten. Wenn April geht, wird mir nichts mehr helfen. Vor fünfzehn Jahren habe ich Reese zum Ball ausgeführt und bin danach zum Studium in eine andere Stadt gezogen. Es folgten die Karriere und irgendwie das Gefühl, dass noch mal jemand wie April meinen Weg kreuzen wird. Aber es kam niemand wie sie. Ich habe mich ins Burn-out geschuftet, um zu vergessen, wie verdammt wichtig mir dieses Mädchen mit den blonden Haaren und den schlagfertigen Antworten war.

*Dieses kaputte Mädchen*, wie ich jetzt weiß.

Das aber nun eine Frau ist, die sich mir geöffnet hat. *Das muss doch etwas wert sein!*

Als ich am Flughafen ankomme, bin ich froh, dass wir nicht in Los Angeles, New York oder Seattle sind. Dort würde ich April nie finden. Hier gibt es nur eine Abfertigungshalle, das Gebäude ist sehr übersichtlich.

Ich starre auf die Tafel mit den Flügen und lese, dass der nächste Denver-Flug erst in ein paar Stunden geht. April muss noch hier sein.

In der Halle vom Check-in sehe ich sie nicht. Ich buche mir einen Flug, damit ich durch die Sicherheitskontrolle darf, passiere den Scanner und schaue mich in der Abflughalle um. Es ist wenig los. Ich entdecke mehr Personal als Reisende.

»April!«, rufe ich einfach, um keine Zeit zu verlieren.

Ein Körper bei den Wartestühlen sinkt daraufhin tiefer. Als könnte sie sich unsichtbar machen. Zielstrebig laufe ich zu ihr.

»Was zum Henker soll das?«, blaffe ich sie an, obwohl ich diese Frau bis eben nur in die Arme nehmen wollte. Sie sieht schrecklich aus, mit dunklen Ringen unter den Augen, als hätte sie keine Minute geschlafen. Es zerquetscht mir förmlich das Herz, sie so leiden zu sehen. Aber weglaufen ist keine Lösung. »Komm zurück!«

»Nein, bitte geh! Ich muss nicht mit dir reden, Cole.«

»Echt? So behandelst du Leute, die dir wichtig sind? Die du liebst?«

Sie zuckt zusammen, als hätte ich sie geschlagen, sagt jedoch nichts.

»Baby, ich verstehe, wie schwer das für dich ist. Aber mir geht es gut.« Ich gehe vor ihr in die Knie und suche ihren Blick, vergeblich. »Das heißt, gerade bin ich wütend auf dich, weil du dich davongeschlichen hast. Doch das ändert nichts daran, dass ich dich liebe.«

»Wenn du mich liebst, solltest du meine Entscheidung dann nicht respektieren?«

»Gerade weil ich dich liebe, kann ich das nicht. Wir beide wissen, warum du das hier machst. Aber das ist ein Fehler.«

Sie schweigt, eine Träne läuft ihr über die Wange, und sie wischt sie hastig weg, als sollte ich sie nicht sehen. Sosehr der Anblick mich schmerzt, er gibt mir auch Hoffnung.

»Sieh mich an, Baby.«

Stur dreht sie den Kopf zur Seite.

Fieberhaft überlege ich, wie ich sie erreichen kann. Ich habe verdammt viele Ratgeber geschrieben, aber ich bräuchte jetzt selbst einen mit dem Titel *Kinderleicht April Bishop ihre Ängste nehmen*. Mit lahmen Versprechungen komme ich nicht weiter. Ich habe nichts Neues zu sagen. Sie kennt meine Argumente.

Erschöpft lasse ich mich neben April in den Stuhl fallen, greife nach ihrer Hand und lehne mich zurück. Sie hat das nicht kommen sehen und will sich losreißen, doch ich lasse es nicht zu. *Und wenn ich ihr dabei die Hand abquetsche!* Selbst das hier fühlt sich schön mit ihr an. Sie zu spüren, sie zu halten.

Als ihr Widerstand nachlässt, lockere ich meinen Griff und fahre über ihren Handrücken. Sie hält still.

»Bitte verlass mich nicht«, starte ich einen weiteren Versuch. »Du bist die Frau, auf die ich mein Leben lang gewartet habe. Wir sind das, was alle wollen. Der Sechser im Lotto. Das vierblättrige Kleeblatt. Was Gutes.«

Sie schweigt.

»Hast du Hilfe, wenn du zurückgehst?«

Sie nickt.

»Wer?«

»Ivy.«

»Ach, also pflegst du Beziehungen? Nur keine mit mir.« Ich kann mir den vorwurfsvollen Ton nicht verkneifen.

»Ivy ist meine Kollegin.«

»Und deine Vertrauensperson, richtig?«

»Sie ist anders als du. Bitte, Cole, ich kann das jetzt nicht mit dir besprechen. Ich verstehe ja, dass du kämpfst. Das macht dich aus. Aber es gibt nichts, was mich meine Entscheidung ändern lassen könnte.«

»Ich kann dafür sorgen, dass du keinen neuen Job bekommst. Nie. Ich muss bloß meine Beziehungen spielen lassen.«

»Das ist mir klar, aber so jemand bist du nicht.«

*Da hat sie recht.*

Ich will sie an mich ziehen, aber ich gebe mich mit ihrer Hand in meiner zufrieden, nehme, was ich kriegen kann, auch wenn das nur ein sanftes Streicheln von ihrem Daumen auf meinem Handrücken ist. Verdammt wenig, bestimmt unbeabsichtigt, aber gerade deshalb macht es mir Mut.

»Hast du mal daran gedacht, eine Therapie zu machen?«, frage ich.

»Ich war in einer, kurz nach Dads Tod.«

»Mach noch eine.«

»Damit ich bleibe? Bis die Erfolge zeigen würde … so etwas dauert, Cole.«

Hoffnung hämmert in meiner Brust. »Ich kann warten.« Nicht dass ich das will, wir haben schon zu viele gemeinsame Jahre verschenkt, aber für April würde ich noch mal fünfzehn Jahre warten. Zwanzig, dreißig, ewig.

»Warte nicht«, sagt sie leise mit vor Schmerz verzerrter Stimme. »Ich will das nicht. Du hast jemanden verdient, der dich glücklich macht. *Jetzt*, nicht irgendwann in der Zukunft.«

*Das sagt sie, weil sie mich liebt.*

Ich nehme ihre Hand und drücke einen Kuss auf ihren Handrücken, lasse sie aber sofort wieder sinken, als April für einen Protest Luft holt.

»Ich kann dich nicht umstimmen?«, frage ich.

»Nein, tut mir leid, Cole. Tut mir wirklich leid.«

»Aber du liebst mich?«

»Ja. Aber ich muss auch an mich denken. Bei dir zu bleiben ist für mich schlimmer, als zu gehen.«

»Das ist doch Bullshit, April!«

Wieder sagt sie nichts dazu.

»Verdammt!«, fluche ich nur, weil ich sie einerseits schütteln und andererseits in den Arm nehmen will. Ich kann sie in dem Punkt nicht verstehen. Ich habe nicht durchgemacht, was sie durchgemacht hat. Meine Kindheit war wie aus dem Bilderbuch. Ich bin nicht ohne Mutter aufgewachsen, musste nicht mit ansehen, wie mein Dad vor die Hunde ging. Ich kann mir nicht vorstellen, wie einen das verändert. Als ich jung war, zählten Mädchen, Partys, Küsse. So wie es sein sollte. Mich hat noch nie jemand verlassen. Klar, Beziehungen gingen wieder auseinander, aber es war nicht wie das hier.

Als der Flug aufgerufen wird, stehen wir beide auf.

»Du kommst mit?«, fragt April.

»Ich habe ein Ticket, ja.«

»Was willst du in Denver?«

»Dich dazu bringen umzukehren.«

Spontan fällt sie mir um den Hals und weint leise. Ihr Duft wirbelt zu mir. Ihr Körper fühlt sich so vertraut an meinem an, so richtig. Ihre Wärme erfüllt mich. Sie erfüllt mich.

»Das hier muss nicht so enden, Baby«, sage ich sanft.

April antwortet wieder nichts, weil ich auf sie einreden kann, so viel ich will, sie bleibt standhaft. Alles, was ich tun kann, ist, sie zu halten und jede Sekunde mit ihr zu verinnerlichen, weil dieser Moment schlimmstenfalls bis ans Ende meines Lebens reichen muss. Und das ist zu wenig. *Viel zu wenig.*

»Bitte, mach es nicht noch schwerer, Cole. Komm nicht mit an Bord.«

Ich sehe über ihren Kopf hinweg zum Gate. Die ersten Leute gehen die Gangway hinauf. Sie hat jetzt nicht nachgegeben, und in Denver wird es nicht anders sein. Aber auf dem Flug hätte ich noch mal sechzig Minuten mehr mit ihr. Und ich brauche jede einzelne davon.

»Warum sollte ich dir das leicht machen, Baby, wenn du es mir auch nicht leicht machst? Ich komme mit.«

»Aber ich denke, du liebst mich?«

»Genau deshalb lasse ich dich noch nicht los.« Ich ziehe sie mit mir. »Komm, der Flieger wartet nicht.«

Hand in Hand gehen wir zum Gate.

Die Stewardess mustert uns streng. Ich bin unrasiert, hab nicht mal geduscht. April sieht aus, als wollte sie sich gleich von einer Brücke stürzen. Nicht die Gäste, die man an Bord haben will. Aber solange wir uns benehmen, fliegen wir mit.

In der Maschine sitzen wir getrennt. Ich kann April nicht sehen. Mich umzusetzen erlaubt das Flugpersonal nicht. Eine volle Stunde starre ich auf die Sitzlehne, hinter der sich Aprils Haarschopf befindet. Die Zeit vergeht zu langsam und gleichzeitig zu schnell. Noch nie habe ich mir so dringend Verzögerungen gewünscht, nur um noch ein bisschen länger dieselbe Luft zu atmen wie sie. Aber es gibt keine.

Sobald wir landen, bin ich wieder an ihrer Seite. Sie wartet nicht auf mich, aber ich hole sie im Terminal ein.

»Ich muss weiter, mein Anschlussflug geht in einer Stunde«, sagt sie.

»Noch kannst du zurück.«

»Mein Koffer ist bereits durchgecheckt.«

»Und? Es ist nur Gepäck.«

»Cole, bitte, ich muss das tun.«

Ich schlucke, mir kommen die Tränen, weil jetzt der Moment des Abschieds ist, den ich verhindern wollte. Mir fällt nichts mehr ein, um April zum Bleiben zu bewegen. *Wir*, *ich*, das war mein Argument. *Wie schlecht! Mein Grund, damit sie bleibt, ist genau der, warum sie geht.*

»So soll es also enden, Baby?«

»Ich wollte dir nie wehtun, Cole.«

»Aber das tust du gerade.«

»Und es tut mir leid. Du ahnst nicht, wie sehr.«

»Meldest du dich, wenn du in L. A. gelandet bist?«

»Warum?«

»Einfach nur so.«

»Das werde ich nicht, Cole.«

»Ich kann also nichts mehr für dich tun?«

»Doch, mich loslassen. Bitte.«

Ich lockere meinen Griff, doch meine Hand sucht den Kontakt zu ihrer. »Ich kann das nicht«, murmle ich.

»Bye, Cole!«, sagt sie da. Kurz sieht sie so aus, als wollte sie mich noch mal küssen, doch dann reißt sie sich los und folgt den Schildern für Reisende mit Anschlussflug. *Fuck, fuck, fuck!*

Ich sehe ihr nach, präge mir ihren Gang ein, ihren Hüftschwung, alles, was ich von ihr bekomme. *Das soll die letzte Erinnerung an sie sein? Das ist furchtbar!*

»April!«, rufe ich noch mal, mit viel zu vielen Emotionen in der Stimme, aber ich kann nicht anders, nicht bei ihr.

Ich rechne nicht damit, dass sie sich umdreht, doch sie macht es, wischt sich die Augen trocken, sieht mich stumm an. Die Zeit bleibt stehen, dann gibt sie sich erneut einen Ruck, atmet tief durch, dreht sich um und verschwindet aus meinem Sichtfeld.

Sie ist endgültig weg.

Das ist schlimmer als vor fünfzehn Jahren, viel schlimmer. Damals wusste ich nicht, was ich verpasse. Heute ist das anders.

Mir wird schlecht. Ich muss mich an der Wand abstützen.

»Sir, brauchen Sie Hilfe?«, spricht mich jemand vom Kabinenpersonal an, das als Letztes die Maschine aus Telluride verlässt.

Wenn ich jetzt diesem Gefühl nachgebe, kann man mich einweisen. Für lange Zeit. Länger, als die Reha nach dem Burn-out gedauert hat. Mit aller Macht lenke ich meine Gedanken auf das, was ich tun kann.

»Es geht schon«, sage ich grantig, schlucke den Schmerz runter und konzentriere mich auf die Wut, die immer heftiger in meinem Bauch brodelt. »Ich muss zurück nach Telluride, es ist viel Arbeit liegen geblieben.«

# 16. Kapitel

## APRIL

*Es wird besser.* Ich wiederhole das wie ein Mantra, seit die Maschine in Los Angeles gelandet ist. *Es wird bald besser werden.*

Ich fühle immer noch Coles Hand an meiner. Als hätte er Spuren auf mir hinterlassen. Dazu kommt sein Blick. Der letzte, den wir uns zugeworfen haben. Ich hab die Liebe darin gesehen, die Verzweiflung, den Schmerz – und die Hoffnung. Aber die ist vergebens. Meine Entscheidung steht. Das hier ist richtig. Cole wird das noch verstehen.

Wie betäubt gehe ich zur Gepäckausgabe, schnappe mir meinen Koffer, nehme den Ausgang und werde von der Hitze förmlich erschlagen. Mir ist, als würde ich aus einem Traum gerissen. Jetzt bin ich wieder im wirklichen Leben, nicht in diesem Märchen über eine Stadt in den Bergen, mit einem Mann, der mich liebt.

»Hey, alles okay?«, begrüßt mich Ivy und fällt mir um den Hals.

Wir wissen beide, dass nichts okay ist. Ich hab sie von Denver aus angerufen und gefragt, ob sie mich eher als geplant vom Flughafen abholen kann. Sie weiß, dass etwas vorgefallen ist, aber nicht, was, und ich bin mir nicht sicher, ob ich es ihr erklären kann. Wir haben nie über den Grund für meine kurzen Beziehungen geredet.

»Die letzten Tage waren anstrengend, ich bin ziemlich müde«, sage ich. »Wie war es denn in der Agentur?«

»Raffaela hat wieder ihre Show abgezogen.« Ivy verzieht ihre roten Lippen und rollt mit den Augen. »Jeder musste ihr zuarbeiten. Statt als Team das Projekt zu stemmen, liefen alle Fäden bei ihr zusammen. Der Kunde fand das Ergebnis inakzeptabel, und sie hat uns die Schuld daran gegeben.«

»Suchen sie sich eine andere Agentur?«

»Nein, erst mal nicht, sie haben uns schon zu viel Geld gezahlt, aber glücklich sind sie nicht.«

»Was ist mit den Messebauaufträgen?«, frage ich nach – die hab ich betreut, bevor ich in den Urlaub gegangen bin. »Laufen die?«

»Nicht wirklich. Sie überlassen uns, was sie bis dato gebrieft haben, ziehen jedoch ab nächstem Monat ihren gesamten Werbeetat und sämtliche Jobs ab. Gestern gab es ein Notstandsmeeting, in dem uns die Geschäftsleitung auf harte Zeiten eingestimmt hat.«

»Was?! Sie werden Leute entlassen?«

»Ja, ganze Abteilungen werden aufgelöst. Das war unser größter Etat.«

»Ich wette, die Santini wird ihren Job behalten?«

»Ja. Soweit ich gehört habe, weil sie sonst eine wahnsinnig hohe Abfindung bekommen müsste.«

»Also lassen unsere Bosse eher den Laden gegen die Wand fahren, als die Ursache zu beseitigen? Krass!«

Ich bin schockiert, was in den wenigen Tagen passiert ist, gleichzeitig ist es, als würde ich Nachrichten aus einer anderen Galaxie hören. Alles kommt mir so unwichtig vor, als wäre ich längst woanders. Wie seltsam. Dabei war die Agentur mehr als zehn Jahre lang mein Leben. Die kurze Zeit mit Cole kann unmöglich so viel für mich verändert haben.

»Ich bewerbe mich jetzt auch weg«, sagt Ivy. »Lieber gehe ich zu meinen Konditionen, als vor die Tür gesetzt zu werden.«

»Aber nicht vor mir verschwinden«, sage ich scherzhaft.

»Meinst du denn, es klappt dieses Mal? Konnte Cole dir helfen?«

Allein seinen Namen zu hören trifft mich wie ein Blitz. »Ich hab gute Tipps bekommen, was ich noch besser machen kann«, sage ich, als ich mich gesammelt habe. »Jetzt wird es bestimmt klappen.« Es muss.

»Wo ist die Stelle?«

»In Chicago.«

»Gut, dann schaue ich mich auch dort um.«

Ich bin gerührt und falle ihr um den Hals. »Das ist so lieb von dir.«

»Na hör mal, April, du bist meine beste Freundin. Ohne dich ist Los Angeles langweilig. Wäre der Job besser, wäre das vielleicht anders. Aber so? Mich wirst du nicht mehr los.«

Das bedeutet mir viel. Richtig viel. Es überrascht mich selbst. Normalerweise hänge ich nicht so an Menschen.

Ivy bringt mich nach Hause.

»Brauchst du mich noch?«, fragt sie, als wir ankommen.

»Nein, ich werde auspacken und die Zeit nutzen und mich auf das Gespräch vorbereiten.« Wenn ich den Job kriege, dann war die ganze Aufregung wenigstens nicht umsonst.

»Viel Erfolg, April.«

»Danke, kann ich gebrauchen.«

Sobald ich alleine bin, atme ich tief durch.

Meine Wohnung kommt mir seltsam leer vor. Die Bilder an der Wand bedeuten mir nichts. Die sorgfältig abgestimmte Einrichtung ist mir egal. Etwas fehlt. Jemand. Cole. *Mist!*

Tränen steigen mir in die Augen, aber ich kämpfe sie nieder. Wenn ich jetzt anfange zu heulen, dann höre ich für die nächsten Tage nicht mehr auf. So verquollen kann ich nicht bei meinem Bewerbungsgespräch auftauchen. Mit aller Macht zwinge ich mich, das zu tun, was ich tun kann. *Nicht denken, handeln!*

Ich packe meinen Koffer aus, stelle eine Waschmaschine an, suche dann meine Unterlagen zu der Firma in Chicago zusammen und übe meine Präsentation. Je mehr Sicherheit ich jetzt gewinne, desto besser werde ich vor Ort sein. Danach arbeite ich an meiner Aussprache und an der freien Rede, auch wenn mir dabei mehrmals die Stimme wegbleibt, weil ich an Cole denken muss. Die Aufnahmen vom Training brauche ich zum Glück nicht.

In der Nacht ist es schlimmer. Ich kann schlafen, allerdings unruhig. Mir fehlt Cole an meiner Seite. Ich vermisse, dass er mir durch die Haare fährt, und die Ruhe, die er ausstrahlt. Mit ihm habe ich mich stärker gefühlt, als ich bin. Oder die Welt war leichter. Oder beides. Aber ich bin auch stark. *Stark genug.*

***

Chicago ist kalt und windig, als ich am Montag einen der Wolkenkratzer im Geschäftsviertel der Stadt betrete und die Büros von SMG, einer Immobilienfirma, ansteuere.

Aber es stört mich nicht, im Gegenteil. Nichts vor Ort erinnert mich an Los Angeles, nichts an Telluride. Es fühlt sich an wie der Neuanfang, den ich so dringend brauche.

»Ms Bishop, freut uns, Sie persönlich kennenzulernen«, begrüßt mich der Personalchef Robert Wheeler und führt mich durch das Gebäude.

Hinter Glaswänden sitzen die Angestellten und arbeiten. Einige von ihnen werden vielleicht irgendwann zu meinem Team gehören, und ich mustere sie neugierig, um einen ersten Eindruck zu gewinnen.

»Sie können sich schon mal einrichten, wir beginnen in fünf Minuten«, sagt Robert und deutet auf einen verglasten Konferenzraum.

Ich bedanke mich und frage nach den Toiletten, um mich noch mal frisch zu machen. Robert zeigt sie mir, und ich absolviere meine Lockerungsübungen. Ein Teil der Anspannung fällt von mir ab, und so selbstbewusst wie nie gehe ich zurück zum Konferenzraum.

*Heute klappt es. Es muss.*

Ich schließe meinen Laptop an den Beamer an und ziehe die Vorhänge des Raumes zur Hälfte zu. Nicht komplett, als würde ich was verbergen wollen, aber so, dass für die Besprechung eine intime Atmosphäre entsteht. Ja, SMG will mich haben, sonst hätten sie mich nicht aufgrund meiner Bewerbungsunterlagen eingeladen, doch ich muss auch SMG mögen. Wir werden sehen, ob wir zueinander passen. *Bitte!*

Pünktlich, was ich sehr schätze, erscheinen neben dem Personalleiter meine vielleicht zukünftige Chefin Kamala Ford, der CEO der Firma, Walter Meyer, sowie deren Assistenten. Ganz schön einschüchternd, aber später müsste ich genau mit diesen Leuten arbeiten. *Nur die Ruhe, April!*

Ich starte mit Small Talk zum Wetter, versichere mich, dass alle bei der Sache sind, und halte dann meine persönliche Vorstellung, dynamisch und schwungvoll, als würde ich sie das erste Mal vortragen. Wenn ich die Reaktionen der Runde richtig deute, überzeuge ich. Beim ersten Teil des Meetings und beim zweiten, als ich eine Testaufgabe erfüllen muss.

*Cole wäre stolz auf mich.*

»Ähm … Moment …«, komme ich bei dem Gedanken ins Straucheln. Ich täusche ein Husten vor und nehme einen Schluck Wasser.

*Soll es das gewesen sein?*

*Nein!*

Ich atme tief durch, gehe bei meinen Notizen noch mal einen Punkt zurück und steige von vorne ein. Keinen scheint das zu stören.

Als wir eine Pause einlegen, bleiben alle im Raum, und wir finden ganz zwanglos Themen zum Unterhalten. *Sehr angenehm.* Die zweite Tageshälfte läuft noch besser. Auch wenn mir SMG nichts Konkretes zu aktuellen Projekten verraten darf, entlocke ich ihnen immer wieder Infos. *Der Ausflug nach Telluride war nicht umsonst. Gott sei Dank!*

»Ich denke, ich spreche im Namen aller, wenn ich sage, dass wir begeistert sind, Ms Bishop«, sagt der CEO am Ende des Meetings. »Deshalb würden wir Ihnen gerne direkt ein Angebot machen.«

»Wie? Jetzt?«, piepse ich und sammle mich sofort. »Okay, jetzt«, schiebe ich souveräner hinterher. »Dann lassen Sie uns über die Konditionen sprechen.«

Ich mache es ihnen nicht leicht, aber keiner nimmt mir meine Forderungen übel. Es ist, wie Cole gesagt hat: Man darf sich nicht unter Wert verkaufen.

»Wann können Sie anfangen?«, fragt mich der Firmenchef am Ende, als es nur noch um das Eintrittsdatum geht.

»In einer Woche.« Vertraglich bin ich nämlich nicht gebunden. Das ist sportlich, aber die Zeit genügt mir, um meine Wohnung in L. A. aufzulösen und in Chicago für den Übergang was zu finden. Mein neues Gehalt ist ordentlich, ich muss nicht auf die Mietpreise achten, sondern kann mir was Hübsches leisten. Außerdem wird mir der Druck helfen, nicht in ein Loch zu fallen und an Cole zu denken. Besser, ich konzentriere mich auf meine neue Arbeit, meine Karriere, das, was ich immer wollte. Das ist gut, um über ihn hinwegzukommen.

»Dann willkommen bei SMG, Ms Bishop.«

## COLE

»Und hier ist er, der Bestsellerautor Cole Cameron, der uns die Welt kinderleicht erklärt«, ruft mich Moderatorin Janine Kelly in ihre live gesendete Morningshow.

»Lächle!«, raunt mir Ken zu, der weiß, dass ich völlig neben mir stehe.

Seit April weg ist, starre ich nur noch Löcher in die Luft. So hat er mich auch am Montag vor zwei Wochen im Büro angetroffen. Unrasiert, in zerknitterten Sachen, im Konferenzraum, nicht in meinem Büro, das mich zu sehr an die Frau erinnert, vor mir eine geöffnete Mail, in der Empfängerzeile ein Kunde, im Textfeld bis auf die Anrede nichts als ein blinkender Cursor. Dass Ken mal kündigen wollte, wenn ich es bei April verbocke, spricht er nicht an. Es ist offensichtlich, dass ich mir die Situation nicht ausgesucht habe.

In meinem Kopf spiele ich seitdem pausenlos die Zeit mit ihr durch, jede einzelne Minute. Manche Augenblicke verschwimmen bereits, aber wenn das alles ist, was ich habe, muss ich es behalten. Zum Glück habe ich die Videoaufnahmen von unserem Übungstag. Die bleiben mir für immer. Genau wie ihr Lebenslauf und die Zeugniskopien, die sie nicht mitgenommen hat und die ich in einem extra Schubfach aufbewahre. Keine Ahnung, wofür.

Ab und zu taucht die reale Welt vor mir auf, als würde jemand den Ton beim Fernseher anstellen. Ich bin wieder mittendrin, reagiere, kriege alles mit. Dann blende ich meine Umgebung wieder aus, sie ist unwichtig, ich verschwinde in meiner Welt. Dort gibt es April noch. Oder zumindest den Schatten von ihr.

»Cole, los! Du musst da jetzt raus!«, sagt Ken und hängt mir ein mobiles Mikro um den Hals.

Meine Beine setzen sich in Bewegung, und mein Gesicht verzieht sich zu etwas, das als Lächeln durchgehen könnte. Oder auch als Kontrolle, ob man Essensreste zwischen den Schneidezähnen hat. Ich beobachte mich selbst dabei, wie ich mit dem Buch wedele, für Janine ein Exemplar signiere, ein bisschen flirte. Zum Glück habe ich solche Auftritte schon Dutzende Male absolviert, das kommt mir jetzt zugute. Wenn es nach mir geht, können wir die Farce damit beenden. Es geht aber nicht nach mir …

»Cole, was würden wir nur ohne Sie machen«, plaudert Janine. »*Kinderleicht networken* hat mein Leben verändert. Mit *Kinderleicht kreativ sein* bin ich die Heldin meiner Tochter, wenn es um Schulaktionen geht. Und jetzt mit *Kinderleicht verhandeln* müssen sich meine Bosse warm anziehen. Ich werde mehr fordern und mehr bekommen.«

*Erwartet sie, dass ich darauf etwas Geistreiches erwidere?* »Danke, Janine«, sage ich nur und werfe ihr mein Lächeln zu, als könnte das die Lücke füllen. Dunkel erinnere ich mich, wie man Small Talk betreibt. In meinem ersten Bestseller *Kinderleicht networken* gab es ein ganzes Kapitel dazu. Aber jetzt will mir kein einziger Kniff einfallen. Wenn in meinem Kopf etwas ist, dann April. Falls ich gerade eine neue Buchidee habe, dann *Kinderleicht verrückt nach April sein.* Oder *Kinderleicht April nachtrauern.* Oder *Kinderleicht April vermissen.* Würde bloß niemand kaufen, wäre alles Schrott für den Grabbeltisch.

»Wenn unsere Zuschauer nur einen Tipp aus dem neuen Buch beherzigen sollten, welcher wäre das?«, plaudert Janine einfach weiter.

Ich habe absolut keine Ahnung. Es ist, als hätte jemand anderer das geschrieben. Hilfe suchend sehe ich Janine an. Sie ist Profi genug, um zu erkennen, dass sie sich anstrengen muss, wenn sie aus meinem Auftritt was rausholen will. Von mir wird nichts kommen.

»Ich fand ja die Stelle am nützlichsten, als es darum ging herauszubekommen, was das Gegenüber will«, spielt sie mir eine Antwort zu.

»Ja, Janine, das ist richtig, das ist auch für mich einer der wichtigsten Tipps. Denken Sie an Ihr Gegenüber.« Ich lächle noch breiter als eben schon, mein ganzes Gesicht tut weh. Wenn ich das noch länger machen muss, übergebe ich mich live im Fernsehen. *Mist!* Mir selbst ist egal, wie ich mich verkaufe, ich brauche nicht mehr Geld, aber von diesem Titel hängen Karrieren ab.

Als Rettungsversuch greife ich nach dem Buch, blättere beiläufig darin und nutze den Rest meiner Intelligenz, um auf Janines Fragen mit direkten Passagen zu antworten. Eine Notlösung. Aber wirksam. Vielleicht schreibe ich mal das Buch *Kinderleicht einen Blackout überspielen.* Erstes Material hätte ich schon.

Als ich abmoderiert werde, atme ich auf. Normalerweise bleibe ich backstage, um dem TV-Team Autogramme zu geben oder mit dem einen oder anderen noch ein Wort zu wechseln. Nicht weil ich muss, sondern weil mich Menschen interessieren. Heute steuere ich direkt den Ausgang des Studios an.

Ken folgt mir. »Dafür, dass dein kleines Cowboy-Herz gebrochen ist, warst du grandios«, versucht er es mit etwas Humor, weil mein Verhalten natürlich was mit April zu tun hat.

Ich reagiere nicht. Mir ist nicht nach Reden, ich will einfach wieder nach Hause. Aber wir sind in New York. Nach der Morningshow muss ich zu einem Mittagsmagazin, danach folgt ein Zeitungsinterview. Termine, die schon vor zwei Wochen hätten stattfinden sollen und die Ken nur verschieben, aber nicht absagen konnte. Ich muss das irgendwie durchziehen.

Sobald ich draußen auf der Straße stehe, mitten in Manhattan, umgeben von Leuten, die ihr Leben auf die Reihe kriegen, lehne ich mich an die Wand und schließe die Augen. »Scheiße!«, fluche ich. »Scheiße, Scheiße, Scheiße!«

Ich habe absolut keine Ahnung, was ich jetzt machen soll. Vielleicht eine To-do-Liste anfertigen für *Kinderleicht Liebeskummer überwinden*. Noch habe ich keine Idee, aber wenn mir nur fünf Schritte einfallen, kann ich daraus ein Buch machen, das vielen Menschen helfen würde.

Wobei … man nennt es Liebeskummer. Das klingt so harmlos. Wie Teeniezeug. Aber das, was ich fühle, ist viel heftiger.

Es ist, als wäre der Mensch, den ich liebe, gestorben. Aber sie ist noch da, das macht es irgendwie noch unerträglicher, weil ich nicht damit abschließen kann.

»Kriegst du die anderen Termine hin?«, fragt mich Ken und durchdringt damit meinen Nebel. Für einen meiner seltenen klaren Momente.

»Ja, das schaffe ich schon«, sage ich.

»Soll ich mit dir noch mal das Buch durchgehen?«

Unter anderen Umständen wäre die Frage lächerlich, aber ich kann nur dankbar nicken. Das eben war knapp gerettet dank Janine. Auf so viel Wohlwollen sollte ich später nicht setzen.

Wir fahren ins Hotel, und Ken geht mit mir drei Punkte zum Buch durch. Das Ding hat fast vierhundert Seiten, und ich soll mir drei Sachen merken. *Drei!* Aber selbst das fällt mir schwer. Würde man mit mir einen Demenztest machen, und ich sollte mir drei Wörter merken und sie nach einer halben Stunde wiederholen, ich würde versagen. Zumindest bei drei beliebigen Wörtern. Dürfte ich sie mit April verknüpfen, dann wären sie da. Weil diese Frau immer da ist. Genau diesen Trick wende ich auch jetzt an. April ist nicht mehr Teil meines Lebens, aber sie ist mein roter Faden, der mich durch den heutigen Tag bringt. Den morgigen. Den danach …

»Ruf sie an«, sagt Ken schließlich, ohne dass er erklären muss, von wem er redet.

*Glaubt er, auf die Idee bin ich nicht längst selbst gekommen?* Seit ich die Maschine zurück nach Telluride genommen habe, hatte ich nichts anderes im Kopf. Weil April sich am Gate zu mir umgedreht hat. Das macht niemand, der wirklich wegwill. Das machen nur Menschen, die wollen, dass man um sie kämpft. »Das hab ich schon«, sage ich. »Sie hat meine Nummer gesperrt, ich komme nicht mehr durch.«

»Soll ich sie anrufen?«

»Damit sie deine ebenfalls sperrt? Nein!«

Ich habe Kopfschmerzen, bin müde, und mein Leben fühlt sich furchtbar an.

*Es lief alles so gut, bevor sie kam. Und jetzt?* Mir war gar nicht klar, wie sehr mein Glück von einem Menschen abhängen kann. Ich würde liebend gerne zu diesem alten Zustand zurückfinden, aber es geht nicht. Sie hat alles verändert. *Unwiderruflich.*

In der Hotelsuite lege ich mich aufs Bett und schließe die Augen. Das ist das Einzige, was hilft, denn wenn ich mich richtig anstrenge, dann fühlt es sich so an, als wäre sie bei mir. Fast kann ich sie an meiner Seite spüren. Das ist beruhigend. Ein schönes Gefühl.

Ich strecke eine Hand aus, glaube, dass April hier ist, aber das Bett ist leer. Die Erkenntnis sorgt für einen eiskalten Schauer. Wie jedes Mal.

»Wie viel Zeit habe ich noch, bis wir losmüssen?«, frage ich Ken.

»Zwei Stunden.«

»Gut.« Ich richte mich auf und ziehe mich um. »Ich bin im Fitnessraum.« Um irgendwie wieder zu Verstand zu kommen. Zumindest für den Rest des Tages.

Im Sportraum des Hotels sehe ich mich um, was ich mit meiner Schulter machen kann, und entscheide mich zum Warmmachen für Walking auf dem Laufband. Danach absolviere ich Kraftübungen, die den Schulterbereich auslassen. Die Heilung schreitet gut voran, ich will nichts gefährden, aber wenn ich still herumsitze, dann drehe ich durch.

Die Rechnung geht auf. Für einen Augenblick schenkt mir der Sport das Gefühl von Normalität. Als ich fertig bin und wieder auf mein Zimmer gehe, holt mich die Trennung jedoch ein.

»Hey, Cole, ich danke Ihnen für das Training im letzten Jahr«, spricht mich da ein drahtiger Typ im Anzug von der Seite an.

Sekundenlang kann ich ihn nur anstarren, weil ich Probleme habe, ihn einzuordnen.

»Robert Wheeler von SMG!«

In meinem Kopf rattert es. Vage erinnere ich mich an ihn, bei der Drei-Buchstaben-Firma klingelt jedoch noch nichts.

»O ja, richtig, freut mich«, sage ich höflich. »Was machen Sie hier?«

»Die NYU hat mich als Gastdozenten eingeladen.«

»Wow, Glückwunsch«, sage ich, weil ich weiß, dass die Uni nicht jeden nimmt. »Wie läuft es denn bei SMG? Funktioniert der neue Auswahlprozess, an dem wir gearbeitet haben? Finden Sie nun die richtigen Leute, die auch länger bleiben?« Die hohe Fluktuation hat SMG letztes Jahr echt zu schaffen gemacht, deshalb ist Robert damals zu mir gekommen, wie mir jetzt wieder einfällt.

»Momentan bleiben alle nach der Probezeit. Wir sind hochzufrieden«, schwärmt er. »Erst zuletzt hatten wir eine Kandidatin, die war der Wahnsinn! Sie hat unseren gesamten Auswahlprozess mit Bravour gemeistert.«

Er erzählt mir begeistert die Details. Früher hätte ich jedes Wort aufgesogen. Jetzt höre ich nur halb hin und nicke an den richtigen Stellen. Bis *ihr* Name fällt. *April Bishop*. Und endlich kann ich SMG richtig einordnen. Das ist eine Immobilienfirma in Chicago. Die, bei der sich April beworben hat.

»April?«, wiederhole ich begriffsstutzig, während sich in meinem Kopf die Puzzleteile zusammensetzen. April war für ein Jobinterview bei SMG eingeladen. Vor mir steht der Mann, der sie eingestellt hat. SMG hat die Frau, die ich haben will. *Was für ein Zufall!*

Robert Wheeler merkt nichts von meiner plötzlichen Aufregung, sondern erzählt einfach weiter. »Ich sage Ihnen, diese Frau wird noch Großes erreichen. Sie ist erst seit einer Woche bei uns, aber die packt an! Sie ist ein richtiger Glücksgriff.«

»Ich hoffe doch, anständig bezahlt?« Sonst mache ich Ärger.

»Uff, also ich wäre für einen Kinderleicht-Gehaltsvorstellungen-drücken- Workshop zu haben. Sie hat sehr hoch gepokert.«

»Aber sie ist es wert«, murmle ich.

»Ja, das ist sie.« Er schaut auf sein Handy und nickt. »Ich muss weiter, Cole. War toll, Sie mal wieder zu treffen. Weiterhin viel Erfolg!«

Ich überlege für eine Sekunde ernsthaft, den von ihm vorgeschlagenen Ratgeber zu schreiben, nur um mit dem Workshop einen Grund zu haben, bei SMG vorbeizukommen, aber ich verwerfe den Gedanken. Ich unterstütze *Menschen* bei ihrer Karriere, nicht *Firmen.* Immerhin habe ich jetzt von April gehört. Irgendwie beruhigt mich das.

»Wie lauten die drei Kernaussagen aus deinem neuen Buch?«, fragt mich Ken ab, sobald ich wieder auf dem Zimmer bin.

Ich zähle sie auf, und wir absolvieren auch die anderen beiden Termine. Etwas reibungsloser als den ersten, dennoch längst nicht wie zu meinen besten Zeiten.

*Was für eine Tortur!*

Als ich spät am Abend nach Hause komme, wartet Reese auf der Veranda auf mich. Sobald sie mich sieht, steht sie auf, kommt mir entgegen und umarmt mich zur Begrüßung. Ich versteife mich und löse ihre Hände von mir. »Was willst du hier?«

Sie hebt eine Tüte hoch. »Mit dir essen. Von deinen Eltern. Sie machen sich Sorgen.« Sie sieht mich von der Seite an. »Wir alle machen uns Sorgen. Das heute früh bei der Morningshow, das warst nicht du.«

»Erwischt! Ihr habt mein Double gesehen. Im Großen und Ganzen hat er sich doch gut geschlagen.«

»Das ist nicht witzig, Cole.«

»Wem sagst du das? Ich bezahle meinem Doppelgänger definitiv zu viel, wenn niemand auf ihn hereinfällt.«

Misstrauisch kneift sie die Augen zusammen, als würde sie über meine Doppelgänger-Story nachdenken. Dann boxt sie mir gegen den noch gesunden Oberarm und marschiert an mir vorbei ins Haus. »Arschloch!«

»Warum gehst du dann nicht?«, frage ich und folge ihr.

»Ich schaue nach, ob dein guter Zwilling hier steckt und meine Hilfe braucht.« Sie schaut sich natürlich nicht um, sondern verschwindet in der Küche und packt das Essen aus.

Alles ist ordentlich, weil die Putzhilfe gerade da war. Dennoch fallen Leuten, die mich gut kennen, die Unterschiede auf. Ganz sicher auch Reese. Eine fast leere Flasche Scotch steht herum – Zeug, das ich sonst nie anrühre. Der Schmuck von April, den sie nicht mitgenommen hat, den ich ihr aber jetzt nach Chicago schicken werde. Dazu kommen die teils zugezogenen Fenster, als wäre mir selbst das bisschen Sonne im Herbst noch zu viel.

»Lass uns was essen«, sagt Reese, macht zwei Teller mit Moms Höllenchili con Carne fertig und stellt sie auf den Küchentisch.

Stumm sehe ich ihr zu. Als sie sich setzt, bleibe ich jedoch stehen. Dort hat April gesessen – und mir Sex angeboten.

»Lass uns nebenan essen«, sage ich, nehme meinen Teller und gehe voraus in einen Raum, den ich bisher quasi nie genutzt habe, in dem aber nun ein nagelneuer Tisch und ein paar Möbel stehen.

Reese folgt mir anstandslos.

»Machst du noch Sport?«, fragt sie, als wir sitzen.

»Ja. Soweit es mit der Schulter geht«, antworte ich und mache mich über das Essen her, weil ich erst jetzt merke, wie hungrig ich bin.

»Hilft es?«

»Nein.«

»Schmeckt es?«

»Ja.«

»Freut mich, ich richte es deiner Mom aus.«

Kauend sehe ich sie an und begreife erst jetzt, was sie vorhin zu mir gesagt hat. Alle haben mich gesehen und sind besorgt. Mein Auftritt muss meine Eltern an die Zeit vom Burn-out erinnert haben. *Als wären die beiden Situationen miteinander vergleichbar! Damals habe ich zu viel gemacht, jetzt fällt mir umgekehrt jeder Handgriff schwer.* »Wenn du mit meinen Eltern redest: Kannst du ihnen sagen, dass ich auf mich aufpasse?«

»Tust du das denn?«

»Ja, auf jeden Fall. Und Ken ist ja auch noch da.«

»Kann ich denn was für dich tun?«

Mir wird ganz anders. *Deutet sie etwa an, was ich denke, das sie andeutet? Dass sie und ich jetzt zusammenkommen?*

»Dein Gesicht, Cole«, murmelt sie amüsiert. »Du siehst aus, als hätte ich dich in eine einsame Gasse gelockt und würde dir an die Wäsche gehen. Entspann dich! Seit ich dich mit April gesehen habe, weiß ich, dass es mit uns nie was wird. So wie sie hast du mich nie angesehen.«

Meine Augen beginnen zu brennen. »Willst du, dass ich heule?«, blaffe ich, weil ich nicht daran erinnert werden will, wie perfekt April und ich zusammen waren. *Was bringt das, wenn sie nicht zu mir zurückkommt?*

»Hast du denn schon geheult?«, fragt sie, ohne mit der Wimper zu zucken.

»Du solltest jetzt gehen, Reese.«

»Also hast du nicht«, stellt sie zufrieden fest. »Gut so.«

»Was soll das denn bitte heißen?«

»Ich denke, das weißt du selbst.«

Mit einem Lächeln, als wäre ihr Auftrag erfüllt, steht sie auf. »Bis morgen, Cole, und halt die Äuglein trocken!«

Wenn sie nicht gehen würde, ich würde sie glatt rauswerfen. Ich höre, wie sich die Eingangstür schließt, und wenig später einen Wagen wegfahren, und ich frage mich, was die Nummer sollte. *Ich habe jedes Recht zu heulen. Jedes! Auch ein Mann darf das, und ich bin nicht so ein Macho, dass mir das peinlich wäre. Zumindest nicht vor meiner Familie und engen Freunden. Oder glauben alle, ich spiele nur den geprellten Freund? Dass das hier nicht so schlimm ist?! Tja, Überraschung: Es ist schlimm!*

Frustriert staple ich das schmutzige Geschirr in die Spülmaschine und beschließe, früh schlafen zu gehen. Es war ein langer Tag, und ich bin erledigt.

Ich steuere ein Gästezimmer mit Gästebad an, das ich seit der Trennung nutze, weil die anderen Räume mich zu sehr an April erinnern – und quälen. Als ich unter der Dusche stehe, ruft mein Gehirn trotzdem Bilder von ihr und mir ab, und ich vermisse sie. So sehr, dass meine Haut brennt. Ich warte auf die Tränen, doch sie kommen nicht.

*Heißt das, der eigentliche Zusammenbruch kommt noch? Aber warum war Reese dann nicht beunruhigt? Ja, sie war und ist vielleicht noch scharf auf mich. Aber sie ist kein berechnendes Biest, das darauf wartet, dass ich zusammenklappe, um dann meine Stütze zu sein.*

Wieder brennt es in meinen Augen, doch die Tränen bleiben aus. Mein Gesicht wird nur nass vom Wasser der Dusche. *Warum trauere ich nicht?*

*Weil das mit April und mir noch nicht vorbei ist*, wird mir plötzlich klar. April und ich haben es vor fünfzehn Jahren vermasselt. Wir haben es jetzt nicht hinbekommen. Aber aller guten Dinge sind drei … *Fuck, was die Liebe aus einem macht!*

# 17. Kapitel

*Drei Monate später*

## APRIL

»Steve, gut gemacht, du übernimmst das Washington-State-Portfolio. Ivy, du kümmerst dich um die Unterlagen der Green-Terrace-Anlage. Jason, bei deinen Zahlen fehlt mir noch eine Aufstellung. Tempo, wir schaffen das!«

Nach der Präsentation der Quartalszahlen, die noch zum Großteil mein Vorgänger verantwortet hat, bin ich gespannt, wie die Halbjahresergebnisse ausfallen. Ich weiß, dass meine Abteilung und ich exzellente Arbeit geleistet haben. Wir sind ein tolles Team, alle sind super happy mit mir, und auch ich blühe richtig auf. Das ist das, was ich immer wollte. Meine Chefin Kamala Ford hat mir sogar signalisiert, dass man intern über einen nächsthöheren Posten für mich spricht. Jetzt schon!

Dazu kommt, dass ich wenige Wochen nach meinem Start Ivy in das Team nachholen konnte. Ich könnte nicht glücklicher sein.

Die Sache hat nur einen Haken. Den Erfolg habe ich den Tagen mit Cole zu verdanken. Natürlich habe ich die

Grundlagen selbst gelegt, aber der Feinschliff kam durch ihn. Ich will ihn vergessen, doch es vergeht kein Tag, an dem ich nicht an ihn denke. Seit ich ein Paket von seiner Agentur erhalten habe, wandern meine Gedanken sogar jede Stunde zu Cole.

Ich habe das Päckchen beiseitegelegt und mir gesagt, ich öffne es, wenn ich bereit dafür bin. Allmählich glaube ich, dass das nie der Fall sein wird. Ich kann diesen Mann nicht vergessen. Wenn ich an uns denke, tut die Trennung immer noch weh, und genau dieser Schmerz gibt mir recht, dass es richtig war zu gehen. Jetzt ist er auszuhalten. Wären wir zusammengeblieben, wäre Cole mir noch wichtiger geworden, und der Schmerz, wenn etwas uns trennt, würde mich zerreißen.

Mein Team verlässt den Konferenzraum. Ich eile in mein Büro und feile an der Präsentation, die ich gleich vor dem Chef von SMG halten muss. Mein Herz rast, und ich atme tief durch, bis es wieder geht. *Das ist nur die Aufregung*, sage ich mir. *Kein Grund zur Beunruhigung.*

Eine Stunde später kommt Jason mit den fehlenden Zahlen. Gerade so pünktlich spreche ich die Präsentation vorab mit meiner Chefin durch. Als sie zufrieden ist, atme ich auf. Es könnte nicht besser laufen. Genau wie schon in den letzten Wochen, denn Kamala unterstützt mich, wo sie kann. Ich lerne enorm viel von ihr, was die Führung eines Teams angeht. Mit Ivy in der Nähe fühlt sich SMG außerdem wie ein zweites Zuhause an.

»Nehmen Sie sich doch die restlichen Stunden bis zum Vier-Uhr-Meeting frei«, meint Kamala, als wir fertig sind.

»Das ist nicht nötig. Ich könnte noch an dem Alabama-Projekt weiterarbeiten.« Der Baufortschritt lässt zu wünschen übrig.

»Das ist ein Befehl«, sagt sie bestimmt – und mit einem Lächeln.

»Oh!«, mache ich überrascht, aber begreife, dass das eine Belohnung für meine gute Arbeit ist. »Was ist mit meinem Team? Sie haben die letzten Wochen wahnsinnig viele Überstunden gemacht. Kann ich sie für heute nach Hause schicken?«

»Es sind Ihre Leute, April. Natürlich.«

Kamala ist echt eine tolle Frau. Willensstark und doch sehr einfühlsam. Wenn ich nur halb so gut werde wie sie, kann ich mich freuen.

Ich informiere mein Team und bin einmal mehr gerührt, als alle bleiben. Sie wollen mit mir die Ergebnisse des Meetings abwarten.

»Wie geht es dir?«, fragt Ivy in einem ruhigen Moment.

»Unfassbar gut«, sage ich und umarme sie. »So habe ich es mir immer vorgestellt.«

Wir schauen beide nach draußen auf das Hochhausmeer des Geschäftsviertels mit seinen verglasten, spiegelnden Fassaden. Der Himmel ist grau. In vielen Büros sind bereits die Lichter an. Der Herbst kommt in Chicago früh und mit viel Wind und Kälte, was für uns aus Kalifornien eine Umstellung ist.

»Korrigiere, ich habe es mir mit mehr Sonnenschein vorgestellt«, gestehe ich. »Aber das ändert nichts an meiner guten Laune. Das hier ist erst der Anfang. Wenn die Präsentation vorbei ist, habe ich zig neue Ideen. Ich kann es gar nicht erwarten, sie umzusetzen!« Ich zähle ein paar auf, halte aber inne, als sich meine Stimme vor Aufregung überschlägt. So kurz vor dem wichtigsten Meeting meiner Laufbahn kann ich das nicht gebrauchen.

»Solltest du dir danach nicht ein paar Tage freinehmen?«

»Das Team kann Urlaub machen. Aber ich? Mir ist nicht danach.«

»Süße, du arbeitest seit Monaten durch.«

»Das macht mir nichts aus. Ich kenne es nicht anders.«

Eine Viertelstunde vor der Präsentation gehe ich auf die Damentoilette und absolviere meine Atemübungen. Ich bin mittlerweile routiniert im Sprechen, dennoch nutze ich die Tricks, die Cole mir gezeigt hat. Anders als sonst wird mir heute jedoch schwer ums Herz. Ich würde ihm gerne erzählen, was ich erreicht habe. Ihm danken. Ihn einfach sehen.

*Mist, das ist der absolut falsche Moment für solche Gefühle!*

Ivy verfolgt, was Cole macht, aber ich blende alles aus und habe sie gebeten, mir nichts davon zu erzählen. Es tut zu sehr weh. Mit Arbeit kämpfe ich gegen die Erinnerungen an. Gegen jede Sekunde, jeden Augenblick. Das mit uns ist vorbei. Es ist gut so, wie alles gekommen ist. Das sage ich mir immer noch. Doch gerade jetzt gelingt es mir nicht. Ich vermisse ihn ganz schrecklich und frage mich, was aus uns geworden wäre, wenn wir zusammengeblieben wären. *Vielleicht hätte er sich heute Abend freigenommen und wäre extra aus Telluride gekommen, um mit mir gemeinsam meinen großen Tag zu feiern? Oder wir hätten Pläne für das Wochenende geschmiedet. Oder – Verdammt, das kommt bestimmt von dem Paket, das ich bisher nicht geöffnet habe.*

Ich atme tief durch und gehe zurück in mein Büro. Mit einem Seufzen lege ich das Paket vor mir auf den Tisch.

*Mach es nicht auf, nicht jetzt*, sagt alles in mir. *Das ist der falsche Moment. Du musst dich voll und ganz auf deine Aufgabe konzentrieren.*

Dennoch fahren meine Finger über das Absenderetikett, und mir ist, als würde ich Cole berühren. *Nicht gut.*

Hastig ziehe ich die Hände weg. Das Problem daran ist nur, dass sich das Paket nicht in Luft auflöst.

»Am besten, du entsorgst es, das wirst du ja wohl schaffen«, sage ich laut zu mir selbst. Entschlossen greife ich zu – und öffne es. *Verdammt, was mache ich denn da?!*

Ich will aufhören, aber meine Hände entwickeln ein Eigenleben und reißen an der Verpackung wie Kinder an Geschenkpapier.

Als ich den Inhalt erkenne, muss ich schlucken. *Meine Kette! Und meine Armreifen!*

Mein Herz rast wie nach einem Sprint. Die unterdrückten Erinnerungen kommen plötzlich hoch. Wie Cole zu mir ›Ich liebe dich!‹ gesagt hat. Wie ich es auch konnte, zum ersten Mal in meinem Leben. Der Spaziergang über den Markt, das Essen, das tolle Wetter, der Ausritt. Er hat mich wirklich auf ein Pferd gekriegt! Davon werde ich noch reden, wenn ich hundert Jahre alt bin. Dann der Unfall und wie mich das an den Tod meiner Eltern erinnert hat. Und dann wieder Cole, nur Cole.

Wie unter Schock starre ich den Schmuck an. *Ich bin glücklich*, denke ich. *Das ist das Leben, das ich immer führen wollte.* Aber verdammt, dort auf diesem Markt mit Cole, der meinen Beutel getragen hat, da war ich wirklich glücklich. Ganz anders als jetzt. Alles war einfacher, schöner, strahlender. Selbst schlechtes Wetter wie das heute in Chicago hat sich mit Cole gut angefühlt. *Puh!*

Ich will den Schmuck zurück in den Karton packen, stattdessen habe ich Sekunden später die Armreifen am Handgelenk. Ein weiteres Blinzeln später trage ich die Kette. *Was zum Henker tue ich da?*

Bevor ich noch mehr Unfug treibe, will ich die Kiste entsorgen. Ich bringe sie zu unserem Mülltrenner, nehme das Füllmaterial heraus und will es in das Fach für Kunststoff geben, da bemerke ich eine Karte. Der Umschlag trägt meinen Namen in *seiner* Handschrift. Das rührt mich plötzlich zu Tränen.

*Kann ich bitte aufhören, so emotional zu sein?* Ich muss in fünf Minuten vor den CEO treten und von meinen sensationellen Ergebnissen berichten. Wenn ich so aufgelöst erscheine, kann ich meinen professionellen Eindruck vergessen. *Wirf die Karte ungelesen weg, April!*

Aber das mache ich nicht.

*Was stimmt nicht mit mir?!*

Ich entsorge nur den Karton und gehe mit der Nachricht zu den Damentoiletten. Sobald ich allein bin, setze ich mich auf den Toilettendeckel und öffne den Umschlag. Mir wird ganz anders, als ich einen handschriftlichen Zettel vorfinde.

Liebe April,
das ist der fünfte Versuch, einen Brief an dich zu schreiben. Ich habe sogar Ratgeber dazu gelesen. Leider gibt es keinen mit Tipps, wie man sich bei der Frau meldet, die man liebt, wenn die nichts mehr von einem wissen will.
Es vergeht kein Tag, ohne dass ich an dich denke. Mir ist egal, wie wir auseinandergegangen sind. Ich bin sauer auf dich, aber nicht so sauer, dass ich nicht sofort alles stehen und liegen lassen würde, wenn du mich brauchst. Du bist für mich der wichtigste Mensch auf dieser Welt. Seit schon immer und für immer.
Cole

Mein Herz rast. *Es war richtig, dass ich gegangen bin. Sonst hätte ich das doch nicht gemacht. Die Zeit mit Cole war ein Fehler. Warum wühlen mich seine Worte dann so auf?*

*Weil er auch für mich der wichtigste Mensch auf diesem Planeten ist. Damals, heute, für immer.*

Meine Hände zittern und sind eiskalt. Ich müsste mich bewegen, aber ich kann nicht.

Es klopft an der Kabinentür. »April? Süße? Bist du hier drin? Das Meeting hat angefangen. Die Chefs fragen sich, wo du bleibst.«

»Oh, ja ... richtig«, stammle ich, als ich Ivy höre, nehme ein paar tiefe Atemzüge, ringe mir ein Lächeln ab und trete vor die Tür. »Da bin ich!«

»Alles okay mit dir?«

»Mmh. Klar«, murmle ich, halte die Karte in meiner verkrampften Hand und schnappe mir wie auf Autopilot den Laptop aus meinem Büro.

Keine Ahnung, wie ich es schaffe, aber ich starte die Präsentation. Ich wette, das liegt daran, dass ich sie so oft geübt habe. Aliens könnten die Erde angreifen, das würde mich nicht aus der Bahn werfen.

Während mein Mund von den Erfolgen des ersten Halbjahres berichtet, weicht der Brief in meiner immer heftiger schwitzenden Hand durch, und Sterne tanzen mir vor den Augen. Normalerweise laufe ich bei Meetings durch den Raum, nun lehne ich mich an die Wand. Es wird auch nicht besser.

*Vielleicht habe ich einen Gehirntumor? Oder ein geplatztes Gefäß im Kopf? Oder das Mittagessen war verdorben?*

*Oder ich brauche Cole. Heftiger denn je.*

Mit jedem Klimpern des Schmucks fühle ich mich elender. Ich rede schneller. Eine Stunde ist für die Präsentation vorgesehen, aber nie im Leben halte ich so lange durch. Ich muss hier fertig werden. *Sofort.*

Die ganzen letzten Wochen und Monate habe ich mich auf meine Arbeit konzentriert, auf das, was ich unter Kontrolle hatte. Ich war gut darin, richtig gut. Ich habe die Erinnerungen an uns unterdrückt. Sie kamen wenn, dann nur nachts, wenn ich noch wach lag. Also habe ich mehr gearbeitet, um schneller einschlafen zu können. Manchmal haben sie mich in meinen Träumen verfolgt, manchmal nicht. Jetzt ist alles da, am helllichten Tag, während ich in die Gesichter der Leute schaue, die mir diesen Job gegeben haben. Als ließen sich meine Gefühle für Cole nicht länger verdrängen.

»Einen Moment, bitte«, sage ich, schließe die Augen und atme tief durch.

Aber mit jedem Moment wird es schlimmer.

Tränen steigen mir in die Augen. Ich versuche noch, sie wegzublinzeln, da laufen sie schon.

Peinlich berührt wische ich sie weg. *Und dank der Glaswände bekommt jeder mit, dass April Bishop bei ihrer Halbjahrespräsentation in Tränen ausbricht!*

»Entschuldigung«, hickse ich. Da heule ich richtig los, sodass ich kein weiteres Wort herausbekomme.

Dunkel kriege ich mit, dass Kamala zu mir kommt. Wenig später ist auch Ivy an meiner Seite. Sie rufen einen Arzt. Ich will allen sagen, dass es gleich vorbeigeht. Aber ich kann nicht sprechen, und es geht auch nicht vorbei. Da ist nur Schmerz, im ganzen Körper. So ging es mir nicht mal beim Tod meiner Eltern. *Was stimmt nicht mit mir?*

# COLE

Die Trennung wird leichter. Das liegt am Herbst. Mit der wechselnden Jahreszeit erinnert mich weniger an April. Insofern ist es gut, dass das mit uns, so intensiv es auch war, nur kurz lief. Auch die Aufnahmen mit ihr habe ich schon lange nicht mehr angesehen. Ich bin froh, dass es sie gibt, aber ich weiß, dass es in Zeitlupe heilende Wunden aufreißt, wenn ich sie mir ansehe. Um meiner selbst willen lasse ich die Finger davon.

Den Sommer und die Arbeit für den Verlag habe ich überstanden. *Kinderleicht verhandeln* hat gute Chancen, Jahresbestseller des Verlags zu werden, und *Kinderleicht befördert werden* geht nun in den Druck und wird Anfang des Jahres erscheinen. Ich habe weitere Ideen, verfolge jedoch keine, da mich die Themen zu sehr an April erinnern. Keine Ahnung, ob ich je wieder einen Ratgeber schreiben werde.

»Cole, können Sie mir schon sagen, wie der Nachfolgeband zu *Kinderleicht befördert werden* aussehen wird?«, fragt mich eines Tages Robyn, mein Kontakt im Verlag.

»Der Nachfolgewas?« Ich bin so überrascht, als würden wir das Spiel zum ersten Mal spielen.

»Im Frühjahrsprogramm ist ein Platz frei geworden. Falls das zu knapp ist, können wir auch was für den Sommer planen. Geben Sie mir einfach drei Stichpunkte, das genügt, damit ich die Idee intern verkaufen kann.«

»Robyn, also … ich …«, stammle ich, überfordert von ihrer zackigen Art.

»Sie müssen mir auch gar nichts geben. Ein Ja genügt.« Sie wartet. »Höre ich ein Ja?«

Ich reibe mir die Stirn auf der Suche nach einem Weg, ihr diplomatisch zu verstehen zu geben, dass ich raus bin.

»Es … wird … kein neues Buch geben«, sage ich zögerlich.

»Oh, also wenn es zu viel Arbeit ist, kann ich Ihnen Hilfe organisieren. Ein Ghostwriter kann sich an Ihrem bisherigen Stil orientieren. Ich brauche nur eine Idee, schließlich halten Sie am Ende Ihr Gesicht hin und –«

»Nein, Robyn, Sie verstehen mich nicht. Ich nehme eine Auszeit.«

»Aber … die Programmvorschau … das Geld … Ihre Bekanntheit! Cole, die ist doch gerade am größten.«

»Ich mache das nicht für den Ruhm, sondern um Leuten zu helfen. Das wissen Sie. Tut mir leid.«

»Aber Sie gehen jetzt nicht zur Konkurrenz, oder? Wir haben die besten Kontakte zum Buchhandel. Das wissen Sie. Wir haben außerdem das Design der Bücher entworfen. Wenn das jemand nachmacht, wird das teuer und –«

Ich muss lachen. »Ganz ruhig, Robyn. Ich gehe nirgendwohin. Es ist nur eine Pause. Geben Sie mir Zeit, um mich etwas zu sammeln.« *Und wieder normal zu ticken, statt einer Frau nachzutrauern, die es nicht mit mir aushält, weil ich zu nett bin.*

»Wenn Sie sonst irgendwie Hilfe brauchen …?«

*Deutet sie an, ich müsste in die Klapse?!* »Ich habe Hilfe, Robyn, danke, ich bin erwachsen. Was ist an einer Auszeit so ungewöhnlich?«

»Sie hatten in all den Jahren unserer Zusammenarbeit noch nie eine.«

»Dann wird es wohl Zeit. Machen Sie sich keine Sorgen. Ich schätze Ihre Arbeit. Ich will nach dem letzten Buch nur nicht sofort wieder in die Vollen gehen. Und Sie wissen ja, mit meinem Unfall und der Schulter«, schiebe ich nach, dabei ist mittlerweile längst alles verheilt.

»Natürlich, die Gesundheit geht vor. Das verstehe ich.«

Das wundert mich nicht. Mit gebrochenen Beinen kommen die Leute besser klar als mit gebrochenen Herzen. Aber immerhin konnte ich das abschmettern. So bleibt neben der Agenturarbeit wieder Zeit für andere Dinge. Das ist wichtig, um auch ohne April wieder ein glückliches Leben zu führen.

Ich beende das Gespräch, beantworte eine dringende Mail von einem Kunden und schalte dann den Computer aus, um Feierabend zu machen.

Bevor der Winter kommt, wollte ich unbedingt die Veranda meines Hauses mit Schutzlack streichen. Die letzten Jahre hat das eine Firma erledigt. Aber um den Kopf freizukriegen, will ich es diesmal selber machen. Die letzten Wochen habe ich schon das Holz vorbereitet und abgeschliffen. Heute will ich, solange es noch hell ist, mit dem Anstrich beginnen und bis in die Dämmerung hinein streichen.

Ich ziehe mir meine Jacke an und will mich gerade von Ken verabschieden, da kommt mit einem Hallo eine Frau ins Büro, die ich noch nie zuvor gesehen habe. Typ Großstadt, eher modisch als dem Wetter angemessen gekleidet, sehr gepflegte braune Haare, roter Lippenstift, Nagellack …

»Das Tourismusbüro ist einen Block weiter«, sage ich freundlich, aber reserviert, weil es nicht das erste Mal ist, dass sich Besucher zu uns verirren.

»Ich bin nicht –«

»Und die Besichtigung für die historischen Räume wurde verschoben«, füge ich hinzu, weil ich die Frau jetzt für eine der Architekturinteressierten halte, die sich einmal im Monat unsere Agenturräume anschauen kommen. Das war Teil der Vereinbarung, um das denkmalgeschützte Gebäude zu beziehen. Seit April weg ist, ähnelt mein Büro jedoch einer Abstellkammer. Die letzten Male habe ich die

Termine daher ausgesetzt. Offensichtlich hat sich das nicht bis zu der Dame vor mir herumgesprochen.

»Ich bin auch nicht –«, setzt sie erneut an.

»Wenn Sie Anfragen haben, bitte per Mail«, unterbreche ich sie noch mal, weil ich gehen will und sie mich aufhält.

»Alter, wie konnte sich April nur in dich verlieben, wenn man nie zu Wort kommt!«, stöhnt die Frau da keine Spur wie eine Touristin, Studentin oder Neukundin. »Ich bin Ivy, ihre Freundin, und ich muss dringend mit dir sprechen.«

Plötzlich könnte man ein Staubkorn fallen hören.

»Ach, dazu fällt dir jetzt nichts ein?!« Sie mustert mich von oben bis unten. »Okay, du siehst wirklich so heiß aus, wie sie gesagt hat, aber an den Manieren musst du noch arbeiten. Oder ist dir der Ruhm zu Kopf gestiegen, Mister Bestsellerautor?«

Ich sehe sie weiter sprachlos an und versuche zu verarbeiten, was der Besuch dieser Frau zu bedeuten hat. Ken fängt sich schneller.

»Normalerweise ist er netter«, übernimmt er das Gespräch und reicht der Frau die Hand. »Hi, ich bin Ken, der Assistent von Mister Bestsellerautor, und in puncto April im Bilde. Ihr Name fällt hier nur seit Monaten nicht mehr. Worum geht es denn?«

Sie sieht mich an, aber ich kann immer noch nicht sprechen. Ich weiß, wer Ivy ist. Mir fällt kein guter Grund ein, warum sie hergekommen sein könnte. Nur schlechte. *Richtig schlechte.*

»Du solltest dich setzen«, sagt sie zu mir.

»Geht schon«, murmle ich.

»Nichts für ungut, aber du bist weiß wie ein Laken, dabei bin ich hier nur hereinspaziert und habe den Namen April fallen lassen. Du willst dich setzen.«

Hilfe suchend sehe ich zu Ken, weil ich nicht klar denken kann.

»Los, nehmt dein altes Büro«, sagt er, packt mich am Arm und führt mich in den Raum, der mittlerweile einem Lager gleicht.

»Bist du dir sicher?«, murmle ich.

»Auf jeden Fall! Wird Zeit, dass du das wieder benutzt, und ich könnte mir keinen besseren Moment dafür vorstellen als jetzt.« Er drückt mich aufs Sofa, räumt Unterlagen weg und sagt, dass er Getränke holt.

»Ist ja hübsch hier«, murmelt Ivy und sieht sich um.

»Die Holzvertäfelung stammt aus dem …« Ich breche ab, weil sie nicht gekommen ist, um sich Trivia aus der Zeit des Wilden Westens anzuhören. Das eben war Sarkasmus, und er soll überdecken, wie nervös sie ist. »April weiß nicht, dass du hier bist, richtig?«

»Kann man so sagen«, meint Ivy vieldeutig und nickt. »Ich war mir auch nicht sicher, ob ich kommen soll. Sie hat seit dem Sommer nicht mehr von dir gesprochen.«

»Fuck!«, entfährt mir. Das verletzt mich. *Sehr.* Gerade am Anfang habe ich Ken, meinen Eltern und meinen Freunden viel von April erzählt. Ich habe alle genervt. Das war wichtig für mich, um die Erinnerung an sie lebendig zu halten. Mehr hatte ich nicht. Es vergeht kein Tag, an dem ich nicht an sie denke. Kein einziger. Dass sie mich mit keiner Silbe erwähnt hat, ist hart. »Warum bist du dann hier?«, frage ich. »Hat sie Probleme in der neuen Firma? Braucht sie Tipps in puncto Teamführung? Oder wie sie sich als Frau in einer Männerwelt behaupten kann?«

»Darum geht es nicht.« Sie holt tief Luft, als müsste sie sich für das, was kommt, Mut machen. *Gott, was ist bloß passiert?!*

Ken bringt Getränke und lässt uns dann allein. Keiner von uns rührt sie an. Eben hat sich mein Magen etwas beruhigt, jetzt wird mir wieder schlecht.

Ich wünschte, Ivy käme schneller zur Sache, aber sie kennt mich nicht und sondiert erst die Lage. Ich kann ihr das nicht verübeln. Meine Freunde würden das Gleiche machen.

»Wobei braucht April sonst Hilfe?«, frage ich und versuche, eine Unterhaltung in Gang zu bringen. »Hat sie sich auf einen schlimmen Typen eingelassen? Nimmt sie Drogen? Hat sie Probleme mit der Polizei?«

»Wir reden hier von April!«

»Das heißt dann wohl nein.«

»Nein«, bestätigt Ivy, jetzt lächelnd. »Du würdest dich echt mit der Mafia in Chicago anlegen, wenn April in Schwierigkeiten steckt?!«

»Das würde ich.«

»Die würden dich reichen Schnösel sofort plattmachen.«

»Von wegen! Ich reicher Schnösel habe Beziehungen. Also, was ist los? Was kann ich tun?«

»Sie … Ähm … Es hat mit ihrem Job zu tun«, beginnt Ivy zu erzählen. »Deine Tipps haben ihr geholfen. Sie hat die Stelle in Chicago bekommen. Ein Traumjob. Alles lief gut. Sie hat tolle Arbeit geleistet. Ich fand, etwas zu viel, aber sie und auch ich waren in der Probezeit. Da will man sich beweisen, und es ist normal, dass man kaum Freizeit hat. So ungewöhnlich war das für April außerdem nicht. Schon in L. A. war sie durch die Bewerbungsgespräche ständig beschäftigt.«

Ich höre nur SMG und Arbeit und SMG. *Das ist ungesund, das hatte ich ihr gesagt! Ich tauche außerdem nicht ein Mal in den Erzählungen auf. Trauere ich jemandem nach, der mit mir tatsächlich in Denver am Flughafen abgeschlossen hat? Und ihr letzter Blick war kein ›Bis bald‹, sondern ein ›Adieu für immer‹?*

»Das freut mich für April«, sage ich hölzern, als Ivy die wesentlichen Erfolge aufgezählt hat. »Das hat sie verdient. Wobei soll ich helfen? Nimmt sie die nächste Führungsebene in Angriff? Das wäre sehr schnell, aber nicht unmöglich. Ich trau ihr das zu.«

»Das würde dir nichts ausmachen?«, fragt Ivy überrascht nach, als hätte sie noch nicht begriffen, dass ich für die Frau alles tun würde.

»Nein, das stört mich nicht. Ich helfe ihr. Sie ist mir wichtig. Ich bin ihr Freund.«

»Puh ... Okay ... Gut zu wissen ... Vielleicht hast du ja dann eine Lösung für folgendes Problem. Vor drei Tagen hatte sie ihre Halbjahrespräsentation. Die Zahlen waren grandios, die Chefs sind begeistert, aber dann ...«

Abwartend sehe ich Ivy an. Ich habe absolut keine Ahnung, worauf sie hinauswill. Was könnte schiefgelaufen sein? Hat April aus Versehen das Dokument gelöscht? Schwer vorstellbar. Und selbst wenn, die IT legt in großen Unternehmen mindestens einmal am Tag im Hintergrund Datensicherungen an. Man dürfte einen Großteil, wenn nicht sogar alles wiederherstellen können. Das müsste April wissen. Oder ist ihre Stimme weg, weil sie eine Erkältung hat? Dann verschiebt man die Präsentation eben oder gibt die Aufgabe an den Zweitbesten im Team ab. Als gute Chefin kann sie das machen, ohne ihr Gesicht zu verlieren.

Zögerlich schiebt mir Ivy die Visitenkarte einer Klinik zu. »Sie ist bei der Präsentation ... Plötzlich hat sie ... Wie aus dem Nichts hat sie angefangen zu weinen. Keiner dringt zu ihr durch. Sie ist in der Klinik. Man gibt ihr starke Beruhigungsmittel. Die Ärzte tippen auf einen Burn-out.

Vielleicht ist es das. Aber bei Gold Face Media hatte sie auch Stress, und so kenne ich sie nicht.«

Schockiert sehe ich Ivy an. Insgeheim hatte ich gehofft, dass April und ich wieder zusammenkommen können. Jetzt hört es sich so an, als könnte ich sie verlieren. *Sie hätte besser auf sich achten müssen. Weiß sie nicht, wie das für andere ist, wenn ihr was passiert? Sie sollte es wissen, schließlich hat sie mich ja selbst damit fertiggemacht.*

»Warum zum Henker kommst du erst jetzt damit zu mir?«, fahre ich Ivy an, erwache aus meinem Schockzustand, springe auf und rufe nach Ken. »Ich muss nach Chicago«, informiere ich ihn, sobald er auf dem Flur auftaucht. »Du musst dich um das Büro kümmern.«

Ivy ist mir gefolgt und sieht mir zu. Ich google erst Linienflüge, aber die dauern mir zu lange. Ich muss zu April.

Kurz entschlossen rufe ich den örtlichen Charterservice an und bestelle einen Hubschrauber nach Denver. Aus der Luft werde ich mir einen Weiterflug organisieren. Die ganze Aktion kostet irre viel Geld, aber es gibt keinen Preis, den ich gerade nicht zahlen würde.

»Möchtest du hierbleiben oder wieder zurück?«, frage ich Ivy, als ich abmarschbereit bin. *Ein Mann und seine Kreditkarte. Voll das Klischee.*

»Ich komme mit.«

Wir gehen zu meinem Wagen, ich gebe bei der Charterfirma den zweiten Passagier durch. Sobald ich die Flugdauer kenne, buche ich uns einen Weiterflug von Denver nach Chicago. Das Schnellste ist eine Linienmaschine, und doch ist mir nichts schnell genug.

Die ganze Zeit über rast mein Herz. Ich lasse mir von Ivy noch mal alles erzählen, um mich auf das vorzubereiten, was mich erwartet. Aber wirklich vorbereiten kann man sich nicht auf solche Momente. Man muss sie nehmen, wie sie kommen.

»Wer ist jetzt bei ihr?«, frage ich.

»Niemand.«

Ich starre Ivy finster an. »Niemand? Warum?«

Sie hebt entschuldigend die Hände. »Schau nicht so! Ich finde das auch nicht gut, aber sie lässt keinen an sich heran.«

Ivy erzählt mir weitere Details, die mich beunruhigen, und plötzlich kommt mir die erste richtige Buchidee seit einer Ewigkeit. Ausgerechnet heute, nachdem ich dem Verlag vorerst alles abgesagt habe. *Kinderleicht einem Burn-out vorbeugen.* Ich hätte diesen Ratgeber schon eher schreiben sollen, aber das Thema war mir zu privat. Jetzt mache ich mir Notizen und sammle, was mir geholfen hat. Geregelte Abläufe, Zeit mit der Familie, Bewegung an der frischen Luft. *Nicht durchdrehen! Mein Motto der Stunde.*

»Ist das wirklich nötig?«, blaffe ich den behandelnden Arzt in Chicago an, als ich April angebunden am Bett vorfinde. *Diesen Anblick hätte man mir gerne ersparen können!*

»Sie hat eine Krankenschwester angegriffen …«, verteidigt er sich, bis er sich sammelt. »Ähm, Sir, tut mir leid, aber wer sind Sie?«

»Ihr Freund.«

»Nur die Familie hat Zutritt.«

»Die Frau hat keine Familie«, knurre ich.

»Oh!«, macht da Ivy neben mir.

»Wusstest du das nicht?« Ich schüttle über mich selbst den Kopf. »Natürlich nicht.« Selbst mir hat April nur zögerlich von ihrem Schicksal erzählt. Wahrscheinlich bin ich der einzige Mensch, dem sie sich überhaupt anvertraut hat. Ich muss zu ihr. *Jetzt.* Wenn sie bei meinem Unfall nur annähernd das gefühlt hat, was ich gerade empfinde, dann hätte ich viel einfühlsamer sein müssen.

Ich dränge mich an dem Arzt vorbei, betrete Aprils Zimmer und muss schlucken, als ich die dunklen Schatten unter ihren geröteten Augen sehe. Die Erschöpfung ist ihr anzusehen, aber sie kommt nicht zur Ruhe. Sie weint, und ihr ganzer Körper bebt dabei. Was auch immer man ihr zur Beruhigung gibt, ist nicht stark genug.

»Hey, Baby«, mache ich mich leise bemerkbar, setze mich auf die Bettkante und fahre ihr durch die Haare.

Sie wimmert erstickt. Ein Laut, der mich umbringt. *Erkennt sie mich nicht?*

»Du hast mir einen mächtigen Schrecken eingejagt«, rede ich weiter, lege mich zu ihr und atme auf, als ich sie wieder an meiner Seite spüre.

Sie will sich an mich schmiegen, aber ihre festgebundenen Hände hindern sie daran. Ich recke mich und beginne, den ersten Knoten zu lösen.

»Das sollten Sie nicht tun«, warnt mich ein Pfleger.

»Was weiß der schon?!«, murmle ich und mache weiter.

Sobald ihre Hand frei ist, greift April sich an den Hals. *Will sie sich wehtun, oder kriegt sie keine Luft?*

»Scht«, flüstere ich und packe ihre Hand. »Du musst nichts sagen, Baby, atme einfach ein und aus. Wir haben das geübt. Weißt du noch?«

Ich mache es vor, und sie macht tatsächlich mit. *Gott sei Dank!* Ihr Körper entspannt sich. Ich kann förmlich sehen, wie die Mittel, die man ihr gegeben hat, wirken. Endlich kommt sie zur Ruhe und schläft ein. Mir steigen Tränen in die Augen, gleichzeitig kehren meine Lebensgeister zurück.

Das hier ist übel. Ganz anders als bei mir damals. April ist nur noch ein Schatten ihrer selbst. Sie braucht Hilfe.

Mehr, als ihr dieses Krankenhaus bieten kann. Ich streiche immer wieder über ihren Rücken, suche nach einer Lösung. Geld spielt keine Rolle, ich zahle jede Behandlung. Weil ich mir eine Welt ohne April nicht vorstellen kann. Egal, ob sie nun an meiner Seite ist oder nicht.

»Und?«, fragt Ivy, die ins Zimmer kommt.

»Danke, dass du mich geholt hast. Das hast du richtig gemacht.«

»Du bleibst hier?«

»Vorerst«, sage ich und küsse Aprils Schläfe.

»Brauchst du noch was?«

»Ich habe alles, was ich will«, sage ich, aber horche in mich hinein. »Was zum Essen wäre gut.«

»In Ordnung, besorge ich dir.«

Sie verlässt das Zimmer, und mir fällt ein, was ich für April tun kann. Es gibt einen Menschen, dem ich bei Krisen vertraue. Weil er mir selbst in meiner damals größten Krise geholfen hat. Dr. Arthur Kinlay, Leiter der psychiatrischen Abteilung in einer privaten Einrichtung in Belmont. Ich habe seine Nummer für Notfälle im Handy, und das hier ist ein Notfall.

Obwohl es spät ist, rufe ich ihn an. Er geht ran, und ich erkläre ihm, dass er einer Freundin helfen muss und der Fall kompliziert ist. April hat keine Angehörigen und keinen Vormund bestimmt. Er beruhigt mich, dass er sich um alles kümmert, auch um die Verlegung nach Belmont.

»Danke«, sage ich erstickt. »Sie sind meine Rettung. Mal wieder.«

»Das ist mein Job«, sagt er mit dieser herrlich bodenständigen Art, die mich damals schon beruhigt hat. »Können Sie mir noch ein bisschen was zu den Hintergründen erzählen?«

»Sie sollten mit Aprils Freundin Ivy sprechen oder mit ihren Vorgesetzten. Die kennen die Details.«

»Sicher, das mache ich. Aber ich rede von Ihnen, Cole, Ihnen und April. Niemand lässt für eine alte Schulfreundin alles stehen und liegen. Was ist zwischen Ihnen vorgefallen.«

»Ist das denn wichtig?«

»Meinen Sie, es ist unwichtig?«

Die Frage ist rein rhetorisch. Ja, unsere Geschichte spielt ganz sicher eine Rolle. Leise erzähle ich ihm vom letzten Sommer. Dass ich die Frau schon immer geliebt habe, dass sie das Gleiche für mich empfunden hat, aber dass das Schicksal ihrer Eltern sie dazu bringt, Menschen auf Abstand zu halten. Ich lasse nichts aus. Je mehr er erfährt, desto besser kann er ihr helfen. Ob ihr das passt oder nicht.

»Wie geht es Ihnen mit alldem?«, fragt er schließlich besorgt.

»Wenn Sie ihr helfen können, wieder besser«, gestehe ich, auch wenn mir Angst macht, wie sehr mein Glück von dieser Frau abhängt.

»Verstehe. Weitere Probleme?«

Ich weiß, worauf er anspielt und kann ihn beruhigen. »Nein. Der Sommer nach der Trennung war anstrengend, aber ich achte auf mich. Es war schlimm, doch nicht zu vergleichen mit damals. Danke.«

Ivy kommt mit Sandwiches aus der Cafeteria. Wir essen, und ich erzähle ihr von Kinlay und dass April verlegt wird. Wir bleiben beide, sie in einem zweiten Bett, ich bei April. Ich will sie einfach nur halten. Das letzte Mal ist zu lange her.

Ich höre auf ihren Atem, fühle ihr Herz schlagen und trockne ihre Wangen. »Ich liebe dich«, flüstere ich ihr zu.

»Ich dich auch«, antwortet sie mir leise im Halbschlaf.

»Ich weiß, Baby. Ich weiß.«

Wärme durchdringt mich, so angenehm, dass mir gar nicht klar war, wie sehr ich uns vermisst hatte. Sanft küsse ich sie und genieße, wie sie sich an mich schmiegt. Wir sind im Krankenhaus, die Atmosphäre ist steril, aber ihr Körper reagiert auf mich, so wie er immer reagiert hat.

Ich hoffe, Kinlay kann April helfen, so wie er mir geholfen hat. Ich hatte mir schon in Telluride Sorgen gemacht, dass sie zu viel arbeitet, und ich bedauere, dass ich nicht stärker auf sie eingeredet habe. Vermutlich hätte es nichts gebracht, aber wer, wenn nicht ich, wusste, worauf sie zusteuert?

So lange wie möglich bleibe ich wach, doch irgendwann fallen mir die Augen zu.

»Cole?«, weckt mich am nächsten Morgen Kinlay, der persönlich gekommen ist, um die Verlegung zu begleiten. Mehr muss er nicht sagen, ich muss mich von ihr trennen.

Müde reibe ich mir übers Gesicht. Ich streiche April durch die Haare und wünschte, sie würde aufwachen, mich ansehen, mir zeigen, dass sie sich freut, dass ich für sie da bin. Aber das geschieht nicht.

»Passen Sie gut auf sie auf, Doc«, sage ich und verlasse das Bett. »Sie ist jemand ganz Besonderes.«

»Das werde ich.«

Ich schiebe die Hände in die Hosentaschen und sehe zu, wie April für den Weitertransport vorbereitet wird. Es ist, als würde ich sie ein drittes Mal gehen lassen.

»Hier, falls du heulen musst«, sagt da Ken, der mir nachgereist ist, um auf mich aufzupassen, und reicht mir ein Taschentuch.

»Penner!«, blaffe ich, aber klopfe ihm auf den Rücken, weil ich das freundschaftlich meine.

»Und was jetzt, Boss?«

»Jetzt fliegen wir zurück, und du kündigst dem Verlag ein neues Buchprojekt an. Eines, das ich schon viel früher hätte schreiben sollen. *Kinderleicht einem Burn-out vorbeugen.*«

»Vorbeugen? Nicht bekämpfen?«

»Besser, man macht diesen Scheiß gar nicht erst mit.«

»Was ist mit deiner Veranda?«

»Organisier dieselbe Firma wie die letzten Jahre.«

»Und was ist mit euch? Seid ihr wieder zusammen?«

Ich schüttle den Kopf.

»Warum bist du dann so …« Er sucht nach einem Wort. »So normal? Bist du über sie hinweg?«

*Normal? Witzig! Über sie hinweg? Noch witziger!* »Weit gefehlt! Du hast gerade den Workaholic Cole vor dir, der sich in die Arbeit stürzt, um nicht durchzudrehen. Wäre also gut, wenn du das tust, weshalb du in erster Linie damals in die Agentur gekommen bist: dafür sorgen, dass ich auf Spur bleibe. Kriegst du das hin?«

»Klar. Nur eine Frage: Was, wenn sie nie wieder die Alte wird?«

»Lass uns das Beste hoffen!«

# 18. Kapitel

## APRIL

»Ich muss die Präsentation halten«, ist das Erste, was ich sage, als ich zu mir komme. Irritiert sehe ich mich um. Draußen scheint die Sonne, aber das Licht wirkt anders. Als wäre ich entweder sehr lange weg gewesen oder nicht mehr in Chicago.

»Sie müssen gerade gar nichts«, sagt ein Mann mit grau melierten Schläfen, der mich freundlich anlächelt. »Wie geht es Ihnen? Wissen Sie, was passiert ist?«

»Ich … ähm … mir ist …« *Nicht stammeln, April*, ermahne ich mich. Bis mir klar wird, dass dieser Tipp von Cole kommt. Plötzlich stürzen die Ereignisse wieder auf mich ein. Ich ringe nach Luft.

»Ganz ruhig«, sagt der Mann, der sich kein bisschen über mein Verhalten wundert. »Ich bin Dr. Arthur Kinlay. Es ist alles in Ordnung. Sie sind in einer Privatklinik in Belmont, bei Boston.«

*Boston?! Das ist nicht mal in der Nähe von Chicago!* »Wie komme ich hierher?«

»Woran erinnern Sie sich, Ms Bishop?«

»An die Präsentation«, sage ich, womit ich begonnen habe.

»Aber das ist nicht alles, richtig?«

Stimmt. Ich habe eben von der Präsentation geredet, doch die hat mich nicht aus der Bahn geworfen, sondern Cole. Mir ist, als hätte ich den wichtigsten Menschen auf der Welt verloren, und die Trauer holt mich erst jetzt ein. »Ich hab angefangen zu weinen«, sage ich. »Vor meinen Chefs. Die haben einen Arzt gerufen.« Ich sehe den Mann vor mir an. »Gott, hatte ich einen Nervenzusammenbruch?«

Er muss lachen.

»Was ist denn daran bitte lustig?«

»Entschuldigen Sie, Sie sind meine erste Patientin, die das so fassungslos sagt. Also nein, das war kein Nervenzusammenbruch. Sondern eine PTBS.«

»Eine posttraumatische Belastungsstörung?«, wiederhole ich genauso perplex, was ihm erneut ein Lächeln entlockt. »Ich war nicht im Krieg, hatte keinen schlimmen Unfall.« Ich war nur im Sommer in Telluride. Davon kriegt man Sonnenbrand, aber keine psychische Störung.

»Was fällt Ihnen noch ein, Ms Bishop?«, fragt er geduldig weiter.

Ich gehe in mich, fahre mir durch die Haare, erinnere mich an das Klappern der Kette und der Armreifen.

»O Gott!«, stöhne ich. »An Schmuck! Den ich zusammen mit Cole gekauft habe.«

»Und Cole ist?«

»Er ist mein Freund.« Ich schlucke. »*War* mein Freund. Wir haben uns getrennt. *Ich* habe mich getrennt.« Langsam ergeben die Puzzleteile Sinn. »Ich glaube, ich bin deshalb hier, Dr. Kinlay.«

»Weil Sie sich nicht trennen wollten?«

»Genau. Das heißt, eigentlich nein, ich …«

»Nur die Ruhe. Lassen Sie sich Zeit.«

Ich schließe die Augen, und sofort rollt wieder dieser Schmerz auf mich zu. Ich vermisse Cole. Keine Ahnung, warum ich das erst jetzt spüre. In den letzten Wochen ging es mir gut. Ich hatte noch ganz knapp die Kurve gekriegt. Dachte ich. Aber vielleicht spielt es keine Rolle, wie lange man jemanden liebt, egal ob einen Tag oder ein Leben, der Schmerz ist derselbe.

»Als ich klein war, habe ich meine Mom verloren, später meinen Dad«, erzähle ich. »Deshalb hab ich Angst, Menschen zu nah an mich heranzulassen. Weil es wehtut, wenn sie eines Tages nicht mehr da sind. Aber ich glaube, so kann man nicht leben. So will ich nicht leben.« Mit Tränen in den Augen sehe ich den Mann neben mir an. »Können Sie mir helfen?«

»Das kann ich, April.«

»Warum sind Sie sich da so sicher?«

»Weil Sie den wichtigsten Schritt schon gegangen sind: Sie selbst wollen etwas ändern.«

Dr. Kinlay behält recht. Ich erhole mich schnell, weil ich an mir arbeite. Die Klinik tut dazu ihr Übriges. Ich bin so was wie ein Promi-Patient, mir wird jeder Wunsch von den Augen abgelesen. Es ist schwer, unter solch privilegierten Umständen keine Fortschritte zu machen. Ich schaffe es, einen Großteil meiner Bindungsängste und Beziehungsphobien aufzuarbeiten.

Dr. Kinlay sagt mir, dass der Aufenthalt für mich kostenlos ist, weil er ein persönliches Interesse an meinem Fall hat. Ich schätze aber, dass Cole irgendwie damit zu tun hat. Ivy hat mir gestanden, dass sie ihn nach meinem

Zusammenbruch bei SMG um Hilfe gebeten hat, und dunkel erinnere ich mich daran, ihn im Krankenhaus gesehen zu haben. Das war beruhigend. Dr. Kinlay hält sich bei Nachfragen bedeckt, ich vermute jedoch, dass das dieselbe Klinik ist, die Cole damals geholfen hat. Es müsste mich stören, aber je länger ich hier bin, desto mehr beruhigt mich das. Falls Cole das für mich getan hat, heißt das, dass ich ihm noch wichtig bin. *Vielleicht haben wir ja doch eine Zukunft. Oder ich kann ihm wenigstens eines Tages danken …*

***

Nach drei intensiven Klinikmonaten bin ich zurück in Chicago als neuer alter Mensch, mit der Karte von Dr. Kinlay, für Notfälle, und mit vielen Plänen. Ganz oben auf der Liste steht: herausfinden, was das Leben neben der Arbeit für mich bereithält. Und das geht nur auf einem Weg. Mit einer Kündigung.

Nervös rücke ich meine Kleidung zurecht, als ich das Gebäude von SMG betrete, gestylt in Jeans und einem bunten Shirt, in Freizeit- statt Businesskleidung.

Bevor ich zu meiner Chefin Kamala gehe, mache ich einen Abstecher zu Ivy, die in den letzten Monaten immer für mich da war. Trotz des stressigen Jobs.

»Du ziehst das wirklich durch?«, fragt sie, und ich sehe in ihren Augen, wie stolz sie auf mich ist, dass ich diesen Schritt wage.

»Ich muss«, sage ich. »Auch wenn Kamala die Stelle viel zu lange für mich frei gehalten hat, ich bin ihr und der Firma nichts schuldig.«

»Willst du nicht bei der Eröffnung der Green-Terrace-Anlage dabei sein?«, testet sie meine Willenskraft.

»O Gott, man kann das Gelände begehen?!«, rutscht mir begeistert raus. Obwohl ich nur kurz bei SMG war, sind mir die Leute und das Unternehmen sehr ans Herz gewachsen. Seit meinem ersten Tag war das Projekt ein Thema. Ich kann nicht glauben, dass es nun Realität wird.

»Wirst du schwach?«, neckt mich Ivy.

»Verdammt, die Immobilie zu vermarkten reizt mich«, gebe ich zu, aber zupfe dann an meinem Batik-Shirt. »Leider ruft mich L. A.«

»Du gehst also wirklich zurück?«

Ich deute nach draußen, wo gerade ein kleinerer Blizzard tobt. »Sorry, aber das Wetter hier deprimiert mich.«

»Du könntest einen Schneemann bauen.«

»Der weggeweht wird«, antworte ich zynisch. »Ich liege lieber am Strand.«

»Oh! Strand …«, haucht sie sehnsüchtig.

»Du meinst wohl eher: oh, Männer mit Waschbrettbauch?«, necke ich sie, weil Ivy von der Männerwelt im Norden ziemlich enttäuscht ist. »Ich muss jetzt«, sage ich und deute den Gang entlang. »Nicht dass ich zu meiner eigenen Kündigung zu spät komme.«

Ivy fährt ihren Computer herunter. »Weißt du was? Ich komme mit nach L. A. Der Job ist toll, aber du bist meine beste Freundin, April. Ohne dich bedeutet mir das alles hier nichts.«

Noch vor einem Jahr hätte mich so ein Geständnis zusammenzucken lassen. Nun drücke ich Ivy. »Du bist auch meine beste Freundin.« *Wie viel sich doch bei mir geändert hat!*

Gemeinsam gehen wir zu Kamala, die ich bereits vorgewarnt habe.

»Es passiert also wirklich, April?«, begrüßt sie mich bedauernd und sieht dann fragend zu Ivy.

»Doppelt«, erklärt diese. »Ich kündige auch.«

»Ihr ruiniert unsere Fluktuationsrate«, jammert sie freundschaftlich.

»Wir verraten es keinem, wenn ihr sie manipuliert«, sage ich.

»Es gibt nichts, womit ich euch zum Bleiben bewegen kann? Chicago kann sehr schön sein.«

Wir schauen nach draußen, wo der Wind gerade Schneeflocken durch die Häuserschluchten treibt.

»Ich *muss* gehen«, sage ich. »Aber wenn ihr wollt, helfe ich bei der Anzeige für meine Nachfolge. Oder –« Der Gedanke kommt mir spontan, und mein Herz rast. »Oder wir geben es an eine Agentur. Ich kenne da jemand wirklich Gutes, der euch einen tollen Preis machen wird.«

Ivy drückt meine Hand, weil sie weiß, von wem ich rede. *Cole*. Vor Kurzem kam sein fünftes Buch *Kinderleicht befördert werden* raus. Gerüchte sagen, er arbeitet schon am nächsten Band. Aber in den sozialen Medien gibt es nichts als Ausschnitte aus alten Vorträgen. Das ist seltsam.

»Unsere Personalabteilung kommt zurecht«, enttäuscht Kamala meine Hoffnungen. »Alles Gute auf deinem … eurem Weg.«

»Danke.«

Ivy und ich gehen, und ich bin gespannt, wie sich mein Leben weiterentwickelt …

***

Offensichtlich mit einem Hund, stelle ich eine Woche später in L. A. fest.

Ivy und ich haben eine Wohnung in der Nähe der Universität angemietet. Nichts Besonderes, aber fürs Erste in Ordnung, weil wir bei dem schönen Wetter sowieso viel draußen sind und unsere Chicagoer Bürohaut gegen kalifornische Bräune eintauschen.

Wir besuchen ein Tierheim in Santa Monica, und eigentlich bin ich wegen einer Katze gekommen. Um mir die anzuschauen, mussten Ivy und ich an den Hunden vorbei, und ich schwöre, dieser eine mit dem kunterbunten Fell hat sich dabei in mich verliebt.

Er winselt! *Warum machen Hunde das?*

*Und wie soll man das ignorieren?*

»Die Katzen kommen gleich«, sagt die Frau, die uns führt, als sie merkt, dass wir stehen geblieben sind, als hätte sie Angst, dass wir umkehren.

»Wer ist das denn?«, frage ich, gehe vor dem Tier in die Hocke, will den kleinen Kerl streicheln, aber komme nicht dazu, weil er wie verrückt meine Finger ableckt.

»Das ist keine Katze«, sagt sie amüsiert.

»Ach was?!« Grinsend streichle ich den Hund und sehe zu Ivy. »Was denkst du?«

»Ich weiß nicht. Der passt gar nicht zu dir.«

»Findest du? Ich liebe bunte Klamotten, und Hundi ist quasi auch bunt.« Ich kraule das kniehohe Fellknäuel und werde zum Dank angestrahlt, als wäre ich eine Göttin, die vom Olymp herab auf die Hundeerde gestiegen ist.

»Das ist Colorado«, sagt die Frau.

»Colorado?«, wiederhole ich mit einem Kloß im Hals.

»Alles in Ordnung?«, fragt mich Ivy leise.

Ich nicke und verdaue den angenehmen Schock. Colorado ist wie ein Stück Heimat, das mir hier völlig unerwartet vor die Füße läuft.

»Colorado ist perfekt«, sage ich gerührt. »Den nehme ich.« Als würde der Hund mich verstehen, springt er an mir hoch. »Ja, mein Süßer, du hast ein neues Zuhause.« Ich sehe Ivy an. »Ist das auch für dich okay?«

»Einem Hundeblick könnte ich widerstehen, aber zwei? Was soll ich dazu sagen? Natürlich ist das okay.«

»Juhuuu!«

Die Angestellte des Tierheims holt die Papiere, und ich kann mich gar nicht von dem kleinen Kerl lösen und spiele mit ihm. Früher hätte es mir Angst gemacht, jemanden so schnell in mein Herz zu schließen, jetzt genieße ich es. Selbst wenn eine kleine Sorge bleibt, dass er nicht lange leben könnte. Laut Dr. Kinlay werden solche Befürchtungen nie ganz verschwinden. Aber es fühlt sich gut an, Colorado in mein Leben zu lassen.

Als wir nach Hause kommen und den Katzenkratzbaum sehen, muss ich lachen. Colorado rennt sofort hin und legt sich in die Höhle am unteren Ende.

»Okay, immerhin habe ich das nicht umsonst gekauft.«

»Das vielleicht nicht, aber das Katzenfutter«, meint Ivy.

Sie hat recht.

Weil Colorado nicht von meiner Seite weicht, fährt sie zur Zoohandlung. Sie kauft Hundefutter, einen Wassernapf, ein Halsband und Spielzeug. Ich packe die Katzensachen zusammen, um sie dem Tierheim zu spenden. Zum Wegwerfen sind sie zu schade.

Die nächste große Veränderung ist beruflich. Wir finden beide neue Jobs. Ich arbeite im Homeoffice für den Kundenservice eines Onlineshops aus dem Silicon Valley. Denen ist völlig egal, wo ich sitze, Hauptsache, ich erledige meine Arbeit. Entsprechend entspannt war auch das Bewerbungsverfahren. Die haben streng nach Leistung ausgewählt. Ivy verdient sich mit Kellnern was dazu.

Zum ersten Mal genieße ich das Leben. Doch bei jedem Strandspaziergang mit Colorado denke ich an Cole. Ich warte, dass die Gefühle nachlassen, stattdessen werden sie intensiver. Weil ich ihn noch liebe, heftiger denn je. Zum Glück habe ich den USB-Stick von meinen Übungen in seinem Büro. Cole taucht nicht so oft im Bild auf, wie ich es gerne hätte, dennoch schaue ich mir die Aufnahmen fast täglich an, sehe *ihn* an.

Als der Frühling kommt, weiß ich, dass Los Angeles nur eine Zwischenstation für mich ist. Ich musste weg aus Chicago, dafür war der Schritt richtig. Aber das ist nicht der Ort, an den ich gehöre.

*Schon seltsam …*

Erst konnte mir keine Beziehung locker genug sein, jetzt ist es genau das Gegenteil: Ich brauche mehr Verbindungen zu den Menschen, die mir wichtig sind, und zu meinen Wurzeln.

»Wir müssen reden«, sage ich zu Ivy, als wir uns an einem Abend Anfang Mai nach ihrer Arbeit am Strand treffen und unsere Runde mit Colorado drehen. »Ich will wieder nach Telluride. Dieses Mal richtig.«

Die Wellen rauschen, wir gehen durch den Sand. Abwechselnd werfen Ivy und ich einen mittlerweile zerkauten nassen Ball, den Colorado mit einer bewundernswerten Ausdauer zurückholt. Es wird den ganzen Abend dauern, den Hund von Sand und Salzwasser zu befreien, aber ich glaube, er liebt das und wälzt sich mit Absicht in absolut allem, was dreckig ist, nur um die Prozedur möglichst aufwendig zu gestalten. Er hält dabei nämlich immer ganz still.

»Du sagst ja gar nichts«, murmle ich und blicke besorgt zu Ivy.

»Ich wusste, dass das irgendwann kommt. Trotzdem bin ich überrascht.«

»Du wusstest es?«

Wir gehen mit den Füßen ins Wasser und verfolgen, wie Colorado mit den Wellen schwimmt, den weggespülten Ball findet und zurückpaddelt.

»Wegen Cole«, sagt sie.

Sofort klopft mein Herz, und eine kaum auszuhaltende Sehnsucht erfasst mich.

Colorado ist zurück, aber ich bemerke ihn nicht. Er muss erst mein Bein anstupsen, ehe ich den Ball nehme und ihn wieder parallel zum Ufer werfe.

»Ich rede doch nie von ihm«, sage ich. »Woher wusstest du das?«

»Jedes Mal, wenn du Colorado rufst, ist deine Stimme anders, heller, lachender. Und gerade eben … Ich muss ja nur seinen Namen erwähnen, und schon glühst du.«

»Ich glühe doch nicht!«

»O doch!«, sagt sie und spritzt mich mit Wasser voll.

»Vielleicht glühst du ja, wenn du das denkst«, rufe ich, räche mich und spritze sie ebenfalls nass.

Colorado kommt zu uns, hält das für ein neues Spiel und springt zwischen uns herum, sodass wir heute Abend alle drei eine Dusche brauchen.

»Stopp!«, japse ich, lasse Colorado wieder nach dem Ball rennen und flüchte aus dem Wasser. »Okay, ja, ich geb es zu. Es ist wegen Cole. Aber das ist es nicht allein. Telluride ist der Ort, an den ich hingehöre. Manchmal musst du um die halbe Welt reisen, um zu begreifen, wo dein Platz ist. Meiner ist dort. Ich liebe die Landschaft, die Jahreszeiten, das Essen, die Menschen.«

»Und Cole«, ergänzt sie.

»Und Cole«, kann ich einfach so zugeben. »Und dich. Deshalb möchte ich, dass du mitkommst.« Ich habe definitiv Fortschritte gemacht. Da ist ein ganz kleines Nervenflattern. Aber das ist in solchen Momenten normal.

»Ich weiß nicht.« Ivy wirkt weit weniger begeistert, als ich gehofft habe. »Wann willst du umziehen?«

Ich sehe aufs Meer und genieße die Sonne in meinem Gesicht. »Sobald wie möglich. Ich muss mir nur noch überlegen, was ich Cole sage. Damit wir Freunde werden, vielleicht sogar wieder ein Paar. Eine Wohnung findet sich dann vor Ort.«

Colorado kommt zurück, aber ich werfe den Ball dieses Mal nicht, sondern kraule meinen völlig verdreckten Köter, der mich anschaut, als wäre er Prince Charming. *Wenn der wüsste! Eher ein Sandwurm.*

»Was sagst du?«, frage ich sie.

»Ich denke darüber nach.«

Ich bin enttäuscht, aber ich verstehe Ivy. Sie muss ihr Leben so leben, wie es für sie richtig ist.

Wieder zurück haben wir erst einmal damit zu tun, meinen sandfarbenen Hund in eine kunterbunte Promenadenmischung zurückzuverwandeln. Die Aufgabe lenkt mich davon ab, dass schon bald alles anders werden wird. Auch wenn Ivy nicht mitkommt, werde ich gehen. Mit jedem Tag, den ich hier bin, wird mir das klarer. Mit Telluride habe ich lange viele schlimme Erinnerungen verbunden, aber es gibt auch gute, wie mir die Therapie gezeigt hat. Los Angeles ist dagegen für mich verbunden mit Gold Face Media und dem Gefühl festzusitzen. Chicago mit Arbeit. Die Erfahrungen in beiden Städten waren wertvoll, aber ich habe keine Erinnerungen, die ich später mal meinen

Enkeln erzählen möchte. ›Weißt du noch, Kind, damals, als die Oma Präsentationen gehalten hat …‹ Das ist kein Anfang für eine schöne Geschichte. Da gibt es bessere. *Wie die vom Rohrschwingel …*

»Ja«, sagt da Ivy hinter mir, als ich mit schaumigen Armen über Colorado hocke.

»Was?«

»Ja, ich komme mit.«

»Juhuuu!« Ohne nachzudenken, reiße ich die Hände hoch. Colorado versteht das als Signal, dass das Bad beendet ist, und springt aus der Wanne. Lachend jagen wir der gut riechenden Schaumkugel hinterher, die die Wohnung mit Hundeshampoo überzieht, bis ich ausrutsche und jammernd und lachend liegen bleibe. Da kommt Colorado von selbst an.

»Ha, jetzt bist du brav. Typisch«, murmle ich.

Ivy schnappt sich das nasse Knäuel und braust es im Bad ab.

Sobald Colorado versorgt ist, falle ich ihr um den Hals. »Danke dir noch mal. Ich freu mich so!«

»Frag mich, was mich überzeugt hat.«

»Was hat dich überzeugt?«

»Die Aussicht auf einen Cowboy. Welche Frau will schon einen Bodybuilder aus L. A., wenn sie einen echten Kerl haben kann, der weiß, wie er zupackt?«

»Ivy!«, schnappe ich nach Luft. »Schmutzig!«

»Nur die Wahrheit.«

Wir grinsen uns an, und mein verfluchtes Herz rast wie verrückt. *Es geht nach Hause. Und zu Cole.*

*Wehe, er ist jetzt mit Reese zusammen!*

*Ach, dann ist das so*, denke ich zu meiner Überraschung. *Ja, es würde wehtun, aber ich liebe ihn so verdammt heftig, dass ich ihn einfach glücklich wissen will. Was auch immer ich dann für ihn sein kann. Nur weg werde ich nicht mehr sein. Nie wieder.*

## COLE

»Wir haben einen neuen Kunden«, meldet sich Ken, als ich gerade in Zeitlupe Bücher signiere, die in einer Buchhandelskette den letzten Band promoten sollen, bevor im Spätsommer mein neuestes Buch *Kinderleicht einem Burn-out vorbeugen* herauskommen soll.

»Nehmen … wir nicht … an«, sage ich hoch konzentriert und muss daran denken, wie April meine Unterschrift schneller und flüssiger schreiben konnte als ich. Jeder Linienschwung ist eine Qual.

Ken bleibt im Türrahmen stehen. »Ich könnte mal nach einem professionellen Handschriftenfälscher suchen. Du siehst aus wie ein Erstklässler, der Schreibübungen macht.«

»Verpiss dich!«, grolle ich und fluche, als ich sehe, dass ich ›Cole Pisser‹ in ein Buch geschrieben habe. Ich werfe es nach Ken. Man sollte meinen, wenn ich etwas kann, dann meinen Namen schreiben, aber ich stelle mich an wie ein Analphabet.

Ken weicht dem Buch aus, hebt es auf und murmelt etwas davon, dass das in seine Sammlung von Fehlsignaturen kommt. Neben ›Cole Fuck you‹ und ›Blumen für Cameron‹ reiht sich ›Cole Pisser‹ exzellent ein. Aber er verschwindet nicht. »Boss, ehrlich, *den* Kunden sollten wir annehmen.«

»Wieso? Sind das Leute, die du kennst?«

»Leute, die *du* kennst«, sagt er. »Von SMG.«

»Aprils Firma?«, frage ich und gebe das Signieren auf.

»Nicht nur das: Es geht um Aprils Stelle.«

»Bist du dir sicher? Dann müssten sie sie ja innerhalb von nicht mal einem Jahr intern befördert haben.« An eine

Entlassung glaube ich nicht. Sonst hätten sie viel früher nach einem Ersatz für sie gesucht. *Seltsam.*

»Ich hab dir die Mail weitergeleitet«, sagt Ken. »Schau dir die Anfrage an. Und was die Bücher angeht …«

»Fuck, besorg Stempel!«, beschließe ich spontan, was mir Ken seit Monaten vorschlägt. Entsprechend überrascht schaut er, weil ich endlich auf ihn höre. »Hey, original von mir gestempelt ist doch auch was, und du kannst von der Aktion ein Video fürs Internet machen. Es ist längst Zeit, dass ich wieder aktiver werde.«

Ich verlasse meinen Signierplatz und gehe an meinen Schreibtisch. An den richtigen, antiken, wuchtigen, in meinem Büro.

Nicht weil ich April vergessen habe, sondern weil die Erinnerung an sie langsam an Intensität verliert. Als würde sich ein Schleier über alles legen. Ich kann wieder ohne Probleme an den Orten sein, die ich mit ihr verbinde.

Ich lese die Mail von SMG, gebe Ken ein Zeichen, dass ich nicht gestört werden will, und melde mich bei Robert Wheeler, weil es sich wirklich um Aprils Stelle handelt. Normalerweise kläre ich die ersten Details per Mail, aber vielleicht kriege ich persönlich mehr aus ihm heraus.

»Hi, Robert, hier ist Cole Cameron. Ich hab Ihre Anfrage erhalten und kümmere mich darum. Kein Problem.«

»Gott sei Dank!«, stöhnt er und wirkt kein bisschen verärgert, dass ich ihn ohne Termin anrufe, im Gegenteil. »Geben Sie mir drei Sekunden. Ich beende schnell das Meeting und hab dann Zeit.«

»Ist es so akut?«

»Sie haben ja keine Ahnung!«

Ich warte, was normalerweise umgekehrt ist. Die Leute hängen in meiner Telefonschleife, ich nicht in ihrer. »Wobei brauchen Sie meine Hilfe?«, frage ich, als er sich wieder meldet.

»Wie ich schrieb, geht es um die Suche nach einer neuen Teamleitung. Wir hatten die perfekte Kandidatin, das hatte ich Ihnen ja in New York schon erzählt, aber sie hat gekündigt. Wir haben versucht, die Stelle intern zu besetzen. Sie hatten mich extra dafür geschult, passende Leute zu finden, leider ist keiner so gut wie April.«

»Wie lange suchen Sie schon?«, frage ich, dabei spielt das für meinen Job keine Rolle.

»Seit dem Winter. Wir hatten zwei Frauen probehalber auf der Position. Ich kann Ihnen die Daten schicken, aber eigentlich suchen wir keinen wie die, sondern eine zweite April.«

»Kann ich verstehen«, murmle ich. Ich suche auch eine zweite April. Wobei, das stimmt nicht, ich will das Original.

Wie immer schreibe ich mir die Details des Gesprächs mit, dabei kenne ich Aprils Profil, habe sogar noch ihre Unterlagen bei mir. Ich weiß, was sie kann. Es wird leicht, die Stelle auszuschreiben. Währenddessen überschlagen sich meine Gedanken.

*April hat schon im Winter gekündigt? Warum? Und wo steckt sie jetzt? Hat sie was Besseres gefunden? Nach ihrem Zusammenbruch? Das wäre viel zu früh.*

»Bitte, sagen Sie, dass Sie uns helfen können«, beendet Robert sein Briefing.

»Sicher. Ich werfe gleich einen Blick in unseren Agenturpool. Wenn geeignete Kandidaten drin sind, kriegen Sie die Liste, und wir klären die nächsten Schritte. Wenn niemand dabei ist, gehen wir in die Akquise, und ich suche unauffällig im Hintergrund nach einem neuen Teamleiter. Sonst noch Wünsche? Vielleicht für ein zweites Training?«

»Ich habe ein Budget von zehntausend Dollar. Wenn Sie uns nicht ganz ausquetschen und was übrig bleibt, gerne. Ansonsten passe ich.«

Da muss ich nicht kalkulieren. Robert hat mir gerade so wertvolle Infos gegeben, dass ich dem Mann auch einen Lamborghini schenken könnte. »Keine Sorge, kriegen wir hin«, sage ich daher, mache mit ihm einen Folgetermin aus und lege auf. Tief durchatmend lehne ich mich in meinem Drehstuhl zurück. Es war beruhigend zu wissen, dass April in Chicago ist. Dass sie nun wie vom Erdboden verschluckt sein soll, gefällt mir nicht. Erst damit ist sie irgendwie richtig weg. *Fuck!*

Bevor meine Gedanken Spiralen nehmen, die mir nicht guttun, gebe ich mir einen Ruck und gehe zu Ken. »Was machen die Stempel?«

»Sind bestellt und unterwegs, Boss, und was –?« Er dreht sich zu mir um und verstummt. »Alles okay? Du siehst käsig aus.«

»April …«, bringe ich nur raus, stütze mich an der Wand ab und atme tief durch, bis der erste Schock nachlässt. »April hat bei SMG gekündigt. Sie besetzen ihre Stelle neu. Wir machen alles, was sie wollen. Ich hab das Profil schon angelegt. Du müsstest unsere Datenbank durchsuchen und Robert Wheeler geeignete Kandidaten schicken. Zu hundert Prozent wird niemand passen. Aber alle ab neunzig Prozent Übereinstimmung sollte er sich anschauen. Falls er jemanden davon sprechen will, kümmere dich um die Termine.«

Ken nickt. Auch wenn das ein Eilauftrag ist, die Arbeit ist Standard.

»Ich werde …«, beginne ich, habe jedoch keine Ahnung, was ich jetzt mache, außer mich sehr wahrscheinlich gleich zu übergeben. Die aufschwingende Eingangstür verhindert das, als Reese auftaucht. *Kein gutes Timing!*

»Störe ich?«, fragt sie, weil sie sofort erkennt, dass was nicht stimmt. »Du meintest, ich könnte einfach vorbeikommen, wenn ich Zeit habe. Aber falls es gerade schlecht ist, verschieben wir das. So eilig ist es nicht.«

Ich brauche ganze fünf Sekunden, bis ich mich erinnere, wovon Reese redet. Sie haben das Personal im Tourismusbüro aufgestockt und suchen nun dringender denn je jemanden, der eines der Teams leitet. Ein Jahr lang lag sie damit ihren Chefs in den Ohren, endlich haben sie grünes Licht gegeben und die Stelle budgetiert. Jetzt soll es nicht an mir scheitern.

»Nein, das passt. Wenn es dir nichts ausmacht, würde ich das gerne beim Lunch besprechen.« *Ich muss sofort vor die Tür.*

»Du siehst nicht so aus, als wäre dir nach Essen.«

»Das wird gleich …«

»Na gut.«

Ich kriege mit, wie sie einen Blick mit Ken tauscht und der lautlos Aprils Namen formt. *Überhaupt nicht auffällig!*

»Leute, ihr könnt es ruhig laut sagen. Ich habe gerade erfahren, dass April nicht mehr in Chicago ist. Mehr weiß ich nicht, und ich muss das verdauen. Sonst noch was?«

Zu meiner Überraschung fällt mir Reese um den Hals. Nicht das, was ich erwartet habe. »Gott, Frau, soll ich dir bei der Stellenanzeige helfen, oder willst du mich ins Bett zerren?!«

Dafür kassiere ich eine Kopfnuss.

»Au!«

»Die renkt vielleicht wieder ein, was bei dir da oben nicht stimmt«, sagt Reese, aber bleibt weiter an mir kleben, als hätte sie alles erklärt.

Hilflos sehe ich zu Ken.

»Das Kuscheln tut dir ganz gut. Du hast schon viel mehr Farbe im Gesicht als vor fünf Minuten.«

»Sehr witzig, Ken. Du bist gefeuert.«

»Ha, ha, Boss, hab dich auch lieb.«

*Das hat man nun von Angestellten, die Freunde werden!* Ergeben lasse ich mich von Reese weiter drücken, erwidere die Umarmung, achte dabei aber darauf, dass meine Hände nur Stellen berühren, die unverfänglich sind. Also … ihre Schulterblätter. Wobei ich selbst die bei April entzückend fand und angepisst wäre, wenn sie ein Kerl dort berühren würde.

»Bist du jetzt fertig?«, frage ich Reese. »Aus uns wird nichts.«

»Das habe ich schon letzten Sommer begriffen, du Leuchte. Aber ich bin auch deine Freundin, und ich sehe, dass dir das mit April nahegeht. Also lass mich mal kurz für dich da sein.« Sie drückt mich noch mal fester und sieht mich dann besorgt an. »Geht es dir wirklich gut, Cole? Wir können auch an einem anderen Tag über die Stelle sprechen.«

»Es geht«, sage ich. »Lass uns was essen und erzähl mir, wen du brauchst. Ich durchsuche meine Datenbank.«

»So einfach wird das nicht. Das Tourismusbüro ist Teil der Stadtverwaltung. Wir brauchen eine offizielle Ausschreibung.«

»Kein Problem, ist Routine für mich.«

Wir spazieren von meinem Büro zur Seilbahnstation, wo es ein paar Restaurants gibt, auf deren Außenbereich die erste Frühlingssonne scheint. Wir bestellen, essen, und Reese zählt die Anforderungen auf.

Die Position ist anspruchsvoller, als ich dachte.

In das Team passt jemand mit fünf bis zehn Jahren Berufserfahrung. Familie wäre kein Problem, wobei ich hoffe, dass ich das außer Acht lassen kann. Kinder finden sich schnell in einer neuen Umgebung zurecht. Für die Partner auch einen neuen Job zu finden ist dagegen immer schwierig. Vor allem in kleinen Orten wie Telluride. Trotzdem bin ich zuversichtlich.

»Vielleicht solltest du den ersten Schritt machen und mit ihr reden?«, sagt Reese plötzlich.

»Mit wem?«, frage ich, weil ich ihr nicht ganz folgen kann.

»Mit Jennifer Lopez, deiner heimlichen Jugendliebe«, witzelt sie. »Mit April natürlich.«

»Sie war diejenige, die gegangen ist.«

»Das ist fast ein Jahr her. Da kann sich viel ändern.«

»Mag sein, aber wenn sie zu mir wollte, meinst du nicht, sie wäre dann hier? An meiner Adresse hat sich nichts geändert.«

»Also willst du bis ans Ende deines Lebens zusammenzucken, wenn ihr Name fällt?«

»Keine Ahnung. Solange ich sie liebe: ja.«

»Cole, ehrlich! Kämpf ein bisschen mehr um sie.«

»Ich bin ihr damals bis nach Denver gefolgt!«

»O wow, was für eine Story! Ich superreicher Kerl habe einen teuren Flug nach Denver gebucht, der mich nichts weiter gekostet hat als Zeit und drei Dollar aus der Portokasse! Wir Frauen wollen jemanden, der uns um die ganze Welt folgt. Nicht bis zum nächsten Tellerrand.«

Das gibt mir zu denken. Sie hat recht, ich kann nicht ewig warten und muss was tun. »Mal angenommen, ich mache den ersten Schritt: Wo soll ich anfangen? Sie ist wie vom Erdboden verschluckt.«

»Du bist doch steinreich! Engagier notfalls jemanden, der dir hilft. Ich würde dir raten, dass du dort ihre Spur aufnimmst, wo du sie verloren hast. In Chicago.« Sie grinst, als ich mir auf dem Handy Notizen mache, und legt ihre Hand auf meinen Unterarm. »Aber ganz egoistisch angemerkt: Bitte jage ihr erst nach, wenn meine Jobanzeige steht. Die Sommersaison schaffe ich nicht ohne Hilfe.«

»Keine Sorge, ich kann beides.«

***

Oder auch nicht.

Vier Wochen später ist die Stelle im Tourismusbüro noch immer unbesetzt. Was nicht an mir liegt, sondern an den Vorgesetzten von Reese, die sich Ewigkeiten Zeit gelassen haben, die Ausschreibung zu prüfen und freizugeben. Erst seit ein paar Tagen ist sie online, und es trudeln endlich Bewerbungen ein. Immerhin mit ganz passablen Kandidaten, sodass ich für Reese hoffe, dass der Auswahlprozess nun schneller geht.

Meine Suche nach April verläuft ähnlich schleppend. Ihre alte Handynummer existiert nicht mehr. Bei SMG und bei Gold Face Media hat man nichts von ihr gehört. Und von Ivy, ihrer besten Freundin, habe ich keine Nummer und keinen Nachnamen, weil damals, als sie aufgetaucht ist, Aprils Gesundheit wichtiger war, als Kontaktdaten auszutauschen.

Gerade komme ich von einer anstrengenden Reise aus San Francisco zurück. Erst habe ich Interviews für das neue Buch gegeben, dann April erfolglos hinterherrecherchiert. Der krönende Abschluss war ein Rückflug mit Turbulenzen und einer Horde Betrunkener, was mich beides nicht hat schlafen lassen. Ich fühle mich wie um zehn Jahre gealtert – und langsam mit meinem Latein am Ende.

Immerhin weiß ich durch einen Kontakt bei der Steuerbehörde, dass April jetzt für eine Firma in San Francisco arbeitet, allerdings aus dem Homeoffice, wie ich vor Ort erfahren musste. Mehr war den Leuten nicht zu entlocken. *Scheiß Datenschutz!* Ich bin kurz davor, einen der größten Onlineversandhändler im Silicon Valley hacken zu lassen. *Ja, das ist illegal. Aber wenn ich die Frau nicht bald finde, drehe ich durch. Sie ist nicht weg!*, sage ich mir. *Sie ist auf gar keinen Fall weg. Das darf einfach nicht sein.*

Passend zu meiner Stimmung schüttet es. Wir haben Juni. Einige Tage waren schon richtig sommerlich, aber gerade könnte man denken, die Welt geht unter.

Ich hechte vom Flughafengebäude zu meinem geparkten Truck, schalte dankbar die Heizung an, stelle die Scheibenwischer auf Maximum und will nur noch in mein Bett. Vorsichtig fahre ich los. Die Sicht ist echt mies. Fast bin ich zu Hause. Da läuft mir ein Tier vor den Wagen. *Fuck!*

# 19. Kapitel

*Kurz zuvor*

## APRIL

»Colorado! Scheiße, komm wieder her! Colorado!!!«

Mein Herz rast wie verrückt. Ich scheine ausweglose Situationen anzuziehen. *Was mache ich denn jetzt?*

Bis eben habe ich noch unter dem Vordach von Coles Haus gewartet. Jetzt stolpere ich auf der Suche nach meinem Hund im Dunkeln durch den Regen.

Falls sich jemand fragt: Mein Plan sah ursprünglich völlig anders aus. Ich dachte, ich komme hier an, gehe in Coles Büro, mache einen Termin mit ihm, damit er mir mal wieder bei einem Job hilft, und sehe dann weiter. Naiv oder verrückt, wie ich offensichtlich bin, hatte ich gehofft, ich könnte sogar bei ihm übernachten. Wenn nicht, hätte ich mir ein Hotel gesucht. Im Sommer kriegt man anders als im Winter immer irgendwo ein Zimmer für eine Nacht. Solange die Rezeptionen besetzt sind, ist das kein Problem.

Tja, so weit mein Plan. Die Realität ist: Mein Flug hatte erneut Verspätung, ich habe Cole im Büro verpasst, er hat nicht auf meine Anrufe reagiert, Ken auch nicht. Als gäbe es eine Störung bei den Funkmasten. Ich habe mich mit einem Taxi zu seinem Haus bringen lassen und beschlossen zu warten. Lange kann er ja nicht weg sein. Er ist bestimmt nur einkaufen oder was essen. Irgendwann müsste er auftauchen. *Ist er aber nicht!*

Am Nachmittag war die Warterei noch lustig. Die Sonne schien, es war ein perfekter Sommertag und Colorado hat sich durch die neue Umgebung geschnuppert. Das hat sich mit dem einsetzenden Regen geändert – und als es Abend geworden ist.

Colorado hat brav mit mir durchgehalten. Doch vor einer Viertelstunde hat er sich losgerissen und ist weggelaufen. Keine Ahnung, warum. Bisher hat er das noch nie gemacht. Auf mein Rufen reagiert er nicht oder hört es nicht bei dem Wetter, und jetzt laufe ich ihm nach. Im strömenden Regen. Mäßig clever. Aber was habe ich für eine Wahl?

Binnen Sekunden bin ich durchgeweicht. Meine Klamotten hängen wie ein nasser Sack an mir. Im Schein meiner Handy-Taschenlampe suche ich die Fellnase. Bis der Akku leer ist. Plötzlich bin ich im Dunkeln. Keine Nachbarn werden mich sehen und wie im Sommer die Polizei rufen. Wenn sie überhaupt da sind. Durch die Bäume schimmert kein Licht, die Welt um mich herum ist fast schwarz. Ich bin völlig durchnässt, und mein Hund ist weg. *Scheiße, Scheiße, Scheiße.*

Tränen steigen mir in die Augen. Ich wische sie weg, was nutzlos ist. Ich bin trotzdem nass.

Ein Horrorszenario schrecklicher als das nächste geht mir durch den Kopf. Colorado verläuft sich. Oder er wird von einem wilden Tier angegriffen. Vielleicht einem Bären. Keine Ahnung, ob die sich bei diesem Mistwetter raustrauen.

Oder jemand Fremdes hat ihn gefunden und behält ihn für sich. Es gibt bestimmt Leute, die das machen und dabei denken, sie täten was Gutes.

Mein Herz schlägt schneller und schneller.

*Das darf einfach nicht sein.*

»COLORADO!«

Ich schreie, so laut ich kann, aber der Regen verschluckt alle Geräusche. Selbst wenn er mir mit einem Bellen, Jaulen oder Winseln antworten sollte, ich höre nichts.

Die alten Ängste melden sich zurück. Ich bin nicht darauf vorbereitet, die kleine süße Fellnase zu verlieren. Ja, ich habe an mir gearbeitet, habe mein Herz geöffnet, lasse Bindungen zu, weil es mit ihnen schöner ist als ohne. Doch ich habe nur so gute Fortschritte gemacht, weil ich vom Positiven ausgegangen bin. Ein neuer Verlust käme viel zu früh.

»Colorado!«, schreie ich noch mal, eher aus Verzweiflung, als dass ich wirklich glaube, es könnte etwas bringen.

Da höre ich ganz leise sein Bellen.

*Gott sei Dank!*

Ich laufe los die Zufahrt zu Coles Haus entlang, und sehe im Scheinwerferlicht eines ankommenden Wagens einen Schatten über die Fahrbahn huschen. *Verdammt, war das Colorado?*

Der Wagen hält mit quietschenden Bremsen, der dunkle Fleck auf der Straße rührt sich nicht. Genau wie ich.

»Fuck«, flucht ein Mann, der aus dem Truck aussteigt und vor die Motorhaube tritt.

Das Blut rauscht mir in den Ohren. Ich verfolge, wie der Schatten sich bückt, und rechne damit, dass er das, was von Colorado übrig ist, lieblos zur Seite räumt, damit er weiterkann. Nass und überfahren muss mein Hund wie ein

Wiesel oder Waschbär aussehen. Da höre ich den Mann lachen und erkenne eine schemenhafte kniehohe Bewegung.

»Colorado!«, sage ich noch mal, jetzt erleichtert, und zwinge meine Füße zu jedem Schritt. Mir ist schlecht, und ich zittere am ganzen Körper. Den Regen bemerke ich nicht einmal mehr. Mir geht es erst besser, als das Bündel sich tatsächlich als mein kunterbunter Hund entpuppt, der wie ausgewechselt ist und mich schwanzwedelnd umrundet, als würde die Sonne scheinen und ich sollte ihm Stöckchen zuwerfen.

»Scheiße, Colorado, was machst du denn?«, murmle ich, kraule die nasse Fellnase und lasse mir jedes verfluchte Küsschen geben, das der Hund übrig hat, dabei mag ich das sonst nicht.

»Ma'am, ist das Ihr Hund? Sie sollten nicht so spät abends mit ihm spazieren gehen. Oder ihm ein funktionales blinkendes Halsband umlegen, nicht dieses modische Ding.«

Schockiert sehe ich den Schatten näher kommen. Ich kann nur die Umrisse ausmachen, aber die Haltung und die Stimme lassen keinen Zweifel zu, wer da vor mir steht. Cole. Höchstpersönlich.

»Sind Sie okay?«, fragt er, fast bei mir, sodass er mich jeden Moment erkennen müsste. Selbst bei diesem Mistwetter.

»Nimmst du mich mit?«, frage ich mit einer vor Emotionen viel zu hohen Stimme. »Für drei Küsse.« Colorado stupst mich an. »Plus drei für den Kleinen hier.«

»April!«, entfährt es Cole da, nicht unbedingt erfreut. Er bleibt abrupt stehen, kämmt sich durch seine vom Regen nassen Haare und sieht mich wie einen Geist an. Keine Ahnung, ob wie die Sorte, von der man besucht werden will, oder wie die, die einen verfolgt. »Ähm, ja, steig ein«, fängt er sich etwa einen Liter Regen pro Quadratmeter später, schaut erst zu mir, dann zu dem hüpfenden Energiebündel zu meinen Füßen. »Du und der Mini-Wolf.«

*Das läuft ja wundervoll!* Ich hebe Colorado hoch und folge Cole zum Wagen. Anders als letzten Sommer wirkt er nicht darauf aus, mich zu küssen. Eine Umarmung scheint auch nicht drin zu sein. Nicht mal ein Lächeln. *Verdammt, was, wenn ich zu lange gebraucht habe, um meine Probleme zu lösen? Fünfzehn Jahre waren in Ordnung, ein weiteres Jahr nicht.*

»Und jetzt?«, frage ich nur, als wir im Wagen sitzen. Tatsächlich meine ich die Küsse, ringe mir ein Lächeln ab und belecke mir die Lippen. »Eine kleine Anzahlung?«

»Du musst das nicht tun«, sagt er.

»Ich will aber«, antworte ich und lege eine Hand auf seinen Oberschenkel, denn ich brauche die Verbindung zwischen uns.

*Ein Fehler!* Jeder Muskel unter meinen Fingern ist binnen Sekunden angespannt. *Das ist ein Nein. Das ist ein riesengroßes Nein. Der Mann will nicht von mir berührt werden.* »Vielleicht bringst du mich besser in ein Hotel. Die haben noch geöffnet. Wir müssen nur meine Tasche holen. Die steht auf deiner Veranda«, sage ich, weil Cole mich offensichtlich nicht mehr will. Trotzdem brauche ich seine Hilfe, um den Job in Telluride zu bekommen, der erst seit drei Tagen ausgeschrieben ist.

»Fuck, April«, murmelt er da und beugt sich zu mir. »Eins«, sagt er rau und streift über meine Lippen. »Zwei.« Er beißt mich sanft. »Drei.« Er küsst mich richtig, und ich lasse mich ganz darauf ein. Mir war gar nicht klar, wie sehr mir Coles Küsse gefehlt haben … seine Berührungen … er. »Langsam!«, unterbricht er den Kuss, lehnt seine Stirn an meine und streicht mir Haare aus dem Gesicht, woraufhin

Colorado gegen seine Hand stupst. Wenn Streicheleinheiten verteilt werden, ist mein kleiner Begleiter sofort zur Stelle.

»Langsam hat neuerdings seine Tücken«, sage ich amüsiert. »Jetzt schleckt dich Colorado erst mal ab.«

»Der Mini-Wolf gehört also zu dir?«

»Mmh«, mache ich und muss bei dem Namen lachen.

»Verstehe.« Cole tätschelt Colorado den Kopf, will mich weiter küssen, wird aber von der Fellnase abgelenkt. »Wir machen später weiter.« Neue Streicheleinheiten folgen. »Wenn dein kleiner Freund schläft oder isst oder akzeptiert, dass sich nicht mehr alles um ihn dreht.«

»Könnte dauern«, antworte ich gerührt.

»Ich bin Trainer.«

»Für Menschen.«

»Tiere sind viel einfacher, und mit dem Kleinen komme ich klar.«

Cole legt den ersten Gang ein und fährt endlich weiter. Zu sich nach Hause. Nicht in die Stadt zu einem der Hotels. Erleichterung durchdringt mich. Mindestens genauso intensiv wie die Wärme der Sitzheizung. *Vielleicht wird ja doch noch alles gut?*

»Muss der Mini-Wolf noch mal Gassi gehen?«, fragt Cole, als wir vor seinem Haus halten.

»Hör auf, ihn Mini-Wolf zu nennen!« Vorhin fand ich das lustig, aber Colorado ist wenn, dann eher ein Mini-Schaf, so friedfertig, wie das Tier ist.

»Ich glaube, er mag das«, verteidigt sich Cole.

»O bitte! Das ist so, als würde ich dich Zyklop nennen!«

»Weil du mich für einen großen, starken Mann hältst? Gefällt mir.«

»Du hättest dann nur ein Auge.«

»Reicht doch«, sagt er mit einem Zwinkern.

Er zieht mich auf, und obwohl er das nicht verdient hat, muss ich ihn noch mal küssen, bevor wir aus dem Wagen aussteigen. »Vier«, sage ich und vertiefe den Kuss. »Fünf … sechs … sieben …«

Verlangen durchdringt mich, so heftig, dass ich mich frage, wie ich das letzte Jahr ohne diesen Mann ausgehalten habe. Es ist, als hätte mein Körper geschlafen. Er erwacht erst in seiner Gegenwart wieder zum Leben.

»Verdammt, April, ich will dich nicht küssen, sondern dir den Hintern versohlen.«

»Dafür küsst du mich ziemlich sexy.«

»Ja, blöd von mir.« Er rückt von mir ab und steigt aus. »Komm mit!«, ruft er und hechtet im Sturzregen zur Veranda.

Wie aufs Wort springt mein Hund ihm hinterher. *Sehr loyal, Colorado!* Ich brauche drei Sekunden länger. Dann gebe ich mir einen Ruck, flüchte zum Haus und stehe wenig später mit meiner Tasche in der Hand im Eingangsbereich.

Erinnerungen an den letzten Sommer steigen in mir auf. An unsere erste Nacht. Die ersten Küsse …

»Ich hoffe, in deiner Tasche sind Wechselsachen. Zieh dir was Trockenes an, ich dreh die Heizung auf«, sagt Cole. Er steuert den Raum mit dem Thermostat an und zieht sich im Gehen sein Shirt über den Kopf.

Statt mich in Bewegung zu setzen, starre ich seinen Rücken an. Seinen Nacken. Ihn. Der Drang, ihm zu folgen und ihn zu berühren, ist stark, aber ich widerstehe. Da macht Colorado ein Geräusch, Cole dreht sich um und erwischt mich beim Starren.

»Baby, raus aus den Klamotten, bevor du dich erkältest!« Sein Blick wird hitzig. »Oder brauchst du Hilfe?«

*Meint er das, was ich denke, das er meint?* Langsam hebe ich meinen Pullover und pelle mich aus dem nassen Stoff. Mein Shirt rutscht hoch, und ich greife danach und befreie mich von beiden Sachen. Cole kennt mich, er hat mich schon nackt gesehen, doch es geht ihm wie mir, der Hunger nach mir steht ihm ins Gesicht geschrieben.

»Ich brauche Hilfe«, behaupte ich. Es gibt noch so viel zu klären, aber da ist diese Verbindung zwischen uns. Dieses Verlangen, diese Anziehung. Stärker denn je, weil wir so lange ohneeinander auskommen mussten. Wenn er das Angebot eben nicht ernst gemeint hat, dann …

»Gut, ich helfe dir«, sagt er zum Glück, zieht mich an sich und reibt mit angenehm warmen Händen über meinen von den Sachen kalten Rücken. »Verdammt, wie lange hast du hier schon gewartet?«

»Ist egal«, hauche ich, fahre mit zittrigen Händen über seine Oberarme, seine Schultern, seinen Rücken – und stelle mich auf Zehenspitzen und küsse ihn, weil ich sterbe, wenn ich nicht sofort mehr von ihm spüre.

»Ist nicht egal«, murmelt er an meinen Lippen und legt seine Arme wie eine Decke um mich.

Ich werde keine Diskussion anfangen, solange er mich hält. Ihn zu berühren ist wichtiger als alles andere. An meinem Bauch spüre ich seine Härte und weiß, dass es ihm genauso geht.

»Ich sollte nicht mit dir schlafen«, raunt er, aber hebt mich an und trägt mich in sein Schlafzimmer. »Verdammt, April, was machst du nur mit mir, dass ich nicht aufhören kann, dich zu wollen?« Er legt mich auf dem Bett ab und öffnet meine Hose, kämpft mit dem nassen Stoff, der an meiner Haut klebt. »Fuck, und warum trägst du diese engen Jeans?«

Die Verzweiflung in seiner Stimme berührt mich. Ich erinnere mich an den Blick, den er mir in Denver zugeworfen hat. Hätte ich ihm ein Zeichen gegeben, er wäre mir in dem Moment bis ans Ende der Welt gefolgt, weil er viel eher als ich begriffen hat, dass wir nur zusammen existieren können. Ein Jahr hat nichts daran geändert.

»Ich liebe dich«, sage ich.

»Und ich brauche dich, Baby. Jetzt.«

Seine Antwort löst Panik in mir aus. *Ich nehme Cole, wie ich ihn kriegen kann. Aber was, wenn er mich nicht mehr liebt?* »Hast du mich nicht gehört?«, frage ich erstickt.

»Von deinem Geständnis rutscht dir die Hose auch nicht schneller von den Hüften«, sagt er und kämpft weiter mit dem Stoff.

*Moment mal!* Ich taste nach seinen Händen und bringe ihn dazu innezuhalten.

»Was, April?«, knurrt er und atmet schwer, lässt mich seine Wut spüren, aber auch, wie sehr er mich will und dass ihn das selbst stört.

»Ich kann das nicht so.«

»Willst du wieder weglaufen?« Er legt sich schwer auf mich, als würde ich die Flucht ergreifen wollen, greift mir fest in die Haare, aber küsst mich unglaublich zärtlich am Hals. »Wehe, Baby!«

Ein Schauer durchdringt mich, weil sein Verlangen Bände spricht. Auch wenn er es nicht gesagt hat, er liebt mich noch.

»Keine Sorge, ich bleibe«, sage ich, strample, um aus meiner Hose rauszukommen, und kämpfe mit der Knopfleiste seiner Jeans. »Ich brauch dich auch, Cole. Jetzt.«

Ein animalischer Laut dringt aus seiner Kehle. Keine drei Sekunden später sind meine Jeans weg. Gleich darauf folgt mein BH. Meinen Slip zerreißt Cole im Eifer des Gefechts. Später werde ich mich darüber beschweren, genau jetzt heißt das nur, dass ich nackt unter ihm liege und jede seiner Berührungen ein Feuerwerk in mir auslöst.

Als wäre er unsicher, ob ich bereit für ihn bin, greift er mir zwischen die Beine, und ich empfange ihn feucht und heiß. Wie immer. Er schiebt die Finger in mich und nimmt mich hart, kraftvoll, intensiv. Ich klammere mich an ihn, will jeden Stoß so spüren, wie er ihn mir gibt. Dringlich, quälend, tief. Cole war schon letzten Sommer leidenschaftlich, aber jetzt ist er wie ausgehungert.

»Deine Hose …«, bringe ich heraus, weil ich ihn ganz brauche, jedoch nicht in der Lage bin, sie ihm auszuziehen, wenn er mich so nimmt.

Seine Küsse werden träger, sein Atem trifft mich stoßweise, als würde er sich zurückziehen, sich beruhigen.

»Was ist los?«, frage ich und suche seinen Blick.

»Ich hab keine Kondome hier.« Er verwöhnt meine Mitte. »Wir haben die letzten vor einem Jahr aufgebraucht.«

Das sollte mich bremsen, doch es macht mich feuchter. Weil er mit keiner anderen Frau zusammen war. Weil er nur mich will, so wie ich nur ihn. »Aber ich will dich berühren, Cole.«

»Kannst du doch, Baby.«

»Überall.« Sein Penis zuckt begeistert unter der Hose. »Bitte.«

Statt zu antworten, küsst er mich wieder inniger – und er dreht sich auf die Seite, sodass ich besser an seine Hose komme.

Hastig schiebe ich die Jeans tiefer, greife in das Hosenbein der Boxershorts, und wir stöhnen beide, als ich seine Erektion umfasse. Ich hatte ganz vergessen, wie groß er ist, aber sobald ich ihn spüre, will ich ihn in mir haben. Vor Vorfreude zittere ich.

»Ist dir kalt?«, fragt er aufmerksam.

»Mmh«, lüge ich mit meiner besten tiefen Stimme. »Richtig kalt.«

»Warte!« In null Komma nichts hat sich Cole die Hose ganz ausgezogen und ist wieder über mir, wie eine Decke. »Besser?«

Ich schüttle den Kopf, und Cole sieht mir an, was ich wirklich will. Es gefällt ihm, ich kann seine Erektion zucken spüren, aber er hält sich zurück.

»Was auch immer passiert, es ist okay«, sage ich und kann selbst nicht glauben, was ich damit andeute. Dass ich mir sogar ein Kind mit diesem Mann vorstellen kann, dass ich mir mit diesem Mann alles vorstellen kann. »Ich liebe dich.« Schief lächelnd sehe ich ihn an. »Das ist vorhin vielleicht untergegangen, aber ich liebe dich, Cole.«

»Ich liebe dich auch, April«, antwortet er da unglaublich sanft, als könnten die Worte mich aufschrecken, wenn er sie zu laut ausspricht. »Das weißt du längst. Wir wären nicht hier, wenn es nicht so wäre.«

»Sag es noch mal«, bitte ich ihn.

»Ich liebe dich.« Er zieht sich auch die Boxershorts aus, und wir holen beide tief Luft, als er seine heiße Härte an meiner feuchten Mitte reibt. Weil wir bereit füreinander sind. So bereit, wie zwei Menschen nur sein können. »Jetzt du, Baby!«

»Ich liebe dich, Cole.« Er gleitet in mich, und wir zittern erregt. »Gott, ich liebe dich wie verrückt!«

Mein Körper ist so überwältigt, dass ich meinem Höhepunkt bereits unglaublich nah bin. Als würde Cole das spüren, bewegt er sich langsam. Aber auch er ist schon weit.

Wir erleben uns zum ersten Mal ganz, und es ist perfekt. Fast auf mir liegend und mich erdrückend, küsst er mich – und lässt mich ihn so intensiv spüren wie nie zuvor. *Wow!*

Sobald er sich schneller bewegt, wehre ich mich gegen den Orgasmus. Ich will uns länger genießen, auskosten, würdigen. Aber ich habe keine Chance. Als er ein weiteres Mal tief in mich eindringt, explodiere ich, gebe mich ihm ganz hin. Ich gehöre ihm. *Nur ihm.*

Cole stöhnt ergriffen, lässt mich meinen Höhepunkt genießen und steuert dann fast genauso schnell auf seinen zu. Er benutzt mich für seine Lust, liebt mich, und als er bemerkt, dass ich noch nicht genug von ihm habe, hält er sich noch zurück. *Wie auch immer er das schafft!*

»Dreh dich um«, raunt er mir zu und rollt sich gerade so viel zur Seite, dass ich mich halb auf den Bauch legen kann. Kaum habe ich das geschafft, dringt er von hinten in mich ein, hält mich wie ein Löffelchen, knabbert an meinem Hals und greift an meine Klit.

»Gott!«, keuche ich, weil ich wieder so weit bin.

Ich drehe den Kopf, suche Coles Blick. Er streicht mir Haare aus dem Gesicht, und Stoß für Stoß bringt er mich zu einem weiteren Höhepunkt. Ich komme erneut, und mit einem lauten Stöhnen ergibt sich Cole seiner eigenen Ekstase. Die Erleichterung in seiner Stimme macht es für mich noch schöner. *Das haben wir beide so sehr gebraucht!*

Statt sich zurückzuziehen, bleibt Cole in mir, hält mich fest, küsst meinen Nacken und legt ein Bein über meine Beine. Als würde ich aufstehen und gehen wollen! Noch nie habe ich mich so wohlgefühlt.

»Ich träume das nicht, oder?«, murmelt Cole an meinem Ohr.

»Nein. Und ich?«

Er beißt mich sanft. »Definitiv nicht.«

Mir ist unbegreiflich, wie ich mich um das hier bringen konnte. Damit meine ich nicht nur den Sex, sondern so von einem anderen Menschen gehalten zu werden. Geliebt zu werden. Ich schmiege mich noch enger an ihn, und Cole drückt mir einen weiteren Kuss auf den Hals.

»Keine Fluchtgedanken?«, fragt er eine Spur überrascht.

»Absolut keine.«

»Das ist neu.«

»Es hat sich viel getan«, sage ich und drehe mich um, auch wenn ich verdammt gerne weiter das Löffelchen für Cole wäre. Bei dieser Unterhaltung müssen wir uns anschauen. Da höre ich Getrappel, und gleich darauf spüre ich etwas Nasses an meinem Knöchel. »O Mist, Colorado muss noch mal vor die Tür!«

Ich will Cole auf keinen Fall verlassen, aber wenn meine Fellnase so geduldig gewartet hat, bis Cole und ich übereinander hergefallen sind, dann muss ich jetzt aufstehen.

Mit einem Kuss löse ich mich von Coles warmem Körper und fröstle sofort. Ich stehe auf, suche meine Sachen zusammen und schlucke, als ich das zerwühlte Wohnzimmer sehe. *Was hat Colorado denn hier angestellt? Und wie vertieft waren Cole und ich ineinander, dass wir das nicht mitbekommen haben?*

»Geh du duschen, ich kümmere mich um den Mini-Wolf!«, ruft Cole da.

»Nicht nötig«, sage ich schnell. »Bleib liegen. Im Bett ist es viel schöner als … ähm … draußen.«

Ich leine Colorado an, ziehe mir über die klammen Sachen noch eine Wetterjacke von Cole, steige in meine Turnschuhe und trete vor die Tür.

Sofort empfängt mich Kälte. Ich fröstele. Colorado zieht an der Leine, aber ich gehe weder im Dunkeln in den umliegenden Wald, noch lasse ich den Racker erneut frei laufen. Er kann sich in einem Radius von zehn Metern bewegen. Das muss genügen.

»Mach schon, Junge«, murmle ich. »Selbst ich muss bei den Regengeräuschen mal für kleine Aprils.« Oder zurück in Coles Arme. Oder beides.

»Was zum Henker?!«, höre ich da Cole hinter mir fluchen.

So viel zu meiner Hoffnung, dass er im Bett bleibt und ich Colorados Chaos heimlich, still und leise beseitigen kann.

»Wenn uns der Mann dort nicht mehr in sein Haus lässt, bist du schuld«, schimpfe ich mit Colorado.

»Das passiert erst, wenn du auch anfängst, meine Kissen zu zerfleddern«, sagt Cole da plötzlich hinter mir und legt einen Arm um mich.

»Sorry«, sage ich. »Ich bezahl dir das.«

»Ich bin reich. Nicht nötig.« Er drückt mir einen Kuss auf die Wange. »Wo ist der Mini-Wolf? Du solltest ihm wirklich ein besseres Halsband besorgen. Man sieht ihn nicht.«

»Dort drüben, bei den Büschen«, sage ich.

»Braucht er noch lange?«

»Keine Ahnung! Ich hätte ja gedacht, er hasst Regen. Aber so wie es aussieht … O Mist! Nicht, Colorado!«

Zu spät, mein Hund wälzt sich in einer Schlammlache.

»Das sind Dinge, die ich ihm in Kalifornien nicht verbieten musste.« Ich schaue zu Cole. »Das ist allein deine Schuld. Weil du ihn Mini-Wolf nennst. Das animiert ihn, sich so wild zu benehmen.«

Mehrmals ziehe ich an der Leine. Völlig verdreckt kommt Colorado endlich angetrabt.

»So kann er nicht ins Haus«, sagt Cole. »Kannst du ihn halten?«

»Ja, sicher.«

»Dann lass ihn uns mit dem Gartenschlauch abspritzen.«

Wir machen ihn sauber, dann, nachdem er sich geschüttelt hat, gehen wir selbst unter die Dusche. Danach essen wir, und meine Fellnase legt sich, sobald er sein Fressen hatte, direkt vor den Kamin. *Fauler Kerl!*

Alles, was ich will, ist Cole. Ich glühe immer noch vom Sex und brenne wieder. Als ich es mir jedoch auf dem Sofa gemütlich mache, fallen mir fast die Augen zu.

»Wir müssen noch reden«, sagt Cole und setzt sich zu mir.

»Müssen wir?«, frage ich schläfrig, aber fahre mir dann übers Gesicht. »Verdammt ja, das müssen wir.«

## COLE

Instinktiv halte ich April fester.

»Du willst mich immer noch?«, fragt sie, als wäre das nicht klar.

»Ja. Ich wollte nie eine andere.«

»Auch nicht nach allem, was ich dir angetan habe?«

»So sieht es aus.«

»Was, wenn ich nicht mehr die Gleiche bin wie letztes Jahr?«

Fragend schaue ich sie an.

»Ich habe jetzt einen Hund.«

»Das sehe ich.« Colorado spitzt sofort die Ohren, als wüsste er ganz genau, dass es um ihn geht. »Finde ich gut. Der Mini-Wolf passt zu dir.«

»Hör auf, ihn Mini-Wolf zu nennen!«

Ich muss lachen, weil es sie so ärgert, dabei war das einfach mein erster Gedanke, als mir das Tier vors Auto gelaufen ist. Sie boxt mich spielerisch. Ich nehme ihre

Faust und küsse die Knöchel und will sie wieder. So wie vorhin. Solchen Sex hatte ich noch nie. Damit meine ich nicht ohne Gummi, das war auch mit Rachel so, als wir länger zusammen waren und sie die Pille genommen hat. Nein, diese Nähe mit April war einmalig.

»Was ist noch anders?«, frage ich sie.

»Ich glaube, das weißt du längst, oder?«

»Dass du die Stelle bekommen hast? Ja.« Ich muss schlucken. »Dass du einen Burn-out hattest? Auch.« Wenn ich könnte, ich würde sie noch fester an mich drücken. Weil das aber nicht geht, fahre ich mit den Händen unter ihren Pullover und streichle ihren nackten Rücken.

Sie erzählt noch mal von ihrem Job. Es ist offensichtlich, wie sehr der ihr gefallen hat. Dann von ihrem Zusammenbruch und dass der eigentlich nicht an der Arbeit lag, sondern an mir.

»Ich war gar nicht da«, verteidige ich mich.

»Du hast mir den Schmuck geschickt, und das hat viele Erinnerungen wieder aufleben lassen. Ich hab gearbeitet, um dich nicht zu vermissen, aber du warst jeden Tag in meinem Kopf, und dann kam alles zusammen.« Sie sieht mich ernst und aufrichtig an. »Ich liebe dich, Cole. Das hab ich letzten Sommer nicht einfach so gesagt. Damals konnte ich nur nicht mit dir zusammen sein. Es ging wirklich nicht. Das hat erst eine Therapie geändert.«

Tränen schimmern in ihren Augen. Ich will wütend auf sie sein, dass sie es uns so schwer gemacht hat, aber sie ist einfach ein verletzter Mensch, der Angst vor neuen Wunden hat.

»Schon gut, ich verstehe das«, sage ich sanft. »Du weißt, dass Ivy mich nach deinem Zusammenbruch um Hilfe gebeten hat?« Sie nickt und dankt mir. »Dich so fertig zu sehen, Baby … Das war auch für mich hart.«

»Hast du mehr gearbeitet?«, fragt sie besorgt und fährt mir durch die Haare. »Arbeitest du gerade wieder zu viel?«, verbessert sie sich. »Warum warst du überhaupt heute so lange weg?«

Ich muss breit grinsen, weil das genau die Art Sorge ist, die dir zeigt, dass du einem Menschen wichtig bist.

»Ich warte auf eine Antwort«, knurrt sie mit ihrer besten festen, tiefen Stimme, die sie draufhat – und die mich immer noch anmacht. *Gott!*

»Ich hab nicht mehr gearbeitet, sondern weniger. Ken kann dir das gerne bestätigen, oder ich zeig dir meinen Terminkalender. Ich war viel draußen an der frischen Luft, war wandern, hab versucht, nicht durchzudrehen.«

»Und du hast ein Buch geschrieben.«

»Erst nach deinem Zusammenbruch. Du hast jetzt natürlich mich, um auf dich aufzupassen, aber andere haben das nicht. Ich wollte helfen, dass weniger Leute in die Falle tappen. Aber deshalb war ich nicht unterwegs.« Ich sehe sie ernst an. »Ich hab dich gesucht.«

»Mich?!«

Ich muss über ihren überraschten Tonfall lachen. Als wäre völlig abwegig, dass irgendjemand auf der Welt nach ihr suchen könnte. »Ja, dich, Baby. Ich war in Chicago und dann in San Francisco. Aber ich hab nicht rausgekriegt, wo du wohnst.«

»Und wenn du mich gefunden hättest?«

»Dafür hatte ich noch keinen Plan. Notfalls hätte ich vor deiner Tür gehaust, nur um in deiner Nähe zu sein.« Mir wird bewusst, wie absurd die Situation ist, weil *sie* ausgerechnet vor *meiner* Haustür aufgetaucht ist. »Was hat dich zu mir zurückgeführt?«

»Ich wollte deine Hilfe.«

»Wobei?«

»Bei einer Bewerbung für einen Job.«

*Fuck! Das ist ja wie vor einem Jahr.* Irgendwie kränkt mich das. »Warum kommst du damit zu mir? Es gibt viele Trainer.«

»Du bist der beste.« Sie lässt sich von meiner plötzlich distanzierten Art nicht abschrecken und fährt mir durch die Haare. »Außerdem habe ich auf mehr gehofft. Für uns.«

Das beruhigt mich. »Was für ein Job, Baby?« Telluride ist meine Heimat, aber April ist mein Leben. Ich gehe mit ihr, egal wohin.

»Eine Teamleitung in einer kleinen Firma. Ich wollte nicht zu viel Geld verlangen oder zu wenig. Ich brauche dringend deinen Rat. Ich muss den Job unbedingt bekommen.« Sie räuspert sich. »Es ist die Stelle im Tourismusbüro.«

Ich brauche einen Moment, bis mir die Bedeutung ihrer Worte klar wird. »Du meinst hier?!«

»Ja, in deiner Nähe.« Sie legt die Arme um meinen Hals. »Hilfst du mir?«

Ich drücke sie auf dem Sofa zurück und bin steinhart. »Wir sollten da dringend die Bedingungen klären, Baby.«

»Was willst du?«

»Viel Sex!«, sage ich, befreie meinen Schwanz, ziehe ihre Hose runter und dringe in sie. »Richtig viel.«

»Gott!«, stöhnt sie und lacht. »Für die Hilfe bei einer einzigen Bewerbung? Das klingt nach einem sehr schlechten Deal.«

Ich bewege mich in ihr, und sie atmet schneller. »Klingt für mich so, als wärst du einverstanden. Und das ist nicht alles.«

»Was willst du noch?«

»Dass du bei mir einziehst.«

»Was hab ich denn davon?«, fragt sie und windet sich lasziv unter mir.

»Sex«, sage ich.

»Okay.«

»Das ist immer noch nicht alles.«

»Was noch, Cole?«

»Ich will einen zweiten Hund.«

»Warum das denn?!«

»Damit der Mini-Wolf beschäftigt ist, wenn wir Sex haben.«

»Einverstanden, und weil du so viel willst, hab ich jetzt auch Forderungen.« Sie grinst. »Kapitel vier aus *Kinderleicht verhandeln*.«

Ich muss lachen, weil ich weiß, was sie meint. »Erfolgreiche Verhandlungen sind ein Geben und Nehmen, achten Sie darauf, dass das Gleichgewicht gewahrt wird«, zitiere ich mich selbst. Wir drehen uns, und sie sitzt auf mir und reitet mich. »Was willst du, Baby?«

»Ivy zieht auch hierher. Du musst alles tun, damit sie sich wohlfühlt. Sie braucht außerdem einen Job und eine bezahlbare Wohnung.«

»Das ist viel«, sage ich, etwas abgelenkt, weil diese Frau sich zu gut anfühlt und jede Bewegung Hitze durch meinen Körper jagt.

»Für lebenslänglichen Sex?« Sie schaukelt auf mir. »Finde ich nicht.«

»Okay, hier ein paar Ergänzungen«, sage ich, drehe sie auf den Rücken und übernehme wieder die Kontrolle. »Kein Weglaufen mehr.«

»Okay, kein Weglaufen.«

»Wenn du wegläufst, renne ich dir nach, verstanden?«

»Verstanden. Und wenn du wegläufst …«

Ich stoße hart in sie.

»Gott!«, keucht sie.

»Baby, *ich* werde nicht weglaufen.«

Sie windet sich erregt unter mir. »Trotzdem, falls du jemals wegläufst, dann laufe ich dir nach.« Sie schluckt. »Und ich pass auf dich auf, Cole. Vielleicht bin ich dabei überfürsorglich, aber damit musst du klarkommen. Ganz ohne kann ich nicht.«

»Alles klar«, murmle ich. »Und ich pass auf dich auf.«

»Mir geht es gut, wenn es dir gut geht.«

»Sehr praktisch«, witzle ich.

»Dann haben wir jetzt einen Deal?«

»Ja, wir haben einen Deal.«

Wir küssen uns, wie um ihn zu besiegeln, und ziehen uns die restlichen Sachen aus. Colorado spielt damit. Soll er! Wie ausgehungert erobere ich April erneut. Da sind nur Hitze und Liebe. Ich liege auf ihr, erdrücke sie fast, aber ich kann sehen, wie sehr sie das mag, so wie ich es mag.

Es dauert nicht lange, da ist sie ihrem Höhepunkt wieder nah. Sie krallt sich in meine Schultern, will immer mehr, und ich gebe es ihr.

Als sie laut stöhnend kommt, komme ich dieses Mal mit ihr und weiß, sie gehört mir, für immer. So wie ich ihr gehöre.

»Ich liebe dich, Baby«, murmle ich.

»Ich dich auch, Cowboy.«

# Epilog

*Mitte September*

## APRIL

»April, hinter der Hauptbühne gibt es ein Problem. Kannst du dich darum kümmern?«, höre ich Reese' Stimme über einen Knopf im Ohr.

»Bin unterwegs!«

Heute ist der letzte Tag des Blues & Brews Festivals, eines der größten Events, die Colorado zu bieten hat. Es kommen Musiker aus dem ganzen Land, und es fließt, der Name sagt es, Bier. Jede Menge Bier, was zu jeder Menge Zwischenfällen führt.

Ich habe den Job im Tourismusbüro bekommen und bin seit Wochen mit der Organisation des Events beschäftigt. Ich leite ein kleines Team von Festangestellten, die wiederum während der Festivalzeit selbst Teams von Freiwilligen führen, die für einen reibungslosen Ablauf sorgen. Bei besonderen Fällen muss ich ran, und ohne zu zögern, laufe ich über die Festivalwiese.

»Hey!«, mache ich im Vorbeirennen, als ich Cole entdecke – und er mich. Mein Herz flattert, mir wird warm, wie immer, wenn er in meiner Nähe ist, aber für mehr ist keine Zeit. Ich zeige symbolisch auf mein Handgelenk und meine damit, dass ich es eilig habe. Er winkt nur. Spätestens heute Abend sehen wir uns, bei ihm … bei uns zu Hause, denn ich bin mit meinen Sachen, meiner Regalwand an Ratgebern und Colorado bei ihm eingezogen.

Routiniert arbeite ich mich durch den Pulk von Leuten, weise mich bei der Security aus und werde durch die Absperrung in den Backstagebereich gelassen. »Ihr braucht Hilfe?«, frage ich in die Runde.

»Wir nicht«, sagen zwei Roadies, die Instrumente von der Vorband wegschaffen. »Die da drüben.« Sie zeigen in den hinteren Bühnenbereich, und ich laufe hin und verziehe das Gesicht. Ein Mitglied der gleich auftretenden Band sitzt mit einem blutigen Arm auf einem Karton.

»Wo ist der Arzt?«, frage ich.

»Genau auf den warten wir seit einer halben Stunde«, knurrt der Bassist.

»Scheiße!«, entfährt mir, dann renne ich »Arzt, Arzt, Arzt« murmelnd Richtung Versorgungspunkt, an dem Sanitäter bereitstehen.

Über Funk bitte ich einen meiner Mitarbeiter, mir einen Arzt entgegenzuschicken. Wir treffen uns in der Mitte. Ich packe die Frau und ziehe sie mit mir. Die Menge grölt vor der Bühne und wartet auf den angekündigten Haupt-Act. Meine Nerven liegen blank, aber ein paar Minuten haben wir.

»Ist es sehr schlimm?«, frage ich die Sanitäterin, sobald sie einen Blick auf die Verletzung werfen konnte.

»Das muss genäht werden.«

»Können Sie das hier machen?«

»Sicher.«

»Gut, dann los!«, entscheide ich und eile sofort weiter zum nächsten Notfall. Die Pumpe bei den Toiletten macht schon seit gestern Probleme. Ich hatte das jemanden provisorisch reparieren lassen und gehofft, die Lösung hält bis zum Ende des Festivals. *Falsch gedacht!*

Wieder laufe ich los, bin total im Stress und liebe es. Ich bin durchgeschwitzt, mir tut jeder Knochen weh, aber die Leute sind glücklich und ich bin es auch.

Normalerweise arbeite ich nur dreißig Stunden in der Woche, durch das Festival jedoch in letzter Zeit deutlich mehr. Cole ist dabei für mich da – oder er beschäftigt sich mit Colorado und seinem neuen Kumpel Alaska. Ja, die zweite Fellnase im Hause Cameron-Bishop heißt ebenfalls nach einem der fünfzig Bundesstaaten und ist zur Abwechslung schneeweiß und eine Mischung aus Pudel, Terrier, Malteser und Spitz.

Als auch das Toilettenproblem gelöst ist, lasse ich mir von einem Getränkestand eine kalte Dose Cola geben und halte sie mir ans Gesicht. Es ist gar nicht so warm, aber durch die Lauferei bin ich komplett durchgeschwitzt.

Für ganze fünf Minuten genieße ich die Musik, dann muss ich los. Zu Ivy, die am VIP-Eingang wartet, damit ich sie und die anderen Freunde von Cole und mir reinlasse.

»Da bist du ja«, begrüße ich sie, als ich den Zaun erreiche.

»Ich musste«, sagt sie und wirft Ken böse Blicke zu. »Das Event sei das Beste, was Telluride zu bieten hat.«

»Also, das Beste habe ich«, stelle ich klar und meine Cole, was für Lacher sorgt.

»Dann eben das Zweitbeste.«

»Du hast dich erst letzte Woche beschwert, dass die Stadt so provinziell ist«, sagt Ken. »Jetzt ist mal was los, und es gefällt dir nicht?«

»Ich war beschäftigt, bevor du mich hierhergeschleift hast.«

»Mit einem Nickerchen auf der Veranda.«

»Ich liebe meine Nickerchen.«

Beim dem Gezanke muss ich grinsen. Offiziell läuft da laut Ivy nichts. Auch Ken streitet gegenüber Cole alles ab. Aber ich wittere große Gefühle. Ich kenne Ivy. Ihre Augen funkeln. Sie hat Spaß. Der Umzug fiel ihr erst schwer, aber das Haus, in das sie gezogen ist, ist schön, und bei ihrem neuen Job in der örtlichen Brauerei kann sie ihre Erfahrung aus der Zeit bei Gold Face Media einbringen. Sie verantwortet den Service und das Marketing – und verteilt regelmäßig Freibier an uns.

»Kommt ihr zurecht?«, frage ich, als mich ein weiterer Notruf erreicht.

»Ja, wenn du gehen musst, geh.«

»Uff!« Ich richte mich auf und straffe die Schultern. »Bin schon wieder weg.«

Im Kinderbereich wird ein Junge vermisst. Ich bahne mir meinen Weg, überspiele die allgemeinen Lautsprecher und mache eine Durchsage. Das dürfen nur autorisierte Personen. Gemeinsam mit den Leuten vor Ort und den Eltern suchen wir den Jungen. Es dauert ewig, aber ich gehe nicht eher, bis wir ihn haben.

Mir fällt ein Stein vom Herzen, als wir ihn schlafend in einer Ecke eines Zeltes finden.

»Was ist?«, frage ich Reese, als sie sich wieder meldet.

»Feierabend, April.«

»Aber es sind noch drei Stunden.«

»Du bist seit heute Morgen um sieben auf den Beinen. Ich wäre eine miese Chefin, wenn ich dich weiterschuften ließe.«

»Du schuftest doch auch!«

»Keine Widerrede.«

Mir liegt tatsächlich Protest auf den Lippen, aber ich kann es gar nicht erwarten, mich zu entkabeln und das Festival selbst zu genießen.

In einem Container für Helfer setze ich mich und seufze laut, als ich nicht mehr auf meinen Füßen stehe. Ich will die Schuhe ausziehen, aber mein Rücken zwackt, als ich mich vorbeugen will, und ich beschließe, einfach noch fünf Minuten nur so zu sitzen.

Ein Klopfen lässt mich aufschauen. Gleich darauf taucht Coles Kopf auf.

»Kann ich reinkommen, Baby?«

»Klar.« Ich winke ihn ran und schaue suchend an ihm vorbei.

»Mini-Wolf und Mini-Schaf dösen im Truck«, erklärt er, weil er weiß, wonach ich Ausschau halte.

Ich muss grinsen, wie jedes Mal, wenn er die Kosenamen für die Hunde benutzt.

»Feierabend?«, fragt er.

Ich kann nur nicken und glücklich lächeln.

»Was brauchst du?«

»Neue Füße, neue Beine, eine Dusche …«, zähle ich fröhlich auf.

»Kann ich alles nicht bieten. Wie wäre ein Kuss?«

»Ja, nehme ich auch.«

Cole beugt sich über mich, und ich ziehe ihn zu mir. Seine Lippen streifen meine, und ich schwöre, der Kuss entfaltet Heilkräfte. Jede sanfte Berührung kitzelt mich wach. Ich will mehr, bei Cole will ich immer mehr, und ich greife in seinen Nacken, damit er ja nicht zu früh aufhört.

»Langsam, sonst haben wir hier gleich Sex«, sagt er.

»Die Tür lässt sich abschließen«, fällt mir dazu nur ein.

Lachend weicht er zurück und geht vor mir auf die Knie. Er öffnet meine Turnschuhe, und mir wird noch wärmer vor Liebe, dass er es schafft, das Richtige zu tun, wenn es mir nicht gelingt.

»Ich nehme mal an, du willst die ausziehen?«, fragt er und hat schon einen Schuh in der Hand.

»Du musst das nicht machen, Cole.« Nach einem Tag auf den Beinen habe ich die schlimmsten Schweißfüße auf dem Planeten. Die gehören in Isolation, nicht in die Nähe des heißesten Mannes der Welt.

»Tja, du weißt ja, was ich dir versprochen habe«, sagt er, hilft mir aus den Schuhen, zieht mir die Socken aus und massiert meinen Fußballen. *Ich bin im Himmel!*

»Mmh?«, mache ich abgelenkt, als ich seinen abwartenden Blick spüre.

»Ich hab geschworen, auf dich aufzupassen.«

»Wusste nicht, dass wir uns damit Fußmassagen versprochen haben.«

Lachend widmet er sich meinem zweiten Fuß. »Ja, hättest du das damals aufgezählt, wäre das bestimmt nichts mit uns geworden.«

»Frech!« Ich stupse ihn mit meinem freien, langsam wieder lebendigen Fuß an. Cole lacht nur und macht diese magische Sache mit seinen Händen. Würde man von einem Millionär nicht erwarten.

»Besser?«, fragt er.

»Viel besser.« Ich komme zu mir und zeige auf eine Tasche. »Kannst du mir die mal geben, da sind Wechselsachen drin.«

Cole reicht mir die Tasche, und ich wühle nach einem neuen BH, einem Kleid und einem Pullover. Während er mich weiter massiert, ziehe ich mich um und spüre dabei seinen intensiven Blick auf mir. Es ist so wie damals, so wie immer. Als wäre ich der wichtigste Mensch auf Erden. Er ist auf jeden Fall der wichtigste für mich.

»Ich liebe dich«, sage ich, was mir immer noch nicht so oft über die Lippen kommt, aber was genau jetzt passt. Dieser Mann ist das Beste, was mir passieren konnte. Er gibt mir so viel, und ein Leben reicht nicht, um ihm all das zurückzugeben.

»Ich liebe dich auch, Baby«, sagt er, beugt sich vor, zieht mich zu sich herunter und küsst mich heiß und fest und perfekt.

»Willst du jetzt nach Hause?«, frage ich, spüre seine Hitze, meine, mag, wie gut wir uns zusammen anfühlen.

»Nein«, sagt er zu meiner Überraschung.

»Was willst du dann?«

»Endlich mit der tollsten Frau der Welt tanzen.« Er streicht meine Haare zurück. »Und ich hoffe, deine Füße machen das noch mit, denn dieses Mal akzeptiere ich kein Nein. Also, was sagst du?«

»Ja.« Ich muss schlucken. »Ich sage natürlich Ja.«

Zu diesem Mann, zu uns, zu allem.

## COLE

April zieht sich trockene Sportschuhe an, ich helfe ihr hoch, und Hand in Hand verlassen wir den Container. Ganz normal und doch immer besonders mit dieser Frau.

Draußen dämmert es. Der Himmel leuchtet in sämtlichen Rosarottönen der Welt. Die Bergkämme um Telluride zeichnen sich als gezackte Schatten ab.

Das hier ist nicht der Abschlussball, es ist besser, echt, unser Moment.

Wir treffen unsere Freunde, grüßen sie, aber ich bleibe nicht stehen, sondern ziehe April mit mir weiter. Ich hatte den ganzen Tag Zeit, das Bühnenprogramm zu studieren, und ich weiß genau, wohin ich mit ihr will.

»Geht's vielleicht noch schneller?!«, beschwert sie sich.

Mit Schwung packe ich sie und werfe sie mir über die Schulter. Sie kreischt auf, lacht dann und haut mir auf den Rücken.

»Was wird das, Cowboy?«

»Ich komme deinen Wünschen nach, Baby. Du wolltest es schneller.«

»Verrückter Kerl!«

»Tja, so ist das eben, wenn meine Frau seit Wochen nur mit Arbeit beschäftigt ist und mich vernachlässigt.«

»O bitte, ich hab dich nicht vernachlässigt. Ich halte mich vorbildlich an unseren Deal!«

Ich muss lachen und lasse sie runter. Es stimmt. Wir haben tollen Sex, wenn auch in letzter Zeit eher kurzen. Aber das ist okay, alles ist okay, Hauptsache, diese Frau ist an meiner Seite. Wie zur Entschuldigung für den Spaß drücke ich ihr einen Kuss auf die Lippen, dann führe ich sie weiter über das Gelände.

Als wir die Bühne ansteuern, spielt die Band bereits ihren typischen langsamen Sound. Leute sitzen auf der Wiese oder tanzen. Jeder genießt die magische Stimmung eines perfekten Spätsommertages, den Sonnenuntergang und die bunter werdenden Blätter. Liebe liegt in der Luft.

»Darf ich bitten?«, frage ich formvollendet und reiche April die Hand. Sie legt ihre in meine, und es knistert zwischen uns. Ich ziehe sie eng an mich, denke an den Moment in der Seilbahn und küsse sie, wie ich es mich damals nicht getraut habe.

»Ich dachte, wir tanzen«, wispert sie.

»Machen wir doch, langsam«, sage ich und wiege mich mit ihr im Takt der Musik. »Ganz langsam.«

Aprils Augen schimmern feucht. Sie drückt mir einen Kuss auf die Lippen und schmiegt sich an mich, als bräuchte sie nur mich im Leben.

Ich nehme dieses Gefühl in mich auf. Sie, ich, die Welt. Alles, was ich immer wollte, halte ich in meinen Armen. Der Rest, meine Karriere, die Bücher, das Haus, sind ein Bonus. Sie ist der Hauptgewinn. War sie schon immer, wird sie immer sein.

»Sind sie nicht niedlich!«, höre ich da Ken.

»Habt ihr euch schon geküsst?«, ruft Ivy uns zu.

April lacht leise und dreht sich zu unseren Freunden, die näher kommen. »Wir küssen uns ständig, ihr Schlaumeier.«

»Heißt das etwa nein? Ach komm, noch einmal für uns!«, sagt Ivy.

»Du bist doof!«

»Ich glaube eher, sie ist schüchtern«, meint Ken. »Der Kerl will auf jeden Fall.«

April sieht daraufhin mich an. Unsere Blicke verbinden sich.

»Der Kerl will dich immer küssen«, bestätige ich, weil ich die Welt um uns herum vergesse, wenn ich in ihre Augen schaue.

»Na, wenn das so ist«, murmelt sie, reckt sich und gibt mir einen dieser Wahnsinnsküsse, die man im ganzen Körper spürt. Ihre Lippen sind weich, ihre Zunge macht mich verrückt. Noch drei Sekunden, und ich breche das hier ab und schleife sie für Sex nach Hause. Als wüsste sie das, weicht sie zurück und schmiegt sich unter dem Applaus unserer Freunde an mich.

»Ich freu mich so für euch beide«, kommt Reese dazu, deren Ambitionen mir gegenüber der Vergangenheit angehören. Sie klopft mir auf den Rücken und schwenkt den Zeigefinger Richtung April. »Sei ja nett zu ihm. Der Mann ist was Besonderes.«

»Keine Sorge, das weiß ich«, sagt sie. »Und ich bin immer nett zu ihm.«

»Das ist sie«, bestätige ich. »Sehr sogar.«

»Sie hat morgen übrigens frei«, sagt Reese zu mir. »Als kleines Dankeschön für deine Arbeit, April. Das hast du wirklich alles wahnsinnig gut gemanagt. Sie gehört ganz dir, Cole. Er ganz dir, April.«

»Aber morgen ist doch noch so viel zu tun. Der Abbau, die Aufräumarbeiten, der Papierkram …«, zählt April auf, weil sie nicht andere ihre Arbeit erledigen lässt. Für meinen Geschmack geradezu übereifrig.

Ich lege ihr den Finger auf die Lippen und verhindere, dass sie mehr Gründe aufzählt, warum sie nicht freihaben kann. »Baby, willst du morgen über das Festivalgelände laufen oder den Tag mit mir im Bett verbringen?«

»Das sind meine Optionen? Schwere Entscheidung!« Sie tut nachdenklich, und ich werfe ihr einen warnenden Blick zu. »Okay, danke, Reese!«, sagt sie und drückt sich an mich. »Dann können wir ja noch ein bisschen hierbleiben und tanzen.«

»Unbedingt, Baby.«

Wir genießen die Musik, bis es dunkel ist, und als wir nach Hause fahren, schläft April auf dem Beifahrersitz ein. Selbst als ich mit den beiden Minis noch mal eine Runde Gassi gehe, wird sie nicht wach.

*Weil sie genug gearbeitet hat.*

*Das hätte sie eigentlich merken müssen.*

Sobald ich die Hunde versorgt habe, trage ich April ins Haus, setze sie auf dem Bett ab und ziehe ihr die Sachen aus. Es stört mich kein bisschen, das zu machen und mich um sie zu kümmern. Im Gegenteil, es fühlt sich gut an, richtig, intim. Als ich im Sommer mit der Buchpromo zu tun hatte, hat sie Ken und mich für meinen Unterschriftenstempel gescholten und jedes Buch per Hand für mich signiert, und sie war für mich da. Die letzten Wochen waren wirklich hart für sie, und jetzt bin ich für sie da.

Als sie nur noch Unterwäsche trägt, gönne ich mir einen Augenblick, um sie anzuschauen. Selbst nach einem langen Arbeitstag, mit einem blauen Fleck am Schienbein, strähnigen Haaren und so verschwitzt, dass ein Deo nicht mehr hilft, ist sie einfach nur sexy. Ich will sie, aber ich lasse sie schlafen, räume ihre Sachen weg und lege mich wenig später zu ihr.

Sie seufzt genüsslich, als sie mich an ihrer Seite spürt, und kuschelt sich an mich, sodass ich mir keine Sorgen machen muss, dass die Frau am nächsten Tag verschwunden sein könnte. Ich ziehe sie näher heran und küsse ihren Hals. Was immer sie braucht, sie kriegt es.

Aus ihrem Seufzen wird ein Stöhnen, sie wird wacher, und ich rühre mich nicht, um ihren Schlaf nicht zu stören.

»Cole?«, murmelt sie da, dreht sich, ihre Haut streift meine, und Verlangen schießt durch mich hindurch, das ich nicht verbergen kann … und auch nicht verbergen muss.

»Ja, Baby?«

»Wir hatten doch einen Deal. Du bist für mich da und ich für dich.«

»Und? Ich dachte, ich hätte meinen Teil erfüllt«, sage ich und lasse eine Hand über ihren Rücken wandern, bis ich ihren Hintern erreiche.

»Ja, schon«, antwortet sie, bewegt sich unter der Decke und legt ihren BH ab, gleich darauf folgt ihr Slip. »Aber du weißt ja, mir geht es erst gut, wenn es dir gut geht …«

Ich atme schwerer, als sie auf mich klettert, die Knie links und rechts von mir, und mit ihrer Mitte über meinen harten Schwanz fährt.

»Mir geht es gut«, versichere ich ihr, packe sie an der Hüfte und liebe ihre Bewegungen und wie ihre Feuchtigkeit jede Berührung intensiver macht.

»Glaub mir, gleich geht es dir noch besser«, raunt sie mir zu, führt meinen Schwanz an ihre Pussy und lässt sich langsam darauf sinken.

»Fuck!«, stöhne ich, aber halte mich zurück, um ihr so lange wie möglich die Oberhand zu lassen. »Kondom?«, presse ich nur heraus.

»Scht«, macht sie, und dieser eine Laut lässt mich den letzten Rest Selbstbeherrschung verlieren. Weil sie alles mit mir will, was man mit einem Menschen nur haben kann. Eine Familie und ein ganzes Leben.

Ich drehe sie auf den Rücken, und sie stöhnt zufrieden, als ich sie mit aller Ruhe verwöhne und küsse.

»Mehr!«, ruft sie.

Ich nehme sie mit langsamen, nicht zu tiefen Stößen, die sie erzittern lassen. Ich liebe sie, spiele mit ihrem Körper, erachte nichts hiervon für selbstverständlich. Das wird es nie sein.

»Nein, mehr, Cole!«, beschwert sie sich, weil ich ihr nicht gebe, was sie will. »Halt dich nicht zurück, nicht jetzt!«

Ich könnte sie länger leiden lassen, aber ich selbst halte nicht mehr lange durch. Das weiß sie ganz genau. Sie küssend stoße ich tiefer, nehme sie schneller und liebe, wie gut wir uns zusammen anfühlen. Mit keiner Frau habe ich erlebt, was ich mit April erlebe. Sie ist perfekt für mich, und nach ihren Lauten zu schließen bin ich absolut perfekt für sie.

Sobald sie ihre Finger in meine Schultern krallt, weiß ich, dass sie gleich explodiert. Ich küsse sie tiefer, greife an ihre Klit und kämpfe damit, nicht vor ihr zum Höhepunkt zu kommen. *Gott, ich könnte!*

Für ein paar Atemzüge zögere ich die Erlösung für uns beide hinaus, dann bringe ich sie zum Loslassen. Als sie sich unter mir windet, lasse ich ebenfalls los. Schon die ganzen letzten Wochen habe ich April für mich haben wollen, und sie hat recht, jetzt geht es mir besser. Genau das hier habe ich gebraucht, ich habe sie gebraucht, *uns*.

Wir küssen uns, genießen uns und wie unsere Körper glühen, und ich mache noch mal das kleine Licht auf dem Nachttisch an.

»Was ist los?«, fragt sie irritiert.

»Wir müssen den Deal ändern.«

»Dass es nur noch um dich geht?«, witzelt sie und grinst breit. »Oder nur noch um mich?«

»Nein, falsch, dass es weder um dich noch um mich geht, sondern um uns.«

Sie runzelt die Stirn, versteht es nicht, weil sie zu lange jede Art von Bindung vermieden hat. Erst mit mir entdeckt sie, wie perfekt es ist, jemanden an der Seite zu haben, der für einen da ist, egal, was kommt.

»Heirate mich, April.«

Für einen Augenblick befürchte ich, dass ihr Fluchtreflex übernimmt. Das ist für sie eine große Sache. Eine richtig große. Und sollte sie Nein sagen, werde ich es einfach später noch mal probieren. Und noch mal und noch mal und noch mal. Denn ich bin mir sicher, was uns angeht, und sie wird es irgendwann auch sein. Aber ich muss mir gar keine Sorgen machen, denn sie küsst mich und strahlt mich an. »Ja, Cole. Du bist der Mann, der meine Welt auf den Kopf gestellt hat. Durch dich habe ich so vieles gelernt, über mich und das Leben, und ich kann es gar nicht erwarten, was es morgen sein wird. Ja, ja, ja.«

Mir war gar nicht klar, wie wichtig mir das ist, bis ich ihre Antwort höre. Sie ist der letzte Mensch, den ich sehen will, wenn ich abends einschlafe, und der erste, wenn ich morgens aufwache.

Ergriffen küsse ich sie, und unsere Körper umschlingen sich.

»Wir für immer, Baby«, murmle ich und kann mein Glück kaum fassen.

»Ja, wir für immer.«

Ende

Lies Band 2 der Reihe
„Colorado Love"

PHILIPPA L. ANDERSSON

MAYBE YOU

Finally us

*Weitere Informationen:*
*www.philippalandersson.de*